스무 살이 되면 부모 동의 없이 결혼할 수 있는 나이여서
스무 살이 되기를 기다렸다.

스무 살이 되면
결혼하리라고 몇 번이나 다짐했다.

연애보다 결혼이 더 행복할 거라는
큰 착각 때문에.

같은 표정으로 함께 있어도 모두가 사랑은 아니다.

꿈꾸던 모습은 아니지만 지금도 나쁘진 않아.

내가 아프면
너도 아플 거라고 생각했다.

그래서 용하게도
나는 모질고 독한 말만 골라내어
늘 생각해온 것처럼 너에게 말했다.

그러나 내가 한 말들은
날카롭게 날을 세워 부메랑처럼 돌아와
결국 내 가슴을 베곤 했다.

차라리
혼자살걸
그랬어

차라리 혼자 살걸 그랬어

초판 1쇄 발행·2017년 11월 20일
초판 6쇄 발행·2020년 5월 30일

지은이·이수경
펴낸이·이춘원
펴낸곳·책이있는마을
기 획·출판기획전문 (주)엔터스코리아
편 집·이경미
디자인·블루
마케팅·강영길

주 소·경기도 고양시 일산동구 무궁화로120번길 40-14(정발산동)
전 화·(031) 911-8017
팩 스·(031) 911-8018
이메일·bookvillagekr@hanmail.net
등록일·2005년 4월 20일
등록번호·제2014-000024호

ISBN 978-89-5639-290-5 (03810)

이 도서의 국립중앙도서관 출판예정도서목록(CIP)은 서지정보유통지원시스템
홈페이지(http://seoji.nl.go.kr)와 국가자료공동목록시스템(http://www.nl.go.kr/kolisnet)에서
이용하실 수 있습니다.(CIP제어번호: CIP2017026557)

책의 인세는 전액 (사)한국가정사역협회에 기부되어 상처와 위기 가운데 있는 부부들이
행복한 결혼생활로 나아가도록 돕는 일에 사용됩니다.

차라리
혼자살걸
그랬어

이
수
경 지음

책이있는마을

대표 추천사

한근태_ 한스컨설팅 대표

나는 독서 전문가다. 신간이 나오면 출판사의 의뢰를 받아 읽기도 하고 직접 사서 읽기도 한다. 웬만한 책은 거의 읽는 편이다. 좋은 책을 만나는 기쁨은 그 어떤 기쁨보다 크다. 이 책이 그렇다.

저자의 전작 《이럴 거면 나랑 왜 결혼했어?》를 워낙 감명 깊게 읽었던 터라 새 책의 추천사를 부탁받고 원고를 읽기 시작했는데, 단숨에 읽어버렸다. 술술 읽힌다. 전작만큼 재미있기도 하고 사례도 풍부하다.

누구나 천국에서 살고 싶어 한다. 근데 저승이 아닌 이승에서 천국을 경험하는 방법이 있다. 간단하다. 가정을 천국으로 만들면 된다. 사는 게 힘들어도 가정이 천국이면 웬만큼 힘든 일은 힘들게 느껴지지 않는다. 반대로 아무리 돈이 많고 높은 지위에 있어도 가정이 지옥이면 그건 사는 게 아니다. 삶 자체가 지옥이다.

난 35년째 천국에 살고 있다. 결혼 전 우리 집은 그렇지 않았다. 부모님은 부부 사이가 별로였다. 아니 안 좋았다. 늘 티격태격, 네가 옳으니 내가 옳으니 하면서 집안을 공포의 분위기로 몰고 갔다. 난 그게 너무 싫었다. 가정이 지옥이 될 수 있다는 걸 알았다. 속으로 늘 이런 생각을 했다. '저럴 거면 헤어지지, 왜 살까? 난 평화로운 집에서 살고 싶다. 난 결혼하면 절대 저렇게 살지 않겠다. 난 정말 멋진 가정을 만들겠다.'

아버지는 친어머니가 일찍 돌아가셔서 계모 밑에서 성장하셨는데 그게 영향이 있는 것 같았다. 사랑이 부족해 사랑에 늘 목말라하셨다. 꼼꼼하고 모범생이지만 소심하고 남들과 어울리는 걸 불편해하셨다. 어머니는 반대다. 사내대장부 같았다. 씩씩하고 리더십도 있고 다양한 사람들과 친하게 지내셨다. 문제는 서로가 서로를 바꾸려 했다는 것이다. 어머니는 소심하고 소식하는 아버지가 맘에 들지 않았다. 늘 남자는 대범해야 한다, 밥도 많이 먹어야 한다, 누구하고도 잘 어울려야 한다고 주장했고 아버지 또한 그런 어머니를 못마땅해하셨다. 부부관계에서의 최선은 서로를 인정하고 받아들이는 것이란 사실을 일찌감치 깨달았다.

최근 우리 집에 천사가 태어났다. 내 딸아이가 아들을 낳은 것이다. 너무 행복하다. 자식의 자식을 안고 있는 것은 세상 최고의 행복이다. 세상에 그렇게 예쁠 수가 없다. 품에 안고 앙증맞은 발을 만지면서 아기 냄새를 맡으면 이보다 좋을 수는 없다. 가정을 꾸려 손자를 본다는 것 자체가 큰 축복이다.

일단 건강하게 적령기까지 생존해야 하고, 짝을 만나야 하고, 애가 생겨야 하고, 애를 30년 이상은 제대로 키워야 하고, 그 애가 또 짝을 만나야 하고, 그 애가 또 애를 만들어야 한다. 별거 아닌 것 같지만 곳곳에 함정이 많다. 정말 많은 노력이 필요하다. 돈은 운이 좋으면 잘 벌 수 있다. 높은 자리에 올라가는 것도 그렇게 대단한 일이 아니다. 근데 결혼을 해서 행복한 가정을 만드는 일은 다르다. 모르는 남녀가 만나 천국 같은 가정을 만든다는 건 보통 일이 아니다. 두 사람의 많은 노력이 필요하다.

세상 모든 관계는 상대적이다. 관계에 문제가 생긴다는 건 한 사람만의 문제는 아니다. 특히 부부간 문제는 그렇다. 부부는 대부분 자발적으로 서로 좋아 선택해 이루어진 관계이다. 누가 등을 떠밀어 억지로 부부가 된 경우는 드물다. 만나보고 사귀어가면서 그만하면 괜찮을 것 같아 결혼까지 한 것이다. 살면서 상대를 파악하고 맞출 것은 맞추고 받아들일 것은 받아들이면서 관계를 발전시켜야 한다.

근데 대부분 그렇지 않다. 상대를 억지로 바꾸려 하고, 없는 것을 내놓으라고 무리한 요구를 한다. 사람은 계속 변화하고 성장한다. 세월이 흐르면서 개인도 변하고 관계도 변한다. 부부관계는 특히 그렇다. 누구를 만나 어떤 관계를 맺느냐에 따라 완전히 다른 사람으로 바뀐다. 평범했던 남편도 부인이 지극정성으로 떠받들면 제법 괜찮은 사람이 된다. 반대로 아주 탁월했던 사람도 부인이 무시하고 들들 볶으면 찌질한 남자가 되기도 한다. 부인의 경우도 마찬가지이다. 서로가 서로에게 큰 영향을 주고 받으면서 변화하는 게 부부관계이다.

하지만 많은 사람들이 삶이 만족스럽지 못할 때 이를 상대 탓으로 돌린다. 왜 그럴까? 그렇게라도 누군가에게 화살을 돌려야 마음이 편해지기 때문이다. 가장 큰 이유는 배우자를 무시하면서 상대적으로 자신은 괜찮은 사람이 된다는 착각을 하기 때문이다. 착각도 그런 착각은 없다. 사실은 배우자를 욕하는 순간 자신은 더 못난 인간으로 전락한다. 누워서 침 뱉기란 속담이 여기에 적합하다.

난 이런 사람에게 클린턴 부인 힐러리 관련 유머를 들려주고 싶다. 드라이브를 하던 두 사람이 기름을 넣으러 주유소에 갔다. 근데 기름을 넣던 사람이 힐러리가 예전에 사귀던 사람이다. 둘은 반갑게 인사를 했다. 기름을 넣은 후 돌아가던 차에서 클린턴이 이렇게 얘기했다. "당신이 저 친구와 결혼했다면 어땠을까?" 이 질문에 힐러리는 이렇게 답했다. "아마 저 친구가 대통령이 됐겠지" 농담이지만 뼈가 있다. 사실 클린턴이 대통령이 된 것은 힐러리 때문이란 것이다. 이게 두 사람에게만 해당되는 얘기는 아니다. 부자들 사주를 보면 정작 당사자보다 부인 사주에 돈이 많다고 한다. 일리가 있다고 생각한다. 잘되는 남자를 보면 부인 덕이 크다.

이 책의 저자는 행복한 가정을 만드는 운동 전도사이다. 처음부터 부부관계가 좋았던 건 아니다. 그래서 책의 제목처럼 저자도 '차라리 혼자 살걸 그랬어!' 하고 외치지 않는가. 근데 초반 열세를 만회하고 후반에 멋진 부부관계를 만들고 이 경험을 바탕으로 좋은 부부 만들기, 행복한 가정 만들기에 많은 노력을 쏟고 있다. 정말 가치 있는 일이다. 이승에서 천국을 만드는 일이기 때문이다. 여러분은 현재 어디에 살고 있는가? 천국에 살고 있는가, 지옥에 살고 있는가, 아니면 서로를 가구 보듯이 보는가? 난 이 책이 여러분을 천국으로 인도한다고 생각한다. 이 책을 통해 멋진 남편과 아내로 다시 태어나길 권한다.

추 천 사   1

한영섭_ 인간개발연구원 원장

인간이 하는 모든 행위는 행복을 목적으로 하는 경영활동이다. "가정도 경영이다."라고 주장하며 우리 사회에 화목한 가정, 행복한 가정 확산을 위해 끊임없이 노력하는 저자에게 박수를 보낸다.

모름지기 강의란 재미있고 유익해야 계속 듣고 싶고 책도 흥미롭고 읽을거리가 있어야 끝까지 읽듯이, 기나긴 인생도 끝까지 즐겁고 행복해야 하지 않을까? 행복의 요소가 많이 있겠지만 그 중심은 가정이라고 생각한다. 부부관계가 좋고 가정이 평화로울 때 인생이 행복하다.

성인이 되어 결혼에 이르기까지 많은 지식을 배우고 쌓으면서도 가정 행복의 근원이 되는 부부간에 지켜야 할 원칙과 철학, 사랑하는 법을 배우지 못해 파탄 나는 가정이 늘고 있고 이것이 결국 우리 사회를 멍들게 하고 있다. 독자들은 이 책을 통해 인간경영의 시발점인 부부경영, 가정경영을 배워 개인은 물론 가족 구성원 모두가 더 행복해지리라 확신한다. 그게 진짜 인생경영이다.

이희범 목사_ (사)한국가정사역협회 회장, (사)지구촌가정훈련원 원장

이수경 코치는 (사)한국가정사역협회의 회원이다. 나는 협회 회장으로 그분을 가까이 지켜보면서 많은 감명을 받았다. 그는 남들이 만든 길을 가는 사람이 아니라 스스로 길을 만드는 사람이다. 그는 '가정행복코치'라는 직업을 스스로 창직했다. 그는 또 '가정경영', '가문경영'이라는 신조어를 만들었다. 말로만 외치는 것이 아니라 7년째 '행복한 아버지 모임'을 만들어 봉사하고 있으며, 매월 21일을 '부부 두 사람이 하나 된다'는 의미로 '둘이하나데이'로 정하고 대한민국 부부들을 초청해 그들의 연애세포를 깨우는 일을 3년째 하고 있다. 이 책은 그의 그런 활동의 결과물이다. 독자들은 이 책에 나오는 사례들이 내 이야기, 내 가족의 이야기이자 대한민국 가정의 이야기임을 알게 될 것이다. 이 책을 통해 많은 가정에서 부부관계가 회복되고, 부모자녀 관계가 회복되며, 궁극적으로 대한민국이 건강해지리라 믿는다. 그는 대한민국 행복지수를 끌어올리는 사람이다.

추 천 사   3

최대헌 박사_ 한국드라마심리상담협회장, 심리극장 청자다방, EBS 가족이 달라졌어요 패널

러시아에는 "전쟁에 나갈 때는 한 번 기도하고, 바다에 나갈 때는 두 번 기도하고, 결혼할 때는 세 번 기도하라."는 속담이 있다. 전쟁도 순간이고 바다에 나가는 것도 순간이다. 하지만 결혼은 한 번 하면 이혼을 하든 배우자와 사별을 하든 영향이 지속된다는 것과 결혼생활이 결코 쉽지 않다는 의미이기도 하다.

부부생활은 부부 만의 문제가 아니라 자녀의 학교 폭력, 낮은 출산율, 가족의 정신건강과 대인관계, 산업생산성 등 다양한 사회문제에 직간접적으로 긍정 또는 부정적 원인이 되기도 한다. 즉 결혼과 부부생활은 더 이상 개인의 문제가 아니라 사회 전체 나아가 국가적 문제가 되었다.

이 책은 이런 문제들을 해결하고 예방할 수 있는 다양한 관점과 실질적인 방법을 제시한다. 저자의 개인 경험과 저자가 진행하는 '행복한 아버지 모임', 커플학교 '둘이하나데이', 강연, 저술 등을 통해서 갈고 닦은 실제적인 내용들이 담겨 있다. 또 결혼, 배우자, 가족의 진정한 의미와 인생에서 중요한 것이 무엇인지를 인생의 선배로서 또 부부 전문가로서 때로는 따뜻하게 때로는 준엄하게 알려준다.

이 책은 결혼을 준비하는 예비 커플들, 그리고 그들의 부모들과 이미 결혼하여 결혼생활을 더 잘하고 싶은 부부들은 물론 힘든 결혼생활을 하는 이들에게 유용한 선물과 지혜의 보고가 될 것으로 믿는다.

추 천 사 4

소통테이너 **오종철**_ 방송인, MC

야구 하는 법을 제대로 알면 야구가 재미있다. 노래하는 법을 제대로 알면 노래도 재미있다. 부부생활도 만약 제대로 배운다면 지금보다 더욱 즐겁지 않을까? 그러나 부부란 그저 운명이니 팔자려니 생각하지, 관계 개선을 위해 상담을 받거나 이를 위한 어떤 교육도 쉽게 배우려고 하지 않는다.

가정행복코치 이수경 저자와의 만남은 우리 부부에게 중요한 전환점이었다. 아들 셋을 낳아 기르며 남편과 아내의 역할보다는 부모의 역할에 치중하다 보니 서로 눈빛 한번 마주친 기억조차 가물가물한 상황의 연속이었다.

이수경 저자와 함께 기획한 부부토크쇼 '둘이하나데이'를 2년간 진행하며 수많은 부부들을 만났다. 그분들이 변화되고, 가정이 변화되는 것을 지켜보았지만 돌이켜보니 가장 큰 수혜자는 나였다. 이제 나에게 아내는 가정경영의 파트너이자 사랑을 넘어 존중의 대상이 되었고 두 사람의 관계 개선이 자녀 양육에도 큰 도움이 되었다.

인생은 그냥 사는 것이 아니라 잘 살아야 하는 것이다. 잘 살고 싶다면 제대로 배우는 것이 유일한 방법이다. 이 책을 펼치는 순간, 당신도 참 잘 살 수 있는 기회를 얻는 것이다.

감사의 글

먼저 30년 넘게 저와 결혼생활을 해오고 있는 아내에게 감사를 표합니다. 이건 기적이에요. 아무리 생각해도 이건 기적입니다. 이기적이고 편협하고 짜증 많고 가정이 뭔지 모르는 저에게 사랑이 뭔지 헌신이 뭔지 삶으로 보여주고, 가정에서 남편과 아버지 역할을 잘 감당하도록 지켜봐주고 격려해준 아내가 있었기에 오늘의 제가 있었음을 고백합니다. 사랑하는 아들 원석+희진 내외, 딸 소연에게도 명문 가문을 이어주고 있음에 감사를 표합니다.

전작 《이럴 거면 나랑 왜 결혼했어?》에 사랑을 보내주신 독자들께 감사드립니다. 부족한 사람의 첫 책임에도 많은 분들이 읽어주시고 주위 지인들에게 선물해주시고, 무엇보다 이 심상찮은 제목의 책이 결혼하는 부부들에게 혼수 1호로 알려지게 된 것을 감사하게 생각합니다. 출간 5년이 넘었음에도 결혼 분야 베스트셀러를 넘어 스테디셀러 반열에 올라가는 결과를 얻은 것은, 그야말로 가문의 영광입니다. 그래서 두 번째 책이 나올 수 있었음을 고백합니다. 만약 전작이 많은 분들에게 읽히지 않았다면 감히 두 번째 책을 쓸 용기를 못 냈을 거예요.

이 책은 '행아모행복한 아버지 모임'와 '둘이하나데이'의 결실입니다. 7년째 '행아모'에서 활동하고 계신 강병돈, 구기모, 김명렬, 김정균, 김종구, 안기주, 엄동현, 이민호, 이창곤, 조성권, 황현승, 그 외에도 많은 아버지들이 계셨기에 이 책이 나올 수 있었습니다.

또 3년째 '둘이하나데이'에 참석하고 계신 부부들이 없었더라면 이 책은 나올 수 없었을 겁니다. 처음 '둘이하나데이'를 기획하고 매월 오프라인 행사를 하자고 했을 때 선뜻 동의해주고 2년간 '둘이하나데이'를 이끌어준 대한민국 최고의 MC 오종철과 시즌 2 안방마님으로 활약 중인 류재인 강사와 스태프들, 참가자들에게 감사드립니다.

이 책이 나오기까지 기다려주고 적절한 피드백을 해준 워킹맘 박보영 팀장과 엔터스코리아 양원근 사장님을 떠올리지 않을 수 없습니다. 책이있는마을 출판사 강영길 사장님과 편집부에도 좋은 책으로 만들어주셔서 감사드립니다. 출판사도 좋은 작가를 만나야 하겠지만, 작가 입장에서 좋은 출판사, 좋은 편집자를 만난다는 것은 전생의 복이 아닐까 싶습니다.

끝으로 이 감사의 글을 읽고 계실 독자들께 감사드립니다. 이 책을 읽어줘서가 아니라 이 책을 통해 여러분의 가정이 변화될 터인데, 그 변화의 주체가 바로 여러분이기에 미리 축하의 말씀을 드립니다.

이 책을 읽는 분들께

진정으로 배우자를 사랑했나요? 그래서 결혼했나요? 그렇다면 행복해야 하지 않을까요?

결혼생활의 문제를 딱 한 가지만 꼽으라면 뭘까요? 누구나 행복하기 위해 결혼했는데, 많은 부부들이 썩 행복하지 않다는 것입니다. 아니, 오히려 불행하지요. 누구나 행복을 원합니다. 그러나 행복의 기준은 저마다 다르고 행복의 모습도 다릅니다. 누구나 행복하기 위해서 결혼하는 겁니다. 혼자서는 도저히 이룰 수 없는 행복을 맛보기 위해서 결혼하는 겁니다. 그럼에도 부부나 가족 구성원이 행복하지 않다고 느끼면 결혼생활을 다시 한 번 생각해봐야 합니다.

처음부터 그들은 행복하지 않았을까요? 그렇지 않습니다. 그들도 누구보다 행복했을 겁니다. 한 해 결혼건수 대비 이혼건수가 30%나 되는 현실에서 처음 결혼하는 이들 중 대부분은 자신들이 불행하리라고 생각지 않습니다. 더욱이 이혼하리라고는 더더욱 생각지 않지요. 주위에 있는 자기 가족이나 선배, 친구들의 결혼생활

14

이 원만하지 않음을 보고 듣고서도 자신들은 그들과 다르다고 생각합니다. 자신들의 사랑은 특별하기 때문에 영원하리라고 생각하는 거죠.

그러나 그들 중 상당수는 결혼한 지 얼마 지나지 않아 결혼생활에 미처 생각지 못한 복병이 너무도 많음을 깨닫습니다. 자신들의 결혼생활도 주위의 그들과 다르지 않음을 비로소 알게 되고요. 그때서야 그들은 결혼생활에 대한 준비를 전혀 하지 않았음을 깨닫고 뒤늦게 후회합니다. 그들은 결혼식 준비는 했지만 결혼 준비는 하지 않은 것입니다.

그러나 가정에 문제가 있다고 해서 당신의 가정이 구제불능이라는 말은 아닙니다. 다만 가족들이 서로 소통하고 공감하고 격려하고 위로하고 사랑할 줄 모르기 때문에 행복지수가 낮다는 말입니다. 행복의 질이 떨어져 있다는 말이죠. 그 행복의 질을 끌어올려야 합니다. 문제없는 가정이 어디 있을까요. 행복한 부부는 갈등이 있어도 이겨내지만, 불행한 부부는 그 갈등을 이겨내지 못하고 포기할 뿐입니다.

이 책은 누구를 비난하기 위해 쓴 글이 아닙니다. 나는 잘하고 있으니 당신들도 잘하라~는 뜻도 아닙니다. 오히려 용기와 희망을 주기 위해 쓴 글입니다. 저도 그런 갈등의 시기를 겪었고 위기의 터널을 지나왔습니다. 여러분을 포함해서 세상 모든 부부는 갈등을 겪습니다. 갈등 없는 부부는 없어요. 크기의 차이일 뿐 다들 갈등을 겪습니다. 그 갈등을 이겨내느냐, 굴복하느냐의 문제입니다. 이겨내면 잉꼬부부가 되는 거고, 굴복하면 앵꼬부부가 되는 겁니다. 변화시킬 수 있는 것들은 변화시키고, 변화시킬 수 없는 것들은 함께 머무는 법을 배우면 되지요.

행복한 결혼생활을 하는 부부들을 보면 한 가지 공통점이 있습니다. 결혼생활에서 크고 작은 고난과 갈등을 겪지만 잘 이겨낸다는 데 있지요. 자신들의 처지가 아무리 나빠 보이더라도, 그것은 잘못된 부부관계의 희생물이 아니라 자신이 선택한 것이라는 사실을 깨닫습니다. 그들은 자기네 부부관계에 마땅히 책임을 집니다. 부부 둘 다 그렇다는 게 아니라 그들 중 한 사람이 그렇습니다. 한 사람이 주도적으로 문제 해결 의지가 있을 때 배우자는 따라가게 돼 있습니다. 그 한 사람이 누굴까요? 이 책을 읽고 있는 바로 당신입니다. 당신이 이 책을 집어든 것은 결코 우연이 아니에요. 행복에 대한 소망이 있고 의지가 있기에 이 책을 집어든 것입니다. 이 책은 행복으로 가는 지름길입니다.

저는 결혼만 하면 잘 살 줄 알았습니다. 행복할 줄 알았어요.

저는 결혼할 때 세상을 다 얻은 듯이 기뻤습니다. 오죽하면 직장 동료들이 "야, 너 혼자 장가 가냐?" 하고 놀릴 정도였으니 말이죠.

저는 그녀를 너무나 사랑했습니다. 키 크고 예쁘고_{적어도 내 눈에는 그랬죠} 건강해 보이고 지혜로웠고 심성도 착하고 음식 솜씨도 좋았습니다. 무엇보다 시부모에게도 잘할 것 같았어요. 연애할 때는 헤어지기 싫어서 밤늦게까지 붙들어놓았고, 그녀의 집 앞에서도 쉬 발길을 돌리지 못했지요. 후미진 골목에서는 찐한 키스를 나누곤 했습니다. 하루 빨리 결혼하고 싶었어요. 그래야만 주체할 수 없는 성호르몬을 달랠 수 있었기 때문입니다.

그래서 누구보다 늦게 결혼할 것 같았던 제가 친한 친구들 사이에서 처음으로 결혼식 테이프를 끊었습니다. 대학 다닐 때 공부는 뒷전이고 늘 놀기 좋아하는 저였던지라 저 자신도 친구들도 제가 결혼을 늦게 할 줄 알았거든요.

나름 성대한 결혼식을 올리고 제주도로 신혼여행을 다녀오고 그 당시에는 최고의 신혼여행지였어요 행복한 신혼생활을 시작했습니다. 맞벌이를 한 터라 경제적으로도 비교적 윤택했죠. 지갑이 두둑하니 어깨 쫙 펴고 다녔습니다. 그렇게 행복할 수 없었어요. 찌질하던 내 인생에 드디어 봄날이 오는 듯 보였습니다.

먼저 결혼한 선배들이 "결혼생활이 장밋빛만은 아니야." "결혼생활, 그거 만만치 않아."라고 했지만 제 귀에는 들리지 않았습니다.

아니나 다를까. 그 환상이 깨지는 데 불과 몇 달이 채 걸리지 않았습니다. 전문가들은 사랑의 유효기간을 3년이라 했지만, 제 경우는 고작 3개월이었습니다.

저는 어느 날 부부관계가 하고 싶은데 아내는 싫다고 하고,
저는 차를 바꾸고 싶은데 아내가 못 바꾸게 하고,
저는 주말에 골프를 치고 싶은데 아내는 집에서 애들 좀 보라 하고,
저는 휴일에 회사에 나가 일을 해야 하는데 아내는 집에서 같이 놀자고 하고.
이게 결혼이었어요! 저는 결혼 전에는 이런 일이 있으리라고는 생각조차 해본 적 없었습니다.

성호르몬에 이끌려, 어릴 적 읽은 동화의 환상_{동화의 엔딩은 한결같이 해}피엔딩 아닌가요?을 안고 결혼만 하면 잘 살 줄 알았는데 막상 결혼해보니 그게 아니었습니다. 결혼의 필수 혼수는 행복이 아니라 오히려 불화였죠. 이 불화를 이겨내기가 너무 힘들었습니다. '분명히 내가 옳은데, 저 여자가 뭘 몰라서 저렇지. 아니 이게 어디 나 좋자고 하는 거야? 다 우리 가족을 위해서 그런 거지, 그러니까 당신이 이해해야지, 당신만 고치면 되는데…….' 이게 안 되는 겁니다. 저는 직장 다닐 때 승승장구하면서 수백 명의 직원들이 제 말 한마디면 회사가 척척 돌아가는데 집구석_{그때 심정으론 이 표현이 딱이었죠}에 있는 마누라와 애들만 제 맘대로 안 됐습니다. 정말 미치고 팔짝 뛸 심정이었어요. 근데 이게 우리 집만 그런가요? 당신의 집은 어떤가요?

게다가 아이가 하나둘 태어나니 이건 부부가 아니었어요. 그냥 아빠, 엄마만 있었습니다. 회사에서는 빠른 승진 덕에 할 일이 점점 늘어나고 있었지요. 회사는 저 아니면 안 돌아간다고 생각했습니다. 월화수목금금금 일했어요. 당시에는 토요일도 근무할 때였는데, 토요일은커녕 일요일, 공휴일에도 회사에 나가 일했습니다. 그 시절엔 저뿐만 아니라 다들 그래야만 하는 줄 알았죠.

10년을 그렇게 살았던 것 같습니다. 경제적으로는 윤택해졌지만 부부 사이는 점점 나빠져갔습니다. 아니, 나빠지는 것도 모르고 살 았죠. 10년 만에 결혼생활에 위기가 왔습니다.

저는 지금도 아내를 사랑합니다. 결혼할 때나 지금이나 여전히 아내를 사랑합니다.

그러나 그것은 제 생각이었습니다. 아내 생각은 달랐어요.

저는 아내를 사랑한 게 아니라 저 자신을 사랑한 거였습니다.

결혼생활에 관한 한 저는 어른이 아니라 어린아이였어요. 사회 적으로 경제적으로는 어른이었지만 가정에서는 어린아이와 다름없 었죠. 아내가 저를 위해줄 때는 아내를 사랑했지만 그렇지 않을 때 는 아내를 사랑하지 않았습니다.

차   례

추천사 · 4

감사의 글 · 12

이 책을 읽는 분들께 · 14

프롤로그 · 17

이 죽일 놈의 사랑

인간은 사랑해야 살 수 있는 존재 · 26

사랑이 뭐기에 · 29

그들은 오래오래 행복하게 살았을까 · 33

연애는 미분微分, 결혼은 적분積分 · 38

내가 미쳤지, 저런 사람을 뭘 보고! · 44

결혼은 미친 짓일까 · 48

결혼식이 아닌 결혼을 준비하라 · 52

어쩌다 남편아내, 어쩌다 부모 · 56

사랑한다면 원하는 대로 다 해줘야지 · 61

행복한 결혼생활을 위해 얼마를 쓰시겠습니까 · 65

보따리 두 개 · 71

누구나 콩깍지는 벗겨진다 · 77

앙꼬부부, 앵꼬부부, 잉꼬부부 · 80

내 인생에서 가장 소중한 것 · 85

나는 아내를 사랑하지 않았다

모태 애처가? 개 풀 뜯어먹는 소리! · 90

남편, 남자, 사람 · 94

이럴 거면 나랑 왜 결혼했어 · 98

다시 태어난다면 너랑 안 살아. 결코, 절대! · 101

부디 사랑에 목매지 않기를 · 105

나는 아내를 사랑하지 않았다 · 112

못난 남편은 못난 아빠가 된다 · 119

죽어야 사는 남자 · 123

마누라는 절대! 바뀌지 않는다 · 133

짝! 쪽! 쭉! · 136

금은보화보다 소중한 나의 가족 · 143

나도 행복할 수 있을까 · 147

부부에게도 '리모델링'이 필요하다 · 155

가정이 무너지면 다 무너진다 · 160

나는 다시 태어나도 당신과 결혼할 거야

다음 생에도 당신과? 재수 없는 소리! · 178

당신의 행복지수는 몇 점인가 · 182

배우자가 아니라 접합자가 돼라 · 190

나 자신을 먼저 사랑하라 · 194

사랑의 기술도 자란다 · 199

똥품 잡으면 똥 나온다 · 202

나의 불알친구는 아내이다 · 210

세 가지 직분 · 215

가정을 경영하라 · 222

부부는 팀Team이다 · 229

재테크하세요? 저는 '애愛테크'해요 · 235

위대한 아내, 위대한 엄마 · 241

내 아내는 졌소부인 · 246

아내여, 남편을 요리하라 · 250

나는 가문의 시조다 · 256

명문가문이 될 것인가, 멸문가문이 될 것인가 · 260

친절한 수경 씨의 가정경영 · 265

나는 가정행복코치다 · 275

그래도 끝내고 싶으신가요 · 282

에필로그 · 298

PART

01

이 죽일 놈의

사랑

인간은
사랑해야 살 수 있는 존재

혹시 인간을 나타내는 다양한 용어에 대해 아십니까? '호모-'는 인류, 사람을 뜻하는 접두사입니다. 최초의 인류인 호모 하빌리스 Homo Habilis: 능력 있는 사람, 호모 에렉투스Homo Erectus: 직립원인, 호모사피엔스Homo Sapiens: 지혜로운 사람, 현생인류인 호모 사피엔스 사피엔스Homo Sapiens Sapiens 등이 있지요.

이후 호모 루덴스Homo Ludens: 유희하는 인간, 호모 노마드Homo Nomad: 유목하는 인간 등 인간의 특징을 나타내는 다양한 용어들이 탄생했습니다. 이제는 포노 사피엔스Phono Sapiens: 스마트폰을 떠나서 살 수 없는 인간라는 말도 들립니다.

세상이 급변하고 사람도 이에 따라서 변화해갑니다. 그러나 변하지 않는 게 하나 있다면, 인간은 서로 사랑해야만 살아갈 수 있다는 사실이지요. 인간끼리 사랑해야 한다는 뜻입니다.

인간은 사랑해야만 살아갈 수 있는 존재, 즉 호모 러버스Homo Lovers입니다. 제가 만든 표현인데요. 여기서 말하는 사랑은 섹스만을 뜻하지 않습니다. 동물은 종족 번식을 위해 섹스를 하지만 인간은 다르니까요. 물론 그 목적도 있지만 인간의 사랑은 섹스를 넘어섭니다. 섹스는 인간이 사랑을 표현하는 최고의 방법입니다. 배려, 존중, 공감, 소통을 다 가지고 있습니다. 이러한 사랑은 사랑하는 사람을 성장시킬 수 있습니다.

인간은 사랑하지 않으면 살 수 없습니다. 사랑 때문에 웃고 사랑 때문에 울지요. 사랑하고 사랑받는다는 것은 인간으로서 최고의 경험입니다. 그 어떤 경험도 사랑만큼 황홀하지 않을 겁니다. 벌거벗어도 부끄럽지 않은 사이, 친밀감, 신뢰감, 격려와 위로, 헌신 등등 세상의 좋은 단어를 다 갖다 붙여도 사랑이라는 한 단어를 설명할 수 없습니다. 성적 만족감은 부부만이 누릴 수 있는 최고의 축복이 아닐까요. 게다가 자녀가 태어나고 그 자녀를 양육하는 기쁨은 무엇으로도 설명하기 힘듭니다.

사랑이 있다면 어떤 역경도 이겨낼 수 있지만 사랑이 없다면 고 대광실高臺廣室: 크고 넓은 집도 무의미하지요. 믿음, 소망, 사랑 그중에 제일은 사랑이라 하지요. 사랑 중에서도 최고의 사랑이 바로 부부간의 사랑입니다. 50~70년을 함께 살면서 나누는 부부간의 사랑이야말로 참사랑이라 하겠습니다.

그런데 요즘 들어 참사랑을 제대로 경험하지 못하는 부부가 많아서 놀랍고 안타깝습니다. 부부라면 서로 사랑해야 합니다. 그러려고 결혼한 거니까요. **부부간에 서로 사랑을 느껴야 하고 서로 사랑한다고 표현해야 합니다.** 하지만 사랑한다는 말을 서로 하지 않는 부부가 많습니다.

부부간에 사랑한다는 말을 듣지 못한다면 어느 누구한테서 들을 수 있을까요. 다른 사람에게서? 워낙 불륜과 외도가 늘어나는 추세인데요. 참으로 불행한 일입니다.

사랑이
뭐기에

남자의 가슴이 콩닥콩닥 뜁니다.

'이제 좀 있으면 그녀의 집인데…… 어떡하지? 오늘도 이대로 헤어져야 하나? 해? 말아? 해? 말아?'

남자의 머릿속은 하얗습니다. 그녀와 손을 맞잡고 있는 남자의 손이 축축해집니다. 둘 다 아무 말 없이 한참을 걷습니다. 골목을 돌아서자 그녀의 집이 저만치 앞에 보입니다. 세상에서 가장 느린 걸음으로 걸었건만 야속하게도 어느새 그녀의 집 앞입니다. 여자는 얼른 집에 들어가야 하건만 그러려고 하지 않습니다. 그도 잡은 손을 놓지 않고 그녀도 손을 놓을 생각이 없지요.

둘은 말없이 집을 지나쳐 다른 골목으로 접어듭니다. 마침 가로등도 없네요. 남자가 잡은 손에 힘을 주는가 싶더니 그녀를 벽으로 몰아붙입니다. 그녀는 움찔했지만 저항하지는 않습니다. 남자는 거친 숨을 몰아쉬며 그녀의 입술을 덮치고 그녀도 기다렸다는 듯이 그의 혀를 받아들입니다. 영화 〈건축학개론〉의 납득이가 떠오릅니다. 말이 나온 김에 납득이의 대사를 떠올려볼까요? 그 영화에서 가장 재미있게 봤던 대목입니다.

"키스라는 건 말이야. 입술이 딱 붙잖아. 걔 혀, 니 혀가 이렇게 자연스럽게 스를~ 뱀처럼, 알지? 스네이크? 만나~ 자연스럽게⋯⋯ 되겠지. 자연스럽게 막 섞여. 하나하나 하나가 되는 거지. 비벼 막 비벼 조온나 비벼. 존나 비벼. 뒤로 갔다 앞으로 갔다 존나 비벼. 환상. 이게 키스야, 이게 키스야. 니가 한 건 뽀뽀고, 만나면 반갑다고 뽀뽀고. 그것도 자는 애한테 그건 범죄야 범죄~"

사람이 살아가면서 가장 많이 듣는 단어가 뭘까요? 바로 '사랑'입니다. 사람들은 왜 사랑을 하는 걸까요? 많은 과학자들의 연구 결과에 따르면 테스토스테론과 에스트로겐이라는 성호르몬의 영향이라고 합니다. 결혼할 나이가 되면 남자는 여자를 갈망하게 되고 여자는 남자를 갈망하게 됩니다. 아직 누군지는 모르지만 내 앞

에 누군가 짠~ 하고 나타나리라는 기대를 하지요. 이른바 갈망의
단계입니다.

그러다가 어느 날 진짜 거짓말같이 한 남성 또는 한 여성이 나타
납니다. 가슴이 콩닥콩닥 뜁니다. 안 보면 보고 싶고, 그_{그녀}의 전화
가 기다려지고, 밥을 굶어도 배가 고프지 않고, 그_{그녀}를 만나러 가
다 넘어져 무릎이 깨져도 상처는 아랑곳하지 않고 벌떡 일어나 달
려가지요. 온 세상이 나와 그_{그녀}를 위해 존재하는 것 같습니다. 사
랑을 주제로 한 모든 소설, 시, 노래가 온통 나를 위해 지은 것 같
은 착각에 빠집니다. 단언컨대 나와 그_{그녀}가 주연 배우이지요. 소위
콩깍지가 씐 것입니다. 심리학자들은 이런 현상을 홀딱 반한 상태
라고 하고 '핑크렌즈 효과_{pink lens effect}'라고 부릅니다. 소위 끌림의 단
계입니다.

이때는 사고에 장애가 오며 자신이 보고 싶은 대로 사물을 인식
하고 해석합니다. 일종의 이상화라고도 합니다. 홀딱 반했다는 의
미의 인패튜에이션_{infatuation}은 '어리석다'는 의미의 라틴어 '파투우스
_{fatuus}'에서 유래했다고 하지요. 남들 눈에는 다 보이는 결점인데도 자
신의 눈에는 보이지 않습니다. 심지어는 주위 모든 사람이 자신들
의 결혼을 반대해도 자신들의 만남은 운명이라며 결혼을 밀어붙입
니다. 누군가가 계속해서 반대하면 가출과 동거도 불사하지요. 드
라마를 너무 많이 봤나 봅니다.

자, 이렇게 끌림의 단계에 있을 때 남녀는 일종의 마약중독 상태와 같은 느낌을 갖게 됩니다. 그래서 일부 심리학자들은 이것을 거짓사랑이라고 표현하는 사람도 있지요. **이때 페닐에틸아민, 엔도르핀, 노르에피네프린과 같은 신경전달물질이 분비되는데, 이 중에서 페닐에틸아민은 황홀감, 행복감을 주는 천연 마약 성분과 같습니다. 그래서 하루 종일 같이 있어도 질리지도 않고, 자꾸 스킨십이 하고 싶고, 더 나아가 섹스도 하고 싶어지는 것입니다.** 사랑을 마약중독 상태에 비유하는 이유는 둘 다 그 행위를 통해서 극도의 절정감을 느끼기 때문이고, 그 성분이 떨어졌을 때 느끼는 슬프고 공허한 감정, 그것을 채우기 위한 갈망과 욕구가 처절한 것도 흡사하기 때문입니다.

처음엔 만나서 차만 마셔도 좋고, 전화로 얘기만 해도 좋고, 웃으며 안녕 하는 그런 사랑을 하지만, 마약중독 상태가 되면 가슴 터질 듯 열망하는 사랑, 같이 있지 못하면 참을 수 없고 보고 싶을 때 못 보면 눈멀고 마는 사랑, 사랑 때문에 목숨 거는 사랑, 그런 사랑을 하게 되지요. 혜은이, 〈열정〉에서 가사 일부 인용.

우리는 이걸 사랑이라고 부릅니다. 남녀가 처음 경험하는 이 지독한 사랑은 사랑하는 사람들의 가슴을 뛰게도 하지만 아프게도 합니다. 이토록 오묘한 사랑의 끝은 뭘까요?

그들은
오래오래 행복하게
살았을까

이렇게 끌림의 단계에서 많은 사람들이 사랑을 고백하고 청혼을 합니다. 결혼은 틀림없이 축복입니다. 사랑하는 사람과 한평생 살 수 있다는 건 정말 신나는 일이지요. 이제 더 이상 그녀를 집에 데려다주고 막차를 타기 위해 힘들게 뛰지 않아도 되니까요. 매일 밤 그녀와 뜨거운 사랑을 나누는 건 얼마나 황홀할까요. 그녀와 함께 떠오르는 아침 햇살을 맞을 수 있다니, 아, 생각만 해도 짜릿합니다. 그녀가 나를 위해 아침을 차려준다, 와우! 결혼을 앞둔 커플들은 하나같이 이런 상상을 합니다. 생각만 해도 입이 헤벌쭉 벌어집니다.

드디어 결혼식을 올립니다. 결혼식 날 신랑은 마치 자신이 브래드 피트이고, 신부는 앤젤리나 졸리가 된 듯한 착각에 빠집니다. 두 사람은 사랑이 영원하리라고 믿지요. 평생이 언제나 오늘과 같을 것이라고 생각합니다.

앞에서 끌림의 단계를 마약중독 상태에 비유했는데요. 좀 심한 표현일지 모르지만 이성이 마비된 상태에서 결혼하는 겁니다.

과연 그들이 기대하는 것처럼 그들의 사랑이 영원한 걸까요? 결혼만 하면 다들 행복하게 잘 살까요? 결혼은 동화가 아닙니다. 우리가 흔히 읽던 동화 속 왕자는 공주와 만나 "결혼해서 행복하게 살았더래요."지만 현실은 그게 아니지요. 그래서 동화의 2부작이 나온다면 "왕자와 공주는 결혼 후 치고받고 박 터지게 싸웠더래요."로 엔딩이 바뀔 것입니다.

자, 왜 그런지 살펴보겠습니다. 인간의 신체는 동일한 화학물질에 지속적으로 노출되면 내성이 생겨 신경전달물질의 분비가 감소하기 때문에 황홀감이 사라지고 사랑의 열기가 식게 됩니다. 그래서 전문가들은 사랑의 유효기간을 6개월에서 길어야 3년으로 보는 것입니다. 갈망과 끌림으로 생긴 정열적인 사랑의 시기가 지나고 나면 고통과 갈등을 동반한 새로운 차원의 사랑이 기다리고 있습니다. 전문가들은 이때를 애착의 시기라고 부르지요.

이런 끌림의 단계에서의 사랑은 '사랑에 빠진다'고 표현하는 것이 맞습니다. 사랑에 빠지는 것과 사랑하는 것은 다른 의미입니다. 사랑에 빠진다는 것은 애욕의 경험, 즉 성적인 의미이며 사랑한다는 것은 의지적이고 선택적이며 책임의식이 수반되는 보다 성숙한 의미의 사랑입니다.

우리는 아이들을 아무리 깊이 사랑할지라도 아이들과 사랑에 빠지는 않습니다. 요즘 이런 미친(?) 사람들이 많이 있긴 하지만. 이건 사랑하는 거지 사랑에 빠지는 것이 아닙니다. 사랑에 빠지는 경험은 일시적입니다. 이 말은, 이 감정은 지나가기 마련이라는 뜻이죠. 어딘가에 빠졌다면 언젠가 거기에서 벗어날 때도 있습니다.

사랑에 빠지는 현상의 본질은 자아의 일부가 무너지고 자신의 자아와 다른 사람의 자아가 하나가 되는 일체감을 느끼는 것입니다. 내가 다른 사람과 하나가 되다니, 말도 안 되는 소리죠? 그런 의미에서 사랑에 빠지는 행동은 일종의 퇴행이라고 할 수 있습니다.

사랑에 빠지고 싶다고 누구나 사랑에 빠질 수 없는 것처럼, 사랑에 빠지고 싶지 않아도 나도 모르게 빠지는 게 사랑에 빠지는 것입니다. 꼭 필요하고 적합한 상대와만 그런 것도 아닙니다. 만나서는 안 될 사람과 사랑을 하기도 하니까요. 이런 의미에서 사랑에 빠지는 것 자체를 참사랑이라고 부를 수는 없을 것입니다.

세 가지 사랑

사랑에 빠지는 것이 사랑은 아니라는 것에 대해 좀 더 쉬운 비유를 들어보겠습니다. 성행위가 사랑의 행위 중 하나이기는 하지만 사랑 그 자체는 아닌 것과 같습니다. 성행위는 어떤 경험보다 최고의 황홀감과 엑스터시를 제공하지만 행위가 끝나고 나면 그 느낌은 사라지고 말지요. **사랑에 빠지는 것도 마찬가지입니다. 굉장히 짜릿한 경험이지만 언제까지나 그 감정이 유지되지 않으며 언젠가는 빠져나오게 되니까요.**

만약 사랑에 빠진 채로 평생을 살아간다면 그 사람은 정신병자가 되거나 사회 부적응자가 될 수밖에 없을 것입니다. 연애 때의 비이성적인 감정을 결혼하고서도 평생 그대로 유지하는 사람이 직장생활이나 사회생활을 제대로 할 수 있을까요?

그래서 사랑한다는 것은 사랑에 빠진다는 것보다 훨씬 상위의 사랑이고, 우리는 이 사랑을 참사랑이라 부릅니다. 정리해보면,

오르가슴을 통해 느끼는 찰나의 사랑이 있는가 하면,

36

사랑에 빠지는 느낌의 일시적 사랑이 있고,
평생에 걸쳐 나누는 참사랑이 있는 것입니다.

우리가 결혼을 통해 추구해야 하는 사랑은 바로 이 '참사랑'입니다. 그래서 미국의 유명한 정신과 의사인 스캇 펙M. Scott Peck 박사는 "한 쌍의 연인이 사랑에서 빠져나올 때 그때서야 비로소 그들은 참사랑을 하기 시작한다."라고 말했던 것입니다. 이 참사랑을 경험하지 못하고 연애나 신혼 때의 로맨틱 러브를 그리워하는 부부가 많다는 사실은 참 안타까운 일입니다.

프랑스의 심리학자 루딘Loudin은 오늘날 이혼이 급증하는 이유를 바로 사랑에 빠진 상태, 즉 로맨틱 러브로 결혼 관계를 맺고 유지하려고 하기 때문이라고 말했습니다. 사랑로맨틱 러브이 오히려 결혼을 망치고 있는 것입니다.

연애는 미분微分, 결혼은 적분積分

사랑만으로는 잘 살 수 없습니다. 열렬히 사랑했다고 열렬히 행복한 것은 아닙니다. 사랑해서 결혼한 수많은 부부의 이혼율이 30% 가깝다는 사실은 더 이상 놀랄 일도 아니지요. 결혼의 성공 여부는 애정의 정도가 아니라 성숙의 정도에 달려 있습니다.

흔히 사랑의 종착역이 결혼이라거나 결혼은 사랑의 무덤이라고도 말합니다. 제 생각엔 둘 다 틀렸습니다. 결혼은 사랑이 끝난 게 아니라 새로운 사랑이 시작되는 것이고, 사랑의 무덤이 아니라 새로운 사랑이 꽃피는 아름다운 정원입니다.

연애는 사랑에 빠지는 것, 결혼은 사랑하는 것이다

위에서 말한 것처럼 연애 감정은 변할 수 있습니다. 만나다가 아니다 싶으면 헤어질 수도 있고요. 그리고 새로운 사랑을 만날 수 있습니다.

연애의 '연戀'자를 한번 자세히 볼까요? '그리워할 연'인데 '변할 변變'자와 비슷합니다. 연=마음심, 변=둥글월문

戀 變

자, 이번엔 결혼의 '결結'자를 보겠습니다. '맺을 결'입니다.

結

가는 실糸+길할 길吉=실로 행복을 엮는다는 뜻입니다. 무조건 행복한 것이 아니라 실타래처럼 크고 작은 문제가 얽혀서 쉽게 풀 수 없음을 뜻합니다. 그러니까 풀려고 하지 말라는 것입니다. 연애는 변함을 전제로 하지만 결혼은 변치 않음을 전제로 합니다.

연애할 때 변하면 헤어지면 됩니다. 그렇지만 연애할 때는 잘 변하지 않습니다. 왜 그럴까요? 앞서 사랑에 빠진 것은 마약중독 상태와 마찬가지라고 설명했습니다. 그렇게 달콤하고 매력적이니 안 변하는 거죠. 그러다가 결혼하고 나서 비로소 변하게 됩니다.

그런데 과연 변했다고 표현하는 것이 맞는 걸까요? 어쩌면 변한 게 아니라 원래 그랬는데 미처 못 본 것인지도 모릅니다. 연애할 때는 그놈의 성호르몬 때문에, 눈에 콩깍지가 씌었기 때문에 초인적인 힘을 발휘했던 것입니다. 여자친구 집에 데려다주고 막차 타고 1시간을 가도 피곤치도 않고, 택시비 3만 원씩 들여서 집에 돌아가도 돈이 안 아까웠던 것입니다. 그게 정상이 아니라 일종의 마약중독 상태라서 그랬는데, 애인은 자기 남친또는 여친이 평소에 그런 줄 알았던 것이죠. 엄밀하게 말하면 본의 아니게 사기를 친 셈입니다.

연애 시절에는 상대의 마음에 들기 위해 남자는 대범한 척, 씀씀이가 큰 척, 포용적인 척, 싸움 잘하는 척, 머리 좋은 척, 공부도 잘한 척하기 마련입니다. 여자는 조신한 척, 많이 안 먹는 척, 배 안 나온 척, 술 못 먹는 척하지요. 그러나 결혼한 뒤에는 언제 그랬냐는 듯이 원래대로 되돌아옵니다. **변한 게 아니라 원래 그랬는데, 정신이 '헤까닥'해서 잠깐 동안 그랬다가 원래대로 되돌아왔을 뿐인데 이걸 변했다고 하는 것입니다.**

연애=1+1   결혼=2+4

연애는 미분법으로, 결혼은 적분법으로 접근해야 합니다. 단어의 의미를 풀어드리면, 미분은 작은 부분까지 세밀하게 보는 것이고, 적분은 전체적으로 크게 보는 것을 말합니다. 연애는 상대의 구석구석을 현미경처럼 들여다봐야 하지만 일단 결혼한 뒤에는 전체를 봐야 합니다. 그런데 문제 부부들은 반대로 합니다. 그들은 결혼해서 상대의 행동 하나하나를 시시콜콜 따지는 미분법으로 접근하기 때문에 문제가 생깁니다. 일단 결혼했으면 큰 그림을 그려야 합니다. 무려 50~70년간 같이 살 사람이 아닙니까. 그 사람에 대해 시시콜콜 따져서는 제명에 못 죽을 겁니다.

연애는 두 사람이 하는 거지만 결혼은 '2+4=6', 즉 여섯 사람이 하는 것입니다. 연애는 너와 나의 문제지만 결혼은 두 가문의 결합이라는 말이지요. 내 부모만이 아니라 양가 부모, 즉 부모가 네 분이 된 것입니다. 결혼을 한다는 것은 너와 나만의 문제가 아니라 내 부모 외에 네 부모도 같이 섬겨야 하고, 자녀가 태어나면 그와도 조화를 이루어야 합니다.

저는 아들이 결혼해서 며느리가 있습니다. 제 직업이 직업이다 보니 며느리한테 잘한다고 하지만, 며느리 입장에서는 그래도 시부모를 불편해하는 기색을 보일 때가 많습니다. 며느리가 할 만한 사안인데도 꼭 아들을 시켜 연락이 올 때가 있습니다. 그래서 한번은 아들에게 말했지요.

"야, 이제는 결혼한 지도 꽤 됐고 우리 나름대로는 허물없이 대하려고 애쓰는데, 네 아내는 아직 안 그런 모양이구나?"

제 물음에 아들 대답이 한술 더 뜨더군요.

"아빠, 아무리 좋은 시부모라도 없는 것 보단 못해요."

이거 웃어야 할지 울어야 할지. 그 말을 듣고 공전의 히트를 쳤던 TV 드라마 〈넝쿨째 굴러온 당신〉이 떠올랐습니다. 그 드라마에서 여자 주인공 차윤희는 능력 있는 고아를 이상형으로 생각했는데, 그 이상형과 딱 맞아떨어지는 외과의사 방귀남을 만나 결혼합니다. 하지만 방귀남이 친부모님을 찾게 되면서 갑작스레 시댁이 생기고 이후 파란만장한 사건들이 이어지지요. 남편이 친부모님을 찾았을 때 대혼란에 빠진 차윤희의 모습이 참 리얼했습니다.

세간에 젊은 아내들이 제일 선호하는 시부모상이라며 다음과 같은 우스갯소리가 있다고 합니다.

1위 - 시부모 안 계심

2위 - 미국 사는 시부모

3위 - 제주도 사는 시부모였다나 뭐라나

결혼을 한다는 것은 한 인격과 다른 인격, 즉 서로 다른 두 인격체가 만나는 것입니다. 그런데 결혼의 목적은 서로 다른 두 인격으로 존재하는 것이 아니라 '우리'라는 새로운 인격체가 되는 것입니다. 저는 이걸 '부부격'이라고 부릅니다.

연애=상대가 내 뜻대로 해주는 것
결혼=내가 상대의 뜻대로 해주는 것

'나', '너'의 관계에서는 두 인격체가 다 있는 듯 보이지만 실제로는 '나'라는 인격체밖에 없습니다. 남편의 입장에서는 언제나 남편이 '나'고, 아내의 입장에서는 언제나 아내가 '나'이기 때문입니다. '너'는 없는 것이죠. 내가 이기기 위해서 너는 져야 하고, 네가 이기려면 나는 져야 합니다. 이걸 제로 섬zero sum 게임이라고 부르는데, 부부격이란 제로섬 게임을 포지티브 섬positive sum 게임, 윈윈게임으로 바꾸는 것을 말합니다.

출처: 전작 《이럴 거면 나랑 왜 결혼했어?》에서 발췌

연애와 결혼이 다르다고 해서 불꽃처럼 뜨거운 연애 감정이 무가치하다는 게 아닙니다. 결혼을 통해 보다 더 아름다운 관계-평생 꺼지지 않는 올림픽 성화 같은 약속과 헌신-로 승화하자는 말입니다.

내가 미쳤지,
저런 사람을
뭘 보고!

사람들은 왜 결혼을 할까요? 많은 사람들이 이 질문에 "사랑하기 때문에."라고 답할 것입니다. 과연 그럴까요? 이런 말도 있습니다. "사랑이 밥 먹여주냐?"

사랑이 밥을 먹여주는 건 아니지만 결혼의 진짜 이유는 '행복하기 위해서'가 맞지요. 사랑이 시작이라면 행복은 끝인 건데요. 그렇다면 행복이 뭘까요? 행복에 대한 다양한 정의가 있겠지만 제가 생각하는 행복은 지금보다 나아지는 겁니다. 오늘보다 내일이 낫고 내일보다 모레가 나아지는 것이죠. 결혼생활을 통해 10년 뒤, 20년 뒤, 그리고 노년에 젊은 시절보다 더 나아진 모습으로 살아내고 삶을 마감할 때 '당신과 함께한 세월이 행복했다'고 고백하는 겁니다. 그게 결혼하는 이유고 목적입니다.

사랑하기 때문에 결혼하지만 결혼을 통해 얻고자 하는 것은 행복입니다. 지금보다 나아지리라는 기대가 바로 행복입니다. 그렇다면 남편들과 아내들은 무엇을 기대하는 걸까요?

남편들이여! 아내를 선택할 때 무엇을 기대하시나요? 가정을 편안한 휴식처로 관리해주고, 건강하고 맛난 음식을 제공해주며, 내 아이의 엄마로서 자녀를 잘 양육하고, 나를 대신해 부모님을 잘 보살펴드리고, 평생 나의 성적 파트너가 되어주는 것. 남자라면 한결같이 이런 기대감으로 아내를 선택할 것입니다.

아내들이여! 남편을 선택할 때 무엇을 기대하시나요? 평생 나만을 아끼고 위하고 사랑해주고, 내 아이의 양육자가 돼주고, 평생 경제적 필요를 채워주며 내 편이 돼줄 사람. 여자라면 이런 기대감으로 남편을 선택할 것입니다.

문제는 그 기대감이 현실적이지 않다는 데 있습니다. 남편과 아내는 자신들의 부모의 결혼생활이 그렇게 완벽하지 않다는 것을,

오히려 문제투성이였음을 잘 알고 있습니다. 그럼에도 자신의 결혼에 대해서는 그런 비현실적인 기대를 합니다. 역설적이게도 부모의 결혼생활이 엉망이었을수록 그런 기대감은 더 커집니다. 부모의 결혼생활이 나빴기에 내 결혼생활은 그렇지 않기를 바라는 것입니다.

더 큰 문제는 그런각자 부모의 결혼생활이 문제투성이였던 남녀가 서로 커플이 된다는 데 있습니다. 폭력적인 아버지를 둔 여자가 폭력적인 남편을 만나는 일은 너무나 흔하지요. 바가지를 긁는 어머니를 둔 남자가 더 지독한 바가지 아내를 만납니다.

어떤 중년 여성이 저에게 이런 말을 한 적이 있습니다.
"선생님, 제가 신발이나 속옷 하나를 사더라도 몇날 며칠을 고민하고 사는데, 정작 남편은 아무 기준도 아무 생각도 없이 골랐더라고요. 결혼해서 보니까 내가 미쳤지, 이런 남자를 왜 골랐지? 하는 생각이 들더군요."
결혼에 관한 이런 격언이 있습니다.

판단력이 부족하면 결혼을 하고,
이해력이 부족하면 이혼을 하고,
기억력이 부족하면 재혼을 한다.

어떤 결혼이든 후회를 한다는 말입니다. **이 책을 읽는 당신뿐만이 아니라 결혼한 사람이라면 누구나 자신의 선택을 후회하는 순간을 맞닥뜨립니다.** 정말 배우자를 잘 선택해야 합니다. 잘못된 결혼은 나 하나만의 문제가 아니라 집안에도 안 좋은 영향을 주어 그야말로 멸문滅門의 화를 입기도 합니다. 그만큼 결혼은 신중해야 합니다. 결혼 전에는 수백 번을 망설여도 좋습니다. 그러나 일단 결혼한 이상 절대로 결혼을 후회해서는 안 됩니다. 후회는 접어두고 배우자에 대해서 제대로 배워야 합니다. 그래야 행복한 결혼생활을 할 수 있습니다.

결혼은
미친 짓일까

모임에서 지인을 만났습니다. 제가 가정행복코치이다 보니 이집 저집의 가정 문제를 저에게 들려줍니다. 그는 얼마 전에 아는 후배가 이혼을 했다며 안타까워했습니다.

"내가 결혼식을 다녀온 게 불과 6~7개월 전이야. 근데 얼마 전에 이혼했다는 거야. 성격 차이라고 하더군."

"많은 부부들이 그 이유로 이혼하지. 놀라운 이유는 아닌 것 같은데?"

"글쎄, 그 커플이 연애를 7년 했어. 근데 결혼한 지 6개월도 안 돼 성격 차이라니. 이해가 돼?"

지인은 도무지 이해할 수 없다는 반응이었습니다. 남들은 수긍하기 힘들겠지만 당사자들 입장에서는 충분히 이혼할 수 있는 사유가 됩니다. 7년을 연애했다 하더라도 연애와 결혼식까지는 '미친 상태'에서 하고 결혼생활은 '제정신'으로 하는 거니까요.

결혼은 선택입니다. 수백만 명의 이성 가운데 평생을 함께할 내 사람을 선택하는 것이죠. 그래서 신중하게 결혼을 결정하고, 결혼한 후에는 뒤도 돌아보지 않는, 후회 없는 선택이어야 합니다.

후회 없는 선택이 뭘까요? 배우자의 조건이 좋고 뛰어난 외모를 가진 완벽한 배우자를 골랐다는 뜻일까요. 아닙니다. **어차피 완벽한 사람은 없어요. 배우자가 어떠하든지 간에 내 선택을 후회하지 말아야 한다는 뜻입니다.** 결혼 전에는 상대에게 초점을 맞춰야 하지만 결혼 후에는 내게 초점을 맞춰야 합니다. 결혼 전에는 상대가 어떤 사람인지 아는 데 관심을 가져야 하지만 결혼 후에는 상대가 아닌 나 자신이 어떤 사람인지 관심을 두어야 한다는 의미입니다.

그것이 잘된 선택인지 잘못된 선택인지 당장은 판단할 수 없습니다. 결혼은 사랑의 끝이 아니라 시작이라고 했지요. 결혼하고 나서야 비로소 사랑이 시작되는 것입니다. 연애 시절 나눴던 사랑은 성호르몬에 이끌린 충동적 사랑이지만, 결혼 후 나누는 사랑이야말로 배우자와 자녀들을 배려하고 책임지는 사랑, 참사랑입니다.

자, 그럼 어떤 게 후회 없는 선택일까요? 아무리 연애를 오래 해도 배우자에 대해 완벽히 알기란 불가능합니다. 그럼 어떻게 하냐고요? 방법이 있습니다. 결혼해야 할 이유와 하지 말아야 할 이유를 각각 생각해보는 것입니다. 제가 제 아이들한테 결혼을 허락하는 기준이 바로 이것입니다. 아이들에게 상대와 결혼해야 할 이유와 하지 말아야 할 이유를 20가지 이상 적어오게 합니다. 결혼해야 할 이유가 단 몇 개라도 많으면 그 결혼을 허락해줄 수 있습니다. 고작 그것뿐이냐고 의아해하는 분들도 있겠지만, 20가지를 적는 일이 생각보다 결코 쉽지 않습니다. 상대에 대해 깊이 생각하지 않으면 절대로 20개를 적을 수 없습니다.

결혼해야 할 이유 20개를 적을 때 되도록 배우자의 현재가 아닌 미래를 쓰는 게 좋습니다. 20~30년 뒤에도 후회하지 않을 배우자인지 결혼 전에 미리 생각해보는 것이지요. 외모, 경제력, 학력과 같은 조건 말고요.

- 좋은 아버지, 좋은 어머니가 될 수 있는 사람인가?
- 성질 더럽고 제멋대로가 아니라 정서적 교감을 할 수 있고 재미있는 사람인가?
- 내 이야기를 잘 들어주는가? 공감을 잘하는가?
- 원가정의 가족들과 관계가 좋은가?

■ 충동적이지 않고 일관되고 안정적인가?

제가 아는 40대 초반의 부부가 있습니다. 그 아내는 결혼 전에 남편의 장단점에 대해 무려 200개를 적었다고 합니다. 200개, 정말 불가능한 숫자이지 않습니까. 상대를 속속들이 알지 않으면 절대로 이렇게 못합니다. 이 부부 지금 어떻게 살고 있을까요?

고등학생 아들 하나 두었고, 부부가 맞벌이를 하는데 정말 열심히 삽니다. 경제 형편이 그렇게 넉넉하지 않지만 모든 면에서 서로 합력합니다. 양가 부모 모시는 문제, 일과 가사의 분담 문제, 돈 문제, 자녀 교육에 관해서도 부부가 결혼 전에 미리 합의를 해둬서 트러블이 거의 없습니다. 이 가정에 앞으로도 크고 작은 위기가 오겠지만 저는 이 부부가 훌륭하게 극복해내리라 믿고 있습니다. 이들은 결혼생활의 진정한 롤 모델입니다.

결혼식이 아닌 결혼을 준비하라

며칠 전 한 통의 전화를 받았습니다. 1년 전쯤 제가 주례를 섰던 신랑이었습니다. 그 커플은 결혼을 결심하고 6개월쯤 후에 치를 결혼식 준비로 여념이 없었습니다. 웨딩 촬영, 드레스 고르기, 예물과 예단 준비, 가구 준비 등등을 하느라 정신이 하나도 없어 보였습니다. 지켜보는 내 눈이 돌아갈 정도로 그들은 바빴습니다. 가끔 안부를 물으면 그렇게 말하더군요.

"선생님, 준비할 게 한두 개가 아니에요. 너무 정신없어요."

어느새 결혼할 날이 다가왔고, 그들은 많은 하객들이 모인 가운데 가정행복코치인 저의 주례사를 들으며 나름 성대하게 결혼식을 잘 치렀습니다. 이어 두 사람은 행복한 신혼여행을 보내고 돌아왔습니다. 이제야 두 사람이 한시름 놓겠구나 싶었죠. 그런데 6개월쯤 지나자 신부에게서 연락이 왔습니다. 신랑 때문에 힘들어 죽겠다고 제게 하소연을 했습니다.

"선생님, 너무 속상해요. 결혼이 이런 건 줄 몰랐어요."

막상 결혼해보니 남자의 단점이 하나둘 보이는데 자신과는 너무 다르다며 같이 못 살겠다는 겁니다. 흔히들 말하는 '성격 차이'입니다. 설득해서 돌려보냈습니다. 또 6개월쯤 지나 이번에는 신랑이 제게 전화를 해온 것입니다. 얘기를 들어보니 아내가 자신을 무시한다며, 이렇게는 못 살겠다며 이혼하고 싶다고 하더군요. 오랜 시간 설득을 했지만 잘 해결될 것 같지 않았습니다.

결혼식이 몇 분 정도 걸리지요? 30~40분의 결혼식을 위하여 신랑 신부는 얼마나 많은 준비를 하는지 알고 계시지요? 사회자와 주례 섭외, 스드메스튜디오. 드레스. 메이크업, 축가, 신혼여행 등 준비할 게 정말 많습니다. 더러는 결혼식을 준비하느라 트러블이 생기기도 하지만 신랑 신부는 그들의 행복한 결혼생활을 꿈꾸며 결혼식 준비에 많은 돈과 시간과 정성을 들입니다.

결혼식은 30분이지만 결혼생활은 50년 이상이지요. 30분의 결혼식을 위해 몇 달을 준비하면서 정작 50년의 결혼생활은 준비하지 않는 게 현실입니다. 결혼식Wedding은 이벤트이지만 결혼Marriage생활은 이벤트가 아닌데 말입니다.

결혼생활이 어려운 것은 연습이란 게 없어서일 겁니다. 사람이 뭔가를 잘하고 싶을 때는 연습을 하지 않습니까. 자전거를 배울 때도 익숙해질 때까지 되풀이해서 타고 또 탑니다. 하지만 결혼은 연습이 없습니다. 한번 결혼해보고 아니다 싶으면 곧바로 헤어지고 다시 결혼할 순 없는 것 아닙니까. 그러니 열렬히 사랑해서 결혼했다고 열렬히 행복할 수 없는 거죠.

그러나 결혼을 준비할 수는 있습니다. 배우자에 대해 알아보고 공부하는 것이죠. 함께 산다는 것이 어떤 것인지 서로 생각하는 바를 깊이 이야기 나누는 것입니다. 많이 준비하면 할수록 결혼생활의 시행착오가 줄어들게 되어 행복한 결혼생활을 하게 되지 않을까요? 우리나라에서 한 해 결혼건수 대비 이혼건수가 30%나 되는 현실에서, 모 결혼예비학교를 수료한 800쌍 가운데 이혼한 부부가 단 3쌍이라는 사실이 이를 반증하고 있습니다.

전쟁에 나갈 때는 한 번 기도하고, 바다에 나갈 때는 두 번 기도하고, 결혼할 때는 세 번 기도하라.

이것은 러시아 속담입니다. 전쟁도 위험하고 바다는 더 위험하지만, 정말 위험한 것은 준비하지 않은 결혼생활이란 뜻입니다. 진정한 결혼 준비란 결혼식, 혼수, 스드메가 아닙니다. 결혼의 진정한 의미를 서로 간에 충분히 나누고 잘 살아보자고 다짐하는 것입니다.

결혼생활을 통해 부부가 이루고자 하는 꿈, 두 가문의 결합, 양가 부모에 대한 처신, 자녀를 낳고 양육하는 것, 재정 문제, 성性 문제, 대를 잇는다는 것, 자녀의 결혼, 노년생활, 죽음에 이르기까지 다양하고 진솔한 대화가 결혼하기 전에 이미 충분히 아니, 아주 조금이라도 소통되어야 합니다. 앞으로 우리나라의 부부들이 결혼식이 아닌 결혼을 준비하는 것이 '필수 혼수품'으로 자리 잡기를 바랍니다.

어쩌다 남편아내,
어쩌다 부모

우리가 인생을 살면서 배우지 않고 하는 게 두 가지가 있습니다. 하나는 결혼이고 다른 하나는 육아지요. 나이가 차니까, 그놈의 성호르몬 때문에 눈에 콩깍지가 씌어가지고, 결혼만 하면 행복할 거라는 동화의 환상을 안고 덜커덕 결혼합니다. 덜커덕 애가 들어서고, 덜커덕 애를 낳고, 애는 쑥쑥 자라는데 부모는 허겁지겁 쫓아다니면서 뒤치다꺼리하기 바쁘지요. 나는 이걸 '덜커덕 인생'이라고 부릅니다.

당신에게 "가족이 무엇인가요?"라고 물으면 어떻게 대답하겠습니까.

"가족이요? 그냥 가족이죠 뭐."

"가족이 다 그런 거죠 뭐."

이렇게 우리는 '어쩌다 가족'이 됐습니다. 방법을 배우지 않고 잘할 수 있는 일이 어디 있나요. 좋은 남편이 되는 법, 좋은 아내가되는 법, 좋은 아버지 어머니가 되는 법을 배우고 결혼해서 애 낳고자녀 양육한 사람은 없습니다. 저도 마찬가지이고요. 그러니 가족은 가족인데 제대로 된 가족이 아닌 거죠.

우리는 한 번도 경험해보지 않은 상태에서 온갖 문제를 다 겪습니다. 부부 갈등, 고부 갈등, 성性 문제, 자녀 양육인생 주기별로 다 다릅니다등등 어느 것 하나 제대로 처리할 수 있는 것이 없네요. 그래서 저는 '결혼자격증', '결혼면허'가 있어야 한다고 주장합니다. 최소한의 것들을 배운 다음에 결혼해서 자녀를 낳고 키워야 한다는 의미입니다.

그럼 어떤 가족이 제대로 된 가족일까요? 가족이란 서로를 성장시키는 관계여야 합니다. 남편은 아내를 성장시키고, 아내는 남편을 성장시키며, 부모는 자녀들을 성장시키고, 자녀는 부모들을 성장시키는 것입니다. 다른 건 다 알겠는데, 자녀가 어떻게 부모를 성장시키냐고요? 어릴 적 자녀들이 부모 품에 있을 때는 자녀들이 부모 뜻대로 행동하지만, 자녀들이 사춘기 또는 또래 문화에 빠져드는 나이가 되면 부모의 뜻을 거스르게 됩니다. 이때부터 부모와 자녀의 줄다리기가 시작되는데요. 부모는 자녀를 붙잡아두려 하고, 자녀는 부모로부터 벗어나려 하는 파워게임이 벌어지는 것이죠. 급기야 부모 자식 간에 서로를 불신하거나 등을 돌리거나 원수지간이 되기도 합니다. 많은 부모들이 자식들 때문에 고민하고 갈등합니다.

그러나 역설적이게도 나는 이런 현상이 오히려 자녀가 부모를 성장시키는 것이라고 믿습니다. 만약 자녀들이 어른으로 성장해서도 부모의 말만 잘 듣는다면 어떻게 될까요? 그게 과연 바람직한 일일까요? 그런 자녀들이 사회적 역량이 있을까요? 오히려 그 반대입니다. 부모의 도움 없이는 아무것도 할 수 없는 의존적이고 미성숙한 어른아이가 되고 맙니다.

말 안 듣는 자식이 있으면 부모가 고민을 하게 됩니다. 비로소 자신의 부모님을 이해하게 되지요. 그런 고민을 통해 부모가 성숙해지는 것입니다. 그래서 성장하는 겁니다. 말 안 듣는 자녀가 부모를 '사람'으로 만드는 것이지요.

자녀가 어느 정도 성숙해서 부모 말을 안 듣기 시작할 무렵, 부모는 이렇게 생각해야 합니다.

"아, 드디어 때가 왔구나."

"이 아이가 어른이 돼가고 있구나."

이렇게 생각하고 자신의 양육방식을 점검해야 합니다. 그래서 부족한 부분은 배우고 고쳐나가야 합니다. 바로 그때 부모가 성장합니다. 그런 부모를 보며 자녀도 성장하는 법을 배워나갑니다.

정부 3.0, 경제 4.0, 4차 산업혁명, 그렇다면 가정은?

최근 사회 각 분야의 선진화 척도를 지칭하는 숫자 표현이 유행입니다. 대한민국 정부는 3.0이라 하고, 경제는 4.0, 4차 산업혁명의 시대라고들 합니다.

그렇다면 가정은 어떨까요? 제 생각에는 2.0 정도가 아닐까 싶습니다. 과거 가부장적이고 권위주의적이던 시절을 1.0이라면, 근래 들어 여성의 사회 진출 증가에 따른 경제력 증대, 여권 신장과 양성평등에 대한 남성의 인식 변화에 따라 가정에서 남편의 역할 증대, 즉 가사 분담과 육아 참여가 늘어나고 있는 추세를 감안할 때 2.0 정도라 할 수 있겠습니다. 그러나 이런 현상은 젊은 부부에 편향된 통계입니다. 갈 길이 멀지요.

그럼 가정 3.0 시대는 어떤 모습일까요? 부부는 가정의 공동 경영자라는 인식하에 너는 너, 나는 나가 아니라 우리가족를 위한 공통분모를 찾아 살아가는 가정일 것입니다. 구체적으로는 가사 분담과 육아 참여가 엄마=주, 아빠=보조라는 인식에서 벗어나 부모 공동

책임임을 공감하고 실천하는 가정이 대세를 이룰 때라고 할 수 있겠습니다. 어쩌다 가족이 됐지만 제대로 된 가족으로 살고 싶다면 이렇게 되어야 하는 것입니다.

사랑한다면
원하는 대로
다 해줘야지

서로 사랑하는 두 사람이 결혼을 결심할 때 흔히들 이런 착각을 합니다.

- 우리는 서로 사랑하기 때문에 결혼생활이 행복할 것이다.
- 우리는 서로 사랑하기 때문에 갈등은 생기지 않을 것이고, 설사 생긴다고 해도 금방 해결될 것이다.
- 우리는 서로 사랑하기 때문에 이 사람은 내가 원하는 것을 해줄 것이다.
- 우리는 서로 사랑하기 때문에 이 사람은 내가 생각하는 대로

생각할 것이다.

■ 우리는 서로 사랑하기 때문에 이 사람은 내가 말하지 않아도 내 뜻을 잘 알아챌 것이다.

만약 두 사람 중 하나가 배우자에게 "당신은 언제나 나처럼 느끼고 생각하고 행동해야 돼. 그렇지 않다면 그건 나를 사랑하지 않는다는 증거야."라고 말한다면, 그것처럼 어리석은 일은 없습니다. 아니 그보다 불행한 결혼생활은 없지요.

엄밀하게 말하면 이건 협박입니다. 누군가를 붙잡아놓고 "너는 내가 말하는 대로 따라야 해. 그렇지 않으면 너한테 좋지 않은 일이 생길 거야."라고 말하는 게 협박이 아니고 무엇이겠습니까.

'열렬히 사랑했으니 열렬히 행복할 것'이라는 생각은 잘못돼도 대단히 잘못된 생각입니다. 미국 심리학자 도로시 테노브Dorothy Tennov: 《사랑과 도취Love and Limerence》의 저자의 조사에 따르면 사랑의 유효기간은 짧으면 6개월, 길어야 3년밖에 안 된다고 합니다. 만약 사랑에 빠진 채로 평생을 살아가는 사람이 있다면 대단히 미안한 말이지만 정신병자거나 사회 부적응자일 것입니다. 사랑이 감정이라면 행복은 학습이고 훈련이고 실천입니다.

아무리 사랑하는 사이라도 갈등은 생깁니다. 서로 다른 남녀가 만나 50년 이상을 같이 살아가면서 갈등이 없기를 바라는 것 자체가 난센스이지요. 결혼생활은 갈등을 극복하는 과정입니다. 그런데 그게 말처럼 쉽지 않습니다. 자연스럽게 회복되지도 않고요. 상대방의 변화를 기대하거나 앞으로 상황이 저절로 호전될 것이라고 믿는 사람들은 불행한 결혼생활을 하게 될 것이며, 급기야 이혼하기도 합니다.

그렇다고 갈등 해결이 불가능하다는 말은 아닙니다. 아무리 심한 갈등을 겪는 부부라도 두 사람 중 한 사람이 변화를 시도하면 대부분 상황이 호전되고 관계가 회복되지요. 가정경영의 묘미가 바로 여기에 있습니다.

서로 사랑하는 사이라고 해서 무조건 상대방이 원하는 것을 해줘야 할까요? 당신 자신에게 물어보세요. 당신은 그렇게 할 수 있나요? 그렇게 못할 겁니다. 그런데 왜 상대방은 그렇게 할 것이라고 믿고 서슴지 않고(?) 강요하는 건가요? 당신이 아니듯이 그도 아닙니다. 사랑하는 사이라도 원하는 것이 다를 수 있음을 인정해야 합니다.

물론 원치 않으면서도 상대방의 요구대로 해줄 수도 있습니다. 한두 번은 그럴 수 있어요. 그러나 평생 그렇게 할 사람은 아무도 없습니다. 결혼은 무엇보다 나 자신이 행복하기 위해서 하는 것이니까요. 따라서 상대가 무조건 내 요구대로 맞출 것이라고 생각하거나 반드시 그래야 한다고 생각한다면 틀림없이 갈등하게 될 것입니다.

생각하는 것도 그렇습니다. 아무리 사랑하는 사이라도 생각이 같을 수는 없어요. 기질과 성격이 다르고, 자라온 환경이 다르고, 가치관도 다른 두 사람이 어찌 생각이 같을 수 있을까요. 그건 '마술'이나 마찬가지죠.

부부 사이에 절대 적용할 수 없는 사자성어가 있다면 그것은 '이심전심以心傳心'입니다. 오래 살다 보면 대충 눈치코치로 상대의 뜻을 알아차릴 수는 있습니다. 그러나 그것도 어쩌다 그런 것입니다. 말하지 않는데 상대방의 뜻을 알아차리는 것은 쉽지 않아요. 오히려 가장 많이 적용할 수 있는 사자성어는 '동상이몽同床異夢'입니다. 한 이불을 덮고 자지만 생각은 다른 것이 부부이지요.

부부들이여, '마술'을 기대하지 마세요. 배우자를 '협박'하지 마세요. 부부라도 다른 건 다른 겁니다. 아니, 달라야 부부입니다.

행복한 결혼생활을 위해 얼마를 쓰시겠습니까

배우자가 내가 원하는 걸 들어주고 잘 맞춰줄 것이라는 착각으로 결혼생활을 하다 보니 부부간에 트러블이 생길 수밖에 없습니다. 더 큰 문제는 이걸 고치려 하지 않는다는 데 있습니다. '어떻게 되겠지~' 하고 생각하는 것이지요.

미국의 모 기관에서 회원들에게 설문조사를 했습니다. 첫 번째 설문의 제목은 '골프를 잘 치는 비결을 알기 위해 100만 달러를 지불할 용의가 있습니까?'였습니다. 응답자 중 48%가 '그렇다'고 대답했다고 합니다. 100만 달러라면 대단히 큰돈이죠. 아마도 돈이 많은 집단이었나 봅니다.

그들에게 두 번째 설문을 했습니다. '행복한 결혼생활의 비결을 알기 위해 100만 달러를 지불할 용의가 있습니까?'였는데, 이번에는 17%가 '그렇다'고 대답했답니다. 놀랍지 않은가요? 100만 달러라는 거금을 내고 골프를 잘 치고 싶다고 답한 사람은 10명 중 5명 가까이 되는데, 같은 돈을 내고 행복한 결혼생활을 하고 싶다고 한 사람은 10명 중 2명도 안 되는 이 불편한 진실!

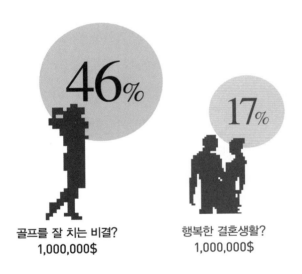

골프를 잘 치는 비결?
1,000,000$

행복한 결혼생활?
1,000,000$

출처: findwhat.com

만약 한국에서 이런 질문을 했다면 과연 몇 퍼센트가 '그렇다'고 대답했을까요? 17%는커녕 1.7%도 안 나올 겁니다. 그런 걸 돈 주고 배워야 돼? 이렇게 되물으면서 말이지요.

미국도 그런데 한국 사람들은 오죽하겠어요. 2012년 5월 출간된 저의 첫 책 《이럴 거면 나랑 왜 결혼했어?》가 나름 좋은 반응을 일으키며 결혼 분야 베스트셀러에서 스테디셀러로 자리매김하고 있습니다. 제 책이 한창 잘 나갈 때 결혼 분야 베스트셀러였지만, 가정생활 분야 전체로 보면 100위 위아래를 넘나들었습니다. 이는 독자들이 결혼에 관한 책을 그만큼 찾지 않는다는 뜻입니다. 가정생활 분야 카테고리에 결혼, 가족, 임신/출산, 육아, 자녀교육, 집/요리/인테리어의 6개 분야가 있는데 다들 임신하고 애 낳고 애 키우고 음식 뭐 해 먹고 인테리어를 어떻게 하는지에 관심이 있지, 결혼생활을 어떻게 해나갈지는 관심 없다는 것이지요.

결혼 전에도 배우지 않았고 결혼하고서도 배우지 않으려 하는 게 문제입니다. 그래서 다들 불행하게 사는 겁니다. 무지는 불행을 낳습니다.

새에게 둥지가 있듯 사람에게는 가정이 있습니다. 가정은 단지 집의 의미가 아니라 세상풍파에 시달리는 가족 구성원들을 보듬어주고 쉬게 해주는 안식처입니다. 우리에게 최고이자 최후의 보루는 가정입니다. 그런데 이 귀한 가치를 가진 가정을 잘 꾸려나가기 위해, 결혼생활을 잘 해나가기 위해 시간과 비용을 투자하여 노력하려고 하지 않다니요.

세상에서 가치 있는 일 중에 힘들지 않은 게 없습니다. 그래서 뭔가에 도전하고 성공하기 위해 정말 많은 시간과 노력을 들이게 됩니다. 지난해 저는 5개월간 몸짱 프로젝트에 도전했습니다. 젊은 트레이너로부터 전문 PT를 받고 식단 관리도 했지요. 조식은 야채샐러드와 고구마와 연어구이로, 점심은 야채샐러드와 고구마와 닭가슴살로, 저녁은 야채샐러드와 고구마와 쇠고기구이만 먹었습니다. 식단 관리를 한 지 일주일이 지나자 고구마만 보면 머리가 지끈지끈 아파왔습니다. 야채를 쳐다보기도 싫어지더군요. 트레이너한테 못하겠다고 얘기했습니다.

"그럼 아침 한 끼는 밥으로 드세요. 쌀밥 말고 현미밥으로요."

트레이너의 말대로 식단을 조정했는데 일주일이 지나자 다시 원래의 식단으로 돌아가라고 하더군요. 주 3회 PT를 받았고 혼자 운동하는 날도 주 2~3회였습니다. 결국 주 5~6회 운동한 것입니다. 한 번 운동 시간은 2시간입니다. PT가 끝나고 나면 오뉴월 개처럼 혀가 쭉쭉 빠져나왔습니다. 복근운동은 매일 했습니다. 정말 죽기 살기로 했지요.

5개월 뒤 프로젝트를 끝냈고 결과는 대만족이었습니다. 복근은

6팩이 아니라 8팩이 새겨졌고 체중이 78kg에서 69kg으로 줄었습니다. 내 몸에서 600g짜리 덩어리 15개가 빠져나간 것입니다. 허리는 35인치에서 32인치로, 체지방률은 24%에서 14%로 줄었습니다. 제주도에 가서 화보 촬영도 했습니다. 모든 옷을 새로 사야 했지만 기분은 최고였습니다.

왜 갑자기 몸짱 얘기를 꺼내느냐고요? 너무너무 힘들었던 과정을 얘기하고 싶어서입니다. 운동도 식단 관리도 정말 힘들게 해냈기 때문입니다. 저와 함께 두 명이 동시에 시작했지만 두 사람은 너무 힘들어 중도 포기했습니다. 헬스장에서 운동을 하며 느낀 게 있었습니다. 자주 보는 30여 명의 회원들 중에 5개월 동안 몸매가 변하는 사람을 거의 찾을 수 없었다는 점입니다. 나와 젊은 여성 한 사람을 제외하고요. 그만큼 운동을 통해서 몸을 변화시키기가 어렵다는 것이지요. 이와 같이 뭔가를 해내려면 힘든 과정을 거쳐야 합니다.

그런데 가정에서는 어떤가요. 가정을 건강하게 회복시키기 위해서 우리는 어떤 노력을 하고 있나요. 유감스럽게도 가정에 문제가 생기면 '시간이 지나면 자연스럽게 해결되겠지~' 하고 생각하거나 쉽게 포기해버립니다. 부부간에 갈등이 생기면 회복되지 않을 거라고 지레짐작합니다. 그래서 시도조차 하지 않지요. 골프를 잘 치기 위해서, 다이어트를 하려고 돈과 시간과 노력을 아끼지 않으면서도 가정 행복에는 관심이 없습니다. 정확하게 말해서, 관심은 있지만 도전하지 않는 것이지요.

가정 행복을 위한 노력은 몸짱 프로젝트처럼 극한의 도전이 필요 없습니다. 그렇게 힘든 일이 아닙니다. 누군가 먼저 시도하면 돼요. 그냥 하면 됩니다. 한 번 해봐서 안 되면 두 번 시도하고, 그래도 안 되면 세 번 시도하면 됩니다. 그러나 대부분 한두 번 해보다가 때려치우지요. 그게 결혼을 바라보는 우리의 시각입니다. 포기하지만 않는다면 우리 가정, 회복될 수 있습니다, 우리, 행복할 수 있습니다.

보따리
두 개

제 별명은 '친절한 수경 씨'입니다. 사실은 친절하지 않기 때문에 붙인 별명입니다. 사회에서 만나는 다른 사람들에게는 친절하지만_사^{실은 친절한 '척'한 건지도 모릅니다}, 유독 아내에게만큼은 친절하지 않았던 것 같습니다.

물론 저는 그렇게 생각하지 않았습니다. 아내에게도 친절한 남자라고 확신했지요. 하지만 아내가 여러 차례 저한테 "당신 제발 짜증 좀 내지 마. 제발 나한테 친절하게 대해줘."라고 했기에 알게 된 사실입니다. 처음에는 동의하지 않다가 여러 차례 그런 지적을 받게 되자 혹시 그럴지도 모른다는 생각을 하게 됐고, 어느 날부터 제가 아내에게 친절해야겠다고 작심하고 저 스스로 붙인 별명입니다. 이렇게 먼저 선언해야 진짜 친절한 사람이 될 테니까요.

신랑 신부는 결혼식장에 들어설 때 각자 두 개의 '보따리'를 갖고 들어갑니다. 그 두 개의 보따리는 다름 아닌 '습관 보따리'와 '정서 보따리'입니다. 무슨 뜻이냐고요? 부부 각자는 결혼 전 30년 동안 형성된 습관과 정서가 있습니다. 더러는 좋은 습관도 있지만 대부분 나쁜 습관이 더 많습니다. 더러는 긍정적 정서도 있지만 대부분 부정적 정서, 즉 상처가 더 많습니다. 그런데 정작 본인들은 그런 보따리가 있는 줄도 모릅니다. 저는 몰랐지만 아내가 보기에 제가 짜증 내는 습관이 있는 사람이었던 것처럼 말이죠. 그리고 양가 부모님과 많은 하객들이 보는 앞에서 남편과 아내로서의 도리를 다하겠다고 혼인서약을 하지요. 미안한 말이지만 그들은 정작 혼인서약의 구체적 의미를 잘 모릅니다. 이 부분은 맨 마지막에 이야기할 생각입니다.

이들은 신혼여행에서 돌아오자마자 혼인서약은 까맣게 잊고 각자 갖고 있던 '두 개의 보따리'를 테이블에 턱 올려놓습니다. 그리고 이렇게 서로에게 말합니다.

"자, 이제부터 당신이 내 스타일대로 해줘. 당신이 나 좀 이해해줘."

배우자는 어떻게 말할까요?

"무슨 소리야, 당신이 내 스타일대로 해야지. 당신이 나 먼저 이해해주면 안 돼?"

물론 이렇게 직접적으로 표현하지 않습니다. 결혼생활에서 상대에게 끊임없이 그런 무언의 메시지를 보내는 것입니다.

이걸 자세히 설명한 것이 '조해리의 창 모형'입니다.

조해리의 창 모형

조해리의 창Johari's window은 나와 타인과의 관계 속에서 내가 어떤 상태에 처해 있는지 보여주고 어떤 면을 개선하면 좋을지를 보여주는 데 유용한 분석틀이다. 조해리의 창 이론은 심리학자인 조지프 루프트Joseph Luft와 해리 잉햄Harry Ingham이 1955년에 한 논문에서 개발했다. 조해리Johari는 두 사람 이름의 앞부분을 합성해 만든 용어다.

조해리의 창은 크게 4가지로 이뤄진다. 자신도 알고 타인도 아는 '열린 창', 자신은 알지만 타인은 모르는 '숨겨진 창', 나는 모르지만 타인은 아는 '보이지 않는 창', 나도 모르고 타인도 모르는 '미지의 창'이 바로 그것이다. 이 4가지의 창을 잘 이해하고 활용하면 타인과 좋은 관계를 맺는데 도움을 받을 수 있다. 이 4가지 영역의 넓이는 우리가 살면서 계속 변화한다. 만약 내가 상대방에게 마음을 열고 나의 마음속 깊은 이야기들을 하기 시작한다면 내 마음의 숨겨진 영역은 줄어드는 동시에 열린 공간은 늘어간다. 그만큼 상대방과 내가 공유하는 부분이 많아지고, 그 사람과는 친밀한 관계에 이른다.

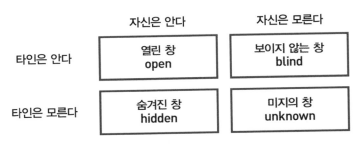

	자신은 안다	자신은 모른다
타인은 안다	열린 창 open	보이지 않는 창 blind
타인은 모른다	숨겨진 창 hidden	미지의 창 unknown

출처: 《시장의 흐름이 보이는 경제 법칙 101》, 김민주, 2011, 위즈덤하우스(네이버 지식백과에서 일부 발췌)

조해리의 창 모형을 통해 내가 누구인지 알아야 하고 배우자가 누구인지 알아야 합니다. 저는 이 작업을 통해 제가 어떤 사람인지 비로소 알게 됐습니다.

내가 누구인지, 상대방이 누구인지 정확히 알아야 진정한 사랑을 할 수 있습니다. 자신이 누군지 모르고 배우자도 누군지 모르는 상태에서 어떻게 그를 진정으로 사랑할 수 있을까요.

그렇다면 어떻게 행복한 결혼생활을 해나갈 수 있을까요?

결혼 전에 각자 자신의 성장 과정에 있었던 사건이나 정서에 관해 배우자에게 설명해주면 좋습니다. 배우자가 나라는 사람에 대해 충분한 지식을 가질 수 있도록 일종의 '나의 사용설명서'를 제공하는 것입니다. 이는 단지 과거를 고백하는 그런 차원과 전혀 다른 것입니다. 나는 어떤 성격이고, 무엇을 좋아하거나 싫어하고, 잘하는 게 무엇인지, 어떤 부분에 마음이 약해지는지 등등 상세하게 알려주세요. 기계를 하나 사도 그 기계의 기능, 작동방법, 뭘 잘못 건드리면 오작동을 하는지, 어떻게 청소하면 좋은지 등등이 적힌 사용설명서를 읽습니다. 사람이 기계는 아니지만 기계보다 훨씬 더 복잡한 사고와 감정 체계를 가지고 있기에 함께 살 상대에게 나에 대한 정보를 제공해야 합니다. 상대는 나를 사랑하지만 나를 나만큼 알지 못하는 사람이니까요.

이런 것들을 충분히 나누고 이해하지 않으면 나중에 갈등 요인이 되고 위기를 맞습니다. 저는 부부 갈등을 다룬 프로그램들을 잘 보는데요. 1시간 남짓한 방송 분량에서 30분 동안 서로 물고 뜯고 싸웁니다. 보는 사람들이 "와, 어쩜 저럴 수가 있나!" 할 정도로. 그런데 전문가가 부부 각자의 원가정에 대해 물어보면 거의 100% 가정에서 제대로 양육 받지 못했다는 사실이 나타납니다. 그래서 전문가가 드라마, 미술 치료, 대화법 등을 통해서 배우자의 원가정의 상처를 보여주면 그때서야 상대가 "왜 진작 말 안 했어? 그동안 얼마나 외로웠어?" 하고 공감합니다. 그때부터 회복이 시작되지요.

우리는 배우자의 정서를 잘 모릅니다. 그러면서 배우자가 나를 먼저 이해해야 하고 내 생각을 따라야 한다고 주장하지요. 배우자를 알면 내가 거기에 맞춰주게 돼 있습니다. 나도 모르는 나를 내가 먼저 알아야 하고 그다음 배우자에게 알려줘야 합니다. 마찬가지로 나도 배우자에 대해서 배우고 알아야 합니다. 그래야 나와 너는 다르다는 것을, 그리고 그 다름을 당연한 것으로 받아들이게 됩니다.

서로의 다름이 부부의 갈등 요인으로 작용하고 있나요? 자신의 안경이 아니라 배우자의 안경을 써보세요. 자신의 신발이 아니라 배우자의 신발을 신어보세요.

'아, 이렇게 보이는구나. 이렇게 불편하구나.'

이렇게 깨닫게 될 것입니다. 그게 바로 부부의 진정한 모습입니다.

누구나 콩깍지는 벗겨진다

저에게는 5년 전에 결혼한 아들과 아직 결혼 안 한 딸이 하나 있습니다. 딸이 오빠 내외를 무척 좋아하는데요, 특히 새언니를 더 좋아합니다. 그런데 그렇게 서로 사랑하던 오빠 부부가 최근 티격태격하고 자주 다투는 것을 보면서 적잖이 충격을 받은 모양입니다. 너무나 사랑해서 결혼했으니까 평생 알콩달콩 살 거라고 기대했나 봅니다. 제가 딸에게 물었습니다.

나: 너는 결혼하면 어떨 거 같아?
딸: 당연히 행복해야지. 안 그럴 거면 왜 결혼해요?
나: 너는 오빠 부부처럼 안 그럴 거 같아?

딸: 네. 전 안 그럴 거 같아요. 마냥 행복할 거 같아요. 안 그러면 가만 안 둘 거예요.

나: 아빠 엄마는 어떤 거 같아 보이니?

딸: 음, 아빠 엄마도 가끔 다투시긴 하지만 언제 그랬냐는 듯이 제자리로 돌아와서 좋아요.

나: 그래. 오빠네도 결국 그렇게 될 거야. 이제 콩깍지가 벗겨지는 과정이야. 눈에 씌었던 콩깍지가 벗겨져야 비로소 배우자를 제대로 바라보게 되거든. 문제는 지금부터야. 지금은 콩깍지가 벗겨지면서 서로에게 실망할 일투성일 거야. 하지만 그게 당연한 일이고 정상이고 겪어야 할 과정이라고 생각하면 아무 문제가 안 돼. 지금부터 중요한 건 그 과정에 대해서 배우고 실천하는 일이야. 그러면 누구나 행복해질 수 있어.

딸: 그렇구나. 전 오빠네는 안 그럴 줄 알았어요. 그럼 나도 그런단 말이죠? 그럴 때 공부해야 한다는 말이죠?

나: 그래. 결혼은 시행착오의 과정이거든. 누구나 시행착오를 겪게 돼. 결혼해서 부부로 50년 이상 살 텐데, 그 긴 과정을 우리가 어떻게 미리 다 알 수 있겠니? 살아보지 않는 이상 누구도 알 수 없어. 미리 살아본 선배들로부터 배우고 시행착오를 이겨내야 하는 거야.

딸: 네, 알겠어요.

결혼을 해봐야만 알 수 있는 것들이 있습니다. 당연히 결혼 전에는 절대로 알 수 없는 것들이지요.

- 헐, 당신이 이런 사람이었어?
- 사랑이 밥 먹여주지 않는구나.
- 연애와 결혼은 다르구나.
- 결혼이 행복의 보증수표는 아니구나.
- 나도 배우자도 부족한 사람이구나.
- 결혼식만 준비했지, 정작 결혼 준비를 안 했구나.
- 경제력이 무척 중요하구나.
- 아, 진짜 행복이 이런 거구나.

그 밖에도 자녀가 태어날 때의 경이로움, 육아의 기쁨, 이혼의 고통, 사별의 아픔 등등 많지만 이 책에서는 다루지 않기로 하겠습니다.

이 콩깍지가 벗겨질 때 부부는 비로소 배우자에 대해 알게 됩니다. 실망스럽긴 하지만 배우자의 본연을 만나는 것입니다. 앞에서 말한 '세 가지 사랑'에서 인용한 스캇 펙 박사의 "한 쌍의 연인이 사랑에서 빠져나올 때 그때서야 비로소 그들은 참사랑을 하게 된다."는 말이 바로 그런 의미입니다. 그렇습니다. 콩깍지가 벗겨져야 부부는 드디어 참사랑을 하게 됩니다. 저는 제 아들 내외도 그러리라 믿습니다. 지금 그 과정을 겪고 있는 겁니다.

앙꼬부부, 앵꼬부부, 잉꼬부부

결혼의 과정을 한번 살펴볼까요?

사랑을 구하다_{갈망의 단계} ⎤
사랑을 만나다_{끌림의 단계}   앙꼬부부
사랑에 빠지다_{애욕의 단계} ⎦

사랑에서 빠져나오다_{갈등의 단계}   앵꼬부부

참사랑을 하다_{책임과 헌신}   잉꼬부부

갈망의 단계와 끌림의 단계, 애욕의 단계에서 결혼을 하게 되면 누구나 '앙꼬부부'가 됩니다.

앙꼬는 떡이나 빵 안에 들어 있는 팥을 말합니다. 앙꼬부부란 빵 전체가 맛있는 게 아니라 팥만 맛있다는 의미입니다. 온전한 의미의 사랑이 아니라는 말이지요. 이 세 가지 단어는 부부관계를 상징하는 비유로 많이 쓰이는데, 결혼의 단계별로 제가 정리해본 것입니다.

오래지 않아 부부는 갈등을 겪게 되는데요. 너 아니면 못 살겠다고 결혼해놓고 너 때문에 못 살겠다고 아우성치면서 '앵꼬부부'가 됩니다. 앵꼬는 일본말로 바닥이 났다는 의미입니다. 한마디로 애정이 바닥났다는 거죠. 어떻게든 상대를 바꿔보겠다고 끝 모를 싸움을 하는가 하면, '아, 나는 결혼을 잘못 했구나.'라고 생각하며 후회하기도 합니다.

그럼 잉꼬부부는 무슨 뜻일까요? 다들 아는 것처럼 잉꼬정확하게는 앵무새 '앵가'인데, 우리나라에서는 앵가의 일본식 발음인 잉꼬라고 합니다는 사이좋은 부부를 상징합니다.

당신은 어느 단계에 속하세요? 이미 앵꼬라서 속상하다고요? 그럴 필요 없습니다. 모든 부부는 갈등을 겪으니까요. 결혼의 필수

품목은 행복이 아니라 불화인 것이죠. 부부 갈등, 즉 불화는 피할 수 없습니다.

문제는 대부분의 부부들이 불화를 미리 예상치 못했다는 것입니다. 불화를 예상하지 못하다가 막상 결혼해서 갈등이 생기면 당황해서 결혼을 후회합니다. 그리고 이렇게 얘기하지요.

"이 인간아, 이럴 거면 나랑 왜 결혼했어?"

하지만 결혼을 후회할 필요가 없습니다. 그보다 결혼을 준비하지 못한 것을 후회해야 합니다. 다시 말해 불화를 예상하지 못한 것을 후회해야 하는 것이죠.

불화를 부부간의 갈등이 아니라 행복한 결혼생활로 가는 필수 과정이라는 사실로 인식을 바꿔야 합니다. 이른바 성장통인 것이죠. 행복한 부부가 되기 위해서 반드시 불화를 겪어야 하며, 이 불화를 이겨낼 때 비로소 부부가 환상에서 깨어나 진정한 사랑을 나눌 수 있습니다. 그게 바로 행복한 부부, 성숙한 부부라는 사실을 확실하게 인식해야 합니다. 그럴 때 부부는 비로소 '잉꼬부부'가 되지요. 그런 과정을 겪은 잉꼬부부의 행복감은 열정적 사랑에 빠진 앙꼬부부의 행복감보다 몇 갑절 큽니다.

지금 당신이 결혼생활에서 불화를 겪고 있다면 지극히 정상적인 결혼생활을 하고 있는 것입니다. 그러니까 마음을 푹 놓고 안심

해도 됩니다. 이 글을 쓰고 있는 저도 그랬고, 전 세계 모든 부부가 공통적으로 겪는 과정이니까요.

그렇다면 불화를 이겨내는 방법은 뭘까요? 성숙한 부부가 되는 방법은 뭘까요? 적어도 결혼을 하는 사람들은 스스로 아래와 같은 질문을 하고 그에 대한 답을 내야 합니다. 그리고 서로 대화를 통해 상대의 의도를 파악해야 합니다. 필요하다면 내 생각을 바꾸거나 포기해야 할 수도 있습니다.

질문 ① 나는 이 결혼을 통해 어떤 부부가 되고 싶은가?
질문 ② 그러기 위해 나는 어떤 역할을 할 것인가?

너무나 간단하고 쉬워 보이지만 꼭 필요한 결혼의 청사진입니다. 그러나 이런 대화를 나누는 부부를 거의 보지 못했어요. 부끄럽지만 저 역시 마찬가지였죠. 결혼하기 전에도 결혼해서도 부부는 이런 대화를 끊임없이 주고받아야 합니다. 이런 대화를 나눈다고 해서 결혼생활에 문제가 없는 것은 아니지만, 적어도 아무 생각 없이 결혼하고 '어떻게 되겠지~'라며 살아가는 사람보다는 훨씬 낫습니다. 그리고 앞으로 갈등을 일으킬 만한 사건을 만날 때, 배우자가 나를 힘들게 할 때, 그래서 열 받을 때 '이 사건이 과연 우리 관계를 손상시킬 만큼 중요한 일인가?'라고 곰곰이 생각해보세요. 그러면 관계가 악화될 만큼의 중요한 일은 아니라고 생각될 겁니다.

결혼은 집장사가 지은 집을 사는 게 아니라 자신들이 살 집을 짓는 과정과 같습니다.

집을 지으려면 청사진이 있어야죠. 그 청사진에 맞게 설계를 해야 하고, 설계에 맞는 공사를 해야 합니다. 그리고 공사하는 동안 설계대로 공사되고 있는지 수시로 감독을 해야 합니다. 드디어 집이 완성되고 입주를 했다고 칩시다. 그걸로 끝이 아닙니다. 그 집이 살기에 불편한 점은 없는지, 무엇을 어떻게 수리하면 가족에게 쉼을 주고 더 편리한 공간이 될 수 있는지를 끊임없이 살펴봐야 합니다. 그곳이 바로 잉꼬부부가 사는 가정입니다.

저는 결혼을 시행착오의 과정이라고 생각합니다. 준비를 많이 한 사람은 시행착오를 덜 겪을 것이고, 그렇지 않은 사람은 감당할 수 없는 시행착오로 멘붕에 빠져서 힘든 결혼생활을 하는 것입니다. 당신은 무엇을 선택하시겠습니까.

내 인생에서
가장
소중한 것

당신의 인생에서 가장 소중한 게 무엇인가요? 돈, 직위, 명예, 취미인가요? 아니라면 무엇인가요?

제가 부부세미나를 진행할 때마다 참가자들에게 묻는 질문이 있습니다. "인생에서 가장 중요한 사람이 누굽니까?" 하고 물으면 100명이면 100명 모두 가족의 행복이라고 대답합니다. 단 한 사람도 돈을 많이 번다거나 박사가 된다거나 싱글 골퍼가 되는 거라고 대답하는 분들이 없지요. 돈, 직위, 명예, 취미 이런 것들은 모두 나와 가족의 행복이라는 목표를 달성하기 위한 수단에 불과합니다. 내 인생에서 가장 소중한 사람은 남편, 아내, 자녀들이지요. 누구나 그렇게 생각할 것입니다.

그런데 말입니다. 당신의 삶은 어떻습니까. 실제로 그렇게 살고 있나요? 가족을 가장 소중하게 대하고 있나요?

많은 사람들이 관념적으로는 가족을 사랑하고 가족의 행복을 최고의 가치로 삼는다고 말하지만 실제 삶에서 가족은 늘 우선순위에서 밀려납니다. 종일 가족만 생각하며 살 수는 없지만 궁극적인 내 행복의 목표는 가족의 안전, 건강, 평안이 아닌가요?

소위 성공하는 사람의 비결은 소중한 것을 먼저 하는 것이라고 합니다. 성공한 사람들 대부분은 건강관리에 힘쓰며, 시간관리를 잘해 자기계발에 힘쓰고, 가족을 소중하게 대하며, 풍요로운 미래를 위해 소비를 절제하며 저축을 합니다. 반면에 성공하지 못하는 사람들의 행태를 보면 건강을 돌보지 않고, 폭음과 폭식을 일삼으며, 가족에게 함부로 대하고, 시간관리를 잘못해 늘 시간에 쫓기며, 마치 내일이 없는 사람처럼 살아가지요.

말로는 가족을 누구보다 사랑하고 가족의 행복을 위해서 일한다고 하면서도 정작 가족은 내팽개치고 밖으로만 도는 사람들이 많습니다. 그런 사람들에게 《성공하는 사람들의 7가지 습관》의 저자인 스티븐 코비Stephen Covey 박사는 이렇게 얘기했습니다.

"우리가 사회의 다른 모든 분야에서 최선을 다하면서 가족을 등한시한다면, 그것은 가라앉고 있는 타이태닉호에서 갑판 의자를 가지런히 정돈하려는 것과 마찬가지다."

배는 가라앉고 있는데 갑판에서 의자 정리하는 게 무슨 소용이 있나요?

밖에서 행복을 찾는 이들이여! 행복은 안에 있습니다! 안에 어디 있냐고요? 내 안에 있고 내 가정 안에 있습니다.

경제적 성과와 사회적 성공을 이뤘더라도 내가, 가족이 행복하지 않으면 그 모든 것이 다 부질없습니다. 제 주위에 그런 사람들 많습니다. 많은 사람들 앞에서 강연을 하고, 책을 여러 권 썼고, 통장에 잔고도 제법 있고, 남들이 부러워하는 삶을 사는 사람들이 많습니다. 그러나 그들과 1시간만 대화를 나눠보면 누구보다 불행한 사람들임을 알 수 있습니다. 그들의 내면은 공허하기 그지없습니다. 정작 가족들로부터는 왕따당하기 때문이죠. 가족의 호응을 받지 못하면서 세상에서 인정받으려는 건 자기기만입니다. 가족들로부터 격려와 지지를 못 받으니 자꾸 세상 밖으로 나가는 겁니다. 많은 사람들과 어울립니다. 거기서 위안을 얻으려 하기 때문이죠. 그게 해결방법이 아닌 걸 알면서도……

어느 순간 깨달아야 합니다. '아, 이게 아니구나~' 하는 생각이 들면 지금까지와는 다른 방법을 찾아야 합니다. 그리고 배우고 실천해야 합니다. 그러면 변화됩니다. 가족들의 격려와 지지를 받으면 경제적 성과도 이룰 수 있고 사회적 성공도 이룰 수 있습니다. 그게 진짜 성공이고 진짜 행복입니다.

가족이 가장 소중하다고 생각한다면 그렇게 대우해줘야 합니다. 소중한 만큼 소중하게 대해야 합니다. 소중하다면서 그렇게 대하지 않는다면 그만한 모순이 없습니다. 다시 말하면 당신의 삶은 소중하지 않은 것에 상당한 시간과 정신을 쓴다는 말이지요. 그렇게 되면 성공으로부터 점점 멀어지지 않을까요.

세계적 권위의 정신과 의사인 스캇 펙 박사가 이런 말을 했습니다.
"사랑하는 가족과 진정한 사랑의 관계를 이룬 사람이 있다면 그 사람은 대개의 사람들이 평생에 걸쳐 이룬 것보다 더 많은 것을 이룬 것이다."
가정경영을 잘하는 것은 국회의원이나 대통령이 하는 일보다, 많은 사람들이 평생 번 돈보다 더 큰일이고 더 위대하다는 것입니다. 가정경영, 그 무엇보다 중요합니다.

나는 아내를
사랑하지
않았다

모태 애처가?
개 풀 뜯어먹는 소리!

제 직업이 가정행복코치다 보니 제가 원래부터 자상한 남자, 모태 애처가인 줄 생각하는 분들이 있습니다. 저 스스로도 아내를 끔찍이 사랑하는 줄 알았지요. 그러나 어느 순간 그게 아니라는 걸 깨달았습니다.

열 살 무렵에 세상에 여자는 엄마밖에 없는 줄 알았습니다. 아니, 여자는 많지만 우리 엄마가 최고인 줄 알았던 것이죠. 어린 나이지만 막연하게 '나중에 커서 결혼하면 이런 여자를 만나야지.' 하고 리스트를 만들었던 적이 있었습니다. 주로 성품에 관한 건데, 대부분 우리 엄마가 갖고 있는 덕목이었던 것 같아요. 착하고, 음식 잘하고, 도시락 싸주고, 나 옷 사주고, 옷 입혀주고, 목욕 시켜주고······. 모두 나를 최고로 대접해주는 것들이었습니다.

그러다가 스무 살 무렵에는 또 다른 리스트를 하나 만들었습니다. 이번엔 주로 외모에 관한 것들이었어요. 왜냐하면 우리 엄마는 착하긴 한데 예쁘진 않았으니까요엄마, 죄송해요ㅠㅠ.
키가 크고, 이목구비가 시원시원하고, 가슴도 크고, 다리도 길면 얼마나 좋을까!
그러다가 지금의 아내를 만났습니다. 그녀는 제 리스트에 딱 맞는 여자였지요.

그래서 저는 결혼하면 아내가 저를 위해 모든 걸 다 해줄 줄 알았습니다. 조석으로 맛있는 음식, 깔끔한 집안 살림, 또 성적 파트너로서 제게 즐거움을 주고, 자녀 양육과 시댁의 모든 대소사를 알아서 척척 해줄 것으로 믿었습니다. 휴일이면 회사일로 고단한 제가 편히 쉴 수 있도록 집안 분위기를 조용하게 하고, 나는 소파에 누워 TV나 보고, 그것도 싫으면 낮잠이나 자면 되는 것이 결혼생활인 줄 알았습니다. 결혼하면 왕같이 살리라 기대했던 거죠. 안타깝게도 저처럼 이런 철부지들이 결혼을 합니다.

제 아내는 어땠을까요? 아내도 자신의 결혼생활에서 왕비를 꿈꾸었다고 합니다. 언제나 남편이 나를 사랑해주고, 남 편이 아닌 내 편이 되어주며, 돈도 잘 벌어다주고, 자녀 양육도 잘하며, 가사도 잘 도와주고, 친정 부모님을 자기 부모님처럼 잘 모시리라고 기대했었다는 말을 들었습니다.

그런데 막상 결혼해보니까 아닌 거지요. 저도 아내도 서로의 기대에 못 미쳤습니다. 못 미쳐도 한참 못 미쳤죠. 엄마는 제가 해달라는 거 다 해줬는데 제 아내는 그렇지 않았습니다. 이것도 안 해주고 저것도 안 해주는 거예요. 그래서 제가 아내에게 항의했어요.
"당신은 왜 우리 엄마처럼 안 해줘?"
아내는 나를 빤히 쳐다보더니 이렇게 말하더군요.
"그럴 거면 엄마랑 살지 왜 나랑 결혼했어?"
순간 말문이 막혔죠. 아내는 한 발 더 나아갔어요.
"그럼 당신은 내가 해달라는 거 다 해줘?"
그때부터 우리의 갈등이 시작됐습니다.

결혼 전과 후 모두 여전히 아내를 사랑하는데 왜 사랑이 이렇게 힘들지? 가만히 생각해보니까 아내가 제 기준과 기분에 맞을 때는 사랑을 하고, 그렇지 않을 때는 지적하고 비난하고 미워하는 시간이 계속됐더라고요. 그러니까 계속 갈등과 위기가 반복되는 것이었어요. 물론 저도 아내도 그런 사실을 인식조차 못했습니다. '당신이 내 무의식이 정한 기대치에 맞을 때만 나는 당신을 사랑할 거야'라고 생각했던 거죠. 그렇게 말한 적은 없지만 결혼식 이후 우리 결혼 생활은 줄곧 그래왔어요.

그러다가 어느 날 깨달았습니다.

'아, 나는 아내를 사랑한 게 아니라 나 자신을 사랑한 거였구나. 아내가 원하는 방식이 아니라 내가 원하는 방식으로 해놓고 그게 사랑인 줄 알았구나.'

아내가 저한테 자주 하는 말이 있습니다.

"여보, 제발 내가 원하는 사랑을 해줘. 당신 방식이 아닌 내 방식으로 사랑해달라고!"

제가 생각하는 아내상이건 제가 평소 그려왔던 이상형이죠을 그려놓고, 아내가 거기에 합당할 때는 사랑을 하고 그렇지 않을 때는 미워했다는 것을 뒤늦게 깨달았어요. 그건 아내가 아니라 내 이상형을 사랑한 거였어요. 바로 나를 사랑한 것이었죠. 이걸 결혼 10년이 지나서야 깨달았습니다. 오호통재라!

남편,
남자, 사람

　자신과 특별한 관계에 있는 이성異性인가 아닌가를 표현하는 단어가 있습니다. 여성 입장에서는 남자 중 나와 관계없는 사람은 그냥 남자일 뿐이고, 내게 이성적으로 다가오는 남자는 남친이라고 부릅니다. 결혼한 관계라면 남편이겠죠? 마찬가지로 남자 입장에서는 사람, 여자, 여친결혼했다면 아내으로 분류될 것입니다.

　아내 여러분, 남편을 어떻게 호칭하세요? 사람인가요, 남자인가요, 남편인가요? 아니라면 또 다른 애칭이 있나요?

결혼 10년차 아내 이야기

남편도 아내도 나름 성공한 부부가 있습니다. 예쁜 자녀도 있지요. 연애 시절 남자는 여자를 죽자 사자 따라다녔습니다. 여자는 자수성가한 남자의 열정을 높이 샀고, 남자의 어릴 적 상처를 자신의 사랑으로 감싸주겠다고 생각했죠.

결혼해보니 남자는 일밖에 모르는 일 중독자였습니다. 남편으로서, 아빠로서의 역할을 전혀 하지 못했어요. 어릴 적 부모로부터 받지 못한 사랑을 아내에게도 자녀에게도 줄 줄 몰랐습니다. 결혼 후 그녀는 점점 지쳐갔고 그녀의 핸드폰에 저장된 남편 이름은 이렇게 변해갔습니다. 빈 깡통, 사기결혼, 뻥쟁이……

지금 그녀의 핸드폰에는 남편 이름 석 자 그대로 입력돼 있습니다. 부부관계가 회복돼서 그런 걸까요? 아닙니다. 그녀는 더 이상 남편에게서 바라는 것이 없다고 합니다. 더 이상 자신을 간섭하지 않기를 바랄 뿐이래요. 이제는 남편이 아니라 그녀가 알고 있는 수많은 남자 중 하나, one of them일 뿐입니다.

그게 더 무섭지 않나요? 그는 더 이상 남편이 아니라 그냥 남자 사람일 뿐입니다.

없는 사람

2016년에 강원도 전방 GOP에서 총기난사 사건이 벌어졌습니다. 임 모 병장이 동료 병사들에게 총기를 난사하고 수류탄을 던져서 다섯 명이 사망하고 일곱 명이 다친 비극적 사건이었습니다. 그는 탈영했다 붙잡혔고, 재판에 넘겨져 사형을 선고받았습니다. 군 수사부는 임 병장이 "동료들이 나를 '없는 사람' 취급했다."고 진술했다고 발표했지요. 최종 수사 결과를 보니 임 병장이 부대 내 왕따 취급을 견디다 못해 극단적인 행동을 했다고 합니다.

내무반은 병사들이 거의 24시간 같이 생활하는 곳입니다. 그런데 이곳에서 멀쩡히 살아 있는 사람을 '없는 사람' 취급했다는 것입니다. 임 모 병장의 행위는 변명의 여지가 없는 것이지만, 그가 왕따를 당했다는 발표 내용은 머릿속에 남더군요. 인간은 가까운 누군가로부터 무시당하면 견딜 수 없는 수치심을 느낍니다. 무시보다 더 무서운 것은 무관심이고요. '없는 사람' 취급이 바로 무관심 아닌가요.

가정에서는 어떤가요. 10년, 20년을 같이 산 부부 사이는 어떤가요. 적지 않은 부부가 소 닭 보듯 하면서 산다고 합니다. 며칠 전 만난 부부는 집에 있어도 서로 문자 메시지로 정보만 주고받는다고 하더군요. 부모 자식 간에도 마찬가지이고요. 가정 내 무관심의 대상인 많은 사람들이 우울증에 걸리고 자살을 선택하기도 합니다. 내 아내, 내 남편, 내 새끼를 내가 보살피지 않으면 누가 보살필까요? 사랑은 담아두는 것이 아니라 꺼내 쓰는 것입니다. 꺼내 쓸수록 차고 넘치게 되는 것이고요.

'없는 사람' 취급하지 말고 '가까이 있는 사람'으로 대해보세요. 아내에게, 남편에게, 자녀들에게 '고맙다', '사랑한다', '네가 있어서 행복하다'고 문자 메시지 하나 보내세요. 지금 당장!

뒤늦게 한글을 배운 전라도 할머니 이야기

한글 선생님이 할머니에게 '남편'을 써보라고 했더니 '나편'이라고 썼다.

선생님: 할머니! 남편이라고 쓰시라니까요.
할머니: 어떻게 남편을 남 편이라고 써? 나 편인디.

정말 멋진 할머니시죠? 안타깝게도 할머니보다 못한 부부가 너무나 많습니다. 당신의 이름은 아내 분의 핸드폰에 어떻게 저장돼 있을까요?

이럴 거면
나랑 왜
결혼했어

많은 부부들이 서로 사랑하는 나머지 결혼을 하지만, 결혼 후 썩 행복하게 사는 부부가 그리 많지 않은 것이 현실입니다. 많은 부부들이 결혼 후 이렇게 푸념합니다.

"이럴 거면 나랑 왜 결혼했어?"

결혼 후 실망감이 크다는 표현일 것입니다. 무엇에 실망했을까요? 외모? 성격? 습관? 말투? 행동? 경제력? 전부 다 해당될 겁니다! 외모나 체형에 관해서 말하면, 처녀 총각 때보다는 결혼 후 몸이 많이 망가지기(?) 때문에 그럴 수 있습니다. 그러나 실제로는 연애할 때는 성호르몬에 이끌려 잘 보이지 않았던 결점(?)이 결혼한 뒤 신비감이 사라지게 되면서, 그때 비로소 보이기 때문입니다. 실제로 배우자가 예쁜 게 아니라 예뻐 보여서 결혼한 것입니다. 결혼하고 나면 콩깍지가 벗겨져서 제대로 보이기 시작합니다.

성격은 어떤가요? 결혼 전에는 상대에게 잘 보이려는 마음에 원래 성질대로 하지 않으려고 노력합니다. 그러나 평생 그럴 수 있는 사람은 없습니다. 결혼하고 나면 자기 성질대로 하게 되고, 그것이 배우자의 비위를 상하게 합니다. 습관, 말투, 행동도 마찬가지죠. 결혼 전과 결혼 후가 다를 수밖에 없습니다. 감춰뒀던 습관, 말투, 행동이 나타나기 마련이에요. 또 경제력이 부부의 행복지수를 크게 떨어뜨린다는 것은 당연지사입니다.

그런데 부부가 결혼생활을 후회하는 가장 큰 이유는 위에 열거한 것들 때문이라고 할 수는 없어요. 그중 몇 개가 원인 제공을 할 수 있겠으나 더 근본적인 원인은 부부간의 신뢰감 결여입니다. 부부간에 신뢰만 있다면 이런저런 문제가 있어도 잘 이겨내지요.

앞 장에서 두 개의 보따리를 설명할 때, 결혼을 하고 나서 각자 예상치 못한 배우자의 결점이나 나쁜 습관을 경험하면서 콩깍지가 벗겨진다고 말씀드렸습니다. 결점이나 나쁜 습관이 없는 사람은 없지 않나요? 그런데도 배우자의 그런 것을 발견하게 되면 상대 배우자는 그것을 뜯어고치기 위해 필사적으로 노력을 합니다. 그런데 그게 쉽게 고쳐지나요? 절대로 안 고쳐지죠.

그다음에는 이런 생각을 합니다. '아, 이 사람은 나를 사랑하지 않는구나. 내가 고쳐달라고 수없이 부탁하는데도 안 고치는구나. 이건 분명히 나를 사랑하지 않는다는 증거야.'라고 말입니다. 배우자가 나를 더 이상 사랑하지 않는다고 생각하게 되면 배우자가 무슨 말을 해도 귀에 들어오지 않습니다. 이 말은 더 이상 배우자를 신뢰하지 않는다는 말입니다. 이렇게 되면 이제는 배우자의 결점이 문제가 아니라 배우자의 인간성 자체가 문제입니다.

그리고 이렇게 배우자의 인간성을 규정해버립니다. '저 사람은 인간도 아니야.' '저 인간은 형편없는 인간이야.' '사람이 도대체가 글러먹었어.' '네가 도대체 지금까지 나한테 해준 게 뭐 있냐?' 등등. 이런 평가를 듣는 배우자는 상대 배우자를 어떻게 대할까요? 똑같이 대합니다. 이제 부부의 신뢰도는 완전히 깨지고 맙니다. 우리들 각자는 크고 작은 결점이 있는 것이지 몹쓸 인간이 아닙니다.

다시 태어난다면
너랑 안 살아.
결코, 절대!

어느 설문조사 결과를 보니 '지금의 배우자와 다시 태어나도 결혼하겠는가?'라는 질문에 남편들의 70%는 '결혼하겠다.'라고 응답한 반면 아내들의 70%는 '결혼하지 않겠다.'고 응답했다고 합니다. 참 웃픈 현실입니다.

부부들에게 어떤 사람을 가장 신뢰하느냐고 물으면 남편과 아내의 대답이 다릅니다. 남편들은 대부분 아내라고 대답하는데 아내들은 친한 친구라고 대답합니다. 이것이 다시 태어나면 지금의 배우자와 결혼할지 안 할지 선택하는 기준이 되지 않을까요. 어느 주말 아침 우리 부부 대화를 소개하겠습니다.

아내: 주말 아침 출근하려는 나에게 회사 같이 갈까?

나: 나랑 함께 하고 싶구나?

아내: 꽃 보러 가려고 회사 사무실 베란다에 화단이 있어요. 아내는 주말에 같이 나와

화단을 돌보는 걸 좋아합니다.

나: 뭐야? 그렇게밖에 대답 못해?

아내: 대수롭지 않은 듯 안방에 불 끄고 나가요.

나: 할 말이 없어서 멍하게 …….

딸: 우리 대화를 듣고 있다가 아, 우리 아빠 불쌍하다. ㅠㅠ

나: 그래도 나는 다시 태어나면 네 엄마랑 결혼한다.

딸: 왜?

나: 딴 여자도 다르지 않아. 내가 딴 여자 만나서 또 이런 실랑이

를 할 바엔 차라리 네 엄마가 낫지.

딸: 와, 아빠 진짜 못 말리겠다! ㅠㅠ

언젠가 강연회에서 한 청중이 제게 이런 질문을 했습니다.

"강사님은 다시 태어나면 지금의 아내와 결혼하시겠습니까?"

많은 청중들이 웃으며 제 대답을 기다리더군요. 저는 이렇게 답

했습니다.

"한 여자와 50년 이상 같이 산다는 게 결코 쉬운 일은 아닙니다. 왜냐하면 한 여자또는한 남자를 온전히 이해하고 인정하기란 쉽지 않기 때문입니다. 그래서 저도 제 아내랑 살면서 힘들고 미워한 적도 많지만 어떤 여자랑 살아도 마찬가지인 걸 알기에, 또 다른 여자와 맞춰 사느라고 힘들어 할 바에야 저는 다시 태어나도 지금의 아내와 결혼하겠습니다. 딴 여자 만나봐야 도긴개긴입니다. 다시는 그 고생 하고 싶지 않습니다."

그러자 많은 분들이 박수를 보냈어요. 왜 박수를 쳤는지는 아직도 모르겠네요.

그렇습니다. 불행한 결혼생활을 하는 사람은 배우자가 바뀐다 해도 마찬가지일 겁니다. 지금까지 수차례 말했듯이 사람은 누구나 완벽하지 않아요. 아니 오히려 결점투성이죠. 그 결점 때문에 갈등해야 한다면 그 누구와 살아도 마찬가지예요. 종류만 다를 뿐 모든 사람은 결점을 갖고 있을 수밖에 없기 때문입니다. 그건 상대방뿐만 아니라 나도 마찬가지 아닌가요. 서로의 결점만 본다면 그 결점은 크게 확대돼서 내게도 비쳐지겠지요.

결국 배우자의 결점이 문제가 아니라 그 결점만을 바라보는 내 시각이 문제인 겁니다. 다시 결혼해서 만난 배우자도 또 다른 결점이 있을 테고 나는 그 결점을 또 트집 잡겠지요. 두 번 세 번 해도 마찬가지입니다. 결국 내 마음밭이 문제인 거죠. 네가 문제가 아니라 내가 문제라는 겁니다.

상대방이 한두 개의 결점, 아니 열 개 정도의 결점이 있어도 괜찮습니다. 훗날 이혼하거나 사별하게 된다면 그 결점이 그리울 것입니다. '아름다운 결점'을 떠올리며 추억하게 될 것입니다.

조강지처와 함께 딱 100살까지만 삽시다!

부디 사랑에 목매지 않기를

사람은 만들어지든지 만들어가든지 둘 중 하나입니다. 미국의 시인 롱펠로Longfellow는 "이 세상에서 인간은 못이 되든지 망치가 되든지 둘 중 하나다."라고 말했습니다. 내가 주도적으로 살면 망치가 되어 여러 개의 못을 이용해 필요한 물건을 만들 수 있지만, 내 삶을 누군가에게 맡겨버리면 못이 되어 커다란 망치에 두드려 맞을 것이라는 의미입니다. 사람이 만들어지든지 만들어가든지 둘 중 하나라는 말은, 주도적으로 살면 삶을 만들어가는 것이지만 남의 손에 내 인생을 맡겨버리면 피동적으로 만들어지는 삶을 살게 된다는 뜻입니다.

너무도 많은 사람이 자신이 행복하거나 불행할 권리를 다른 사람들에게 넘기고 있다는 사실이 참 놀랍습니다. 많은 부부들이 자신의 배우자에게 "당신 때문에 나는 너무 행복해!"라든가 또는 "당신은 나를 너무 불행하게 만들어!"라고 말합니다. 어떤 엄마는 자녀에게 "나는 너밖에 없는 거 알지? 내가 살아가는 이유는 바로 너 때문이야!"라고 말하지요. 이 사람들은 자신이 행복할 권리를 남에게 줘버린 것입니다. 그러나 정작 자신은 그런 사실을 까맣게 모르고 있지요.

지금 당신의 결혼생활이 행복하다고 생각하나요? "그렇다."고 대답한다면 당신은 행복한 사람입니다. 그렇다면 "왜 행복한가?"라는 질문에는 뭐라고 대답할 수 있을까요? "배우자 때문이다."라고 대답한다면 당신은 지금은 행복하지만 앞으로 불행할지도 모릅니다.

행복을 느끼는 이유가 배우자 때문이라면 당신의 행복은 배우자가 쥐고 있는 것입니다. 그 배우자가 언제까지나 당신을 행복하게 해주지 못할 수 있습니다. 때로는 행복하게 해줄지 모르지만 평생 그럴 수는 없는 법이죠. 신체상의 문제가 생길 수도 있고 정신적, 정서적으로도 문제가 생길 수 있기 때문입니다. 또 원치 않게 이별의 아픔을 겪을 수도 있지요.

지금 당신의 결혼생활이 불행하다고 생각하나요? "그렇다."고 대답한다면 당신은 불행한 사람입니다. "왜 불행한가?"라는 질문에 "배우자 때문이다."라고 대답한다면 당신은 지금도 불행하고 앞으로도 불행할 것입니다.

자신의 결혼생활이 불행하다고 느끼는 사람들 대부분은 그 원인을 배우자에게서 찾습니다. 그들은 배우자에 대한 기대가 꺾이면 배우자의 마음가짐과 결혼 자체에 대해 바로 부정적인 결론을 내리고 맙니다. 그래서 배우자가 바뀌어야 한다고 생각하고, 배우자가 변하기를 기대하지요. 자신이 변해야겠다고 생각지는 않고 변하지 않는 배우자를 자꾸 탓하고 못살게 굽니다. 그게 싫은 배우자는 도망가죠. 그러면 또 쫓아가며 배우자를 괴롭힙니다. "네가 바뀌어야 돼, 너만 변하면 돼." 하면서…….

사람은 누군가의 요구에 의해서 변화되지 않습니다. 잠시 변하는 듯하다가도 어느새 제자리로 돌아오지요. 변하지 않을 사람을 왜 변하지 않느냐고 쫓아다니니 도망가는 사람도 쫓아가는 사람도 힘든 겁니다. 그래서 불행한 거예요.

자, 이제 좀 더 구체적으로 살펴볼까요. 불행한 결혼생활을 하고 있는 사람들 대부분은 이런 특성을 갖고 있었습니다.

1. 결혼에 관한 청사진이 없다.
2. 그럼에도 결혼만 하면 잘 살 줄 안다.
3. 원가정에서 가져온 습관과 상처가 있다 'PART 1_ 보따리 두 개' 참고해 주세요.
4. 화해, 회복의 롤 모델이 없다.
5. 학습하지 않는다.

이들은 결혼 전 자신의 원가정에서 부모의 결혼생활에서 보고 배운 것이 별로 없습니다. 부모가 늘 지지고 볶고 싸우는 것만 봤지, 좋은 모습을 보고 자라지 못한 거죠. 그래서 그들은 결혼할 나이가 되면 결혼을 도피처로 여기고 상대에 대해 잘 알아보지도 않고 얼른 결혼합니다. 결혼만 하면 불행 끝, 행복 시작인 줄 알죠.

그런 결혼생활이 제대로 굴러갈 리가 있을까요. 그들 각자는 두 개의 보따리, 즉 나쁜 습관 보따리와 상처 보따리 때문에 끊임없이 상대를 힘들고 지치게 만듭니다. 부모가 화해하거나 회복하는 모습을 보여준 적이 없기 때문에 갈등은 하되 화해하지 못합니다. 그걸 배운 적이 없으니까. 이게 자꾸 반복되면 두 사람 모두 지치고 포기하고 싶어집니다.

그래서 부부싸움을 자주 하는 부모를 둔 자녀들은 결혼해서 부모들과 똑같이 싸웁니다. 그럼에도 갈등 해결을 위한 학습 프로그램을 가까이하려고 하지 않지요. 그래서 해결이 안 되는 겁니다.

그리고 이혼 부모를 둔 자녀들이 결혼해서 갈등이 생기면 쉽게 이혼을 선택합니다. 이혼을 선택 가능한 대안으로 생각하기 때문이죠. 물론 이혼을 결정할 수밖에 없는 필연적인 경우예를 들어 가정폭력 같은를 말하는 건 아닙니다. 가족 구성원의 안녕과 행복을 심각하게 해치는 사유가 있을 때는 이혼을 선택해야죠. 이런 이혼까지 나쁘다는 말은 아니니 오해 없기 바랍니다. 필연적인 경우가 아닌데도 쉽게 이혼 결정을 하는 세태를 말하는 것입니다. 이런 경우는 안타깝죠.

"지금 당신의 결혼생활이 불행한가요?"라는 질문에 "문제는 있지만 불행하지는 않다."라고 대답한다면 그건 정상적인 부부입니다. 그 사람은 주도적인 사람이고요. 결혼생활을 제대로 직시하고 자신의 역할과 배우자의 역할을 구분할 줄 알기에 이렇게 답할 수 있는 겁니다.

어떤 부부들은 결혼생활을 불행하게 느끼는 이유로 "사랑받지 못한다고 느껴서."라고 말합니다. "사랑이 식어서 자꾸 갈등하게 되는 것 같다."고 합니다. 사랑받지 못한다고 꼭 불행한 걸까요? 물론 사랑받는다는 건 기분 좋은 일이지요.

"인생에서 가장 행복할 때는 누군가에게 사랑받는다고 확신할 때이다."

《레미제라블》로 유명한 프랑스의 작가 빅토르 위고Victor-Marie Hugo도 이렇게 말했으니까요. 그 말도 맞습니다. 그러나 이걸 기억해야 합니다. 상대가 행복을 느낄 정도로 한결같이 사랑을 줄 사람은 없습니다. 우리가 하늘의 별자리도 아닌데 한결같은 궤도를 유지할 수 있을까요. 사람의 감정과 행동은 변화무쌍합니다. 그래야 살아 있는 사람이고요. 결혼 후에도 끊임없이 사랑을 가꾸고 키워가는 데 공을 들여야겠지만 상대방이 변함없는 태도로 나를 사랑해줄 것이라고 기대하는 것은 이뤄질 수 없는 일입니다.

그렇기에 사랑에 목매달지 마세요. 갈등한다고 사랑하지 않는 것도 아니고, 사랑한다고 갈등하지 않는 것도 아닙니다. 오히려 갈등은 부부를 성장시킵니다. 결혼의 묘미가 바로 여기에 있어요. 그런 의미에서 결혼생활은 사람이 돼가는 과정입니다. 배우자와의 갈등, 자녀와의 갈등이 있기에 우리는 좀 더 성숙해집니다.

만약 가정에 갈등이 없다고 생각해보세요. 부부간에도 자녀들과도 아무 갈등이 없다면 행복할까요? 인간은 게으르고 교만한 존재입니다. 아무 갈등도 없다면 감사하고 주위 사람들에게 베풀며 살아가야 하건만 그렇지 않아요. 오히려 죄지을 일밖에 없을 겁니다.

갈등이 있기에 우리는 사람다운 사람이 되는 것입니다.

'미다스의 손'이라고 들어봤을 겁니다. 만지는 것마다 황금으로 변한다 해서 현대 시장경제 체제에서는 '투자의 귀재' 또는 '성공한 사업가'로 칭송받는 사람을 가리킬 때 쓰는 말이지만, 원래 그리스 신화에서는 탐욕의 왕으로 불리던 인물입니다.

그가 만지는 것마다 황금으로 변한 것은 축복이 아니라 재앙, 저주였습니다. 그는 자신의 딸마저도 황금조각상으로 만들어버렸죠. 결국 그는 뉘우치고 원래의 모습으로 되돌아갑니다.

우리의 삶도 그렇습니다. 하는 일마다 잘되면 어떻게 될까요? '땅 짚고 헤엄치기'란 속담이 있는데요. 그만큼 쉬운 일이라는 뜻입니다. 그런 쉬운 일만 하고 싶다는 소망을 나타낸 말이기도 합니다.

그런데 땅 짚고 헤엄치면 무슨 재미가 있을까요? 실제로 땅 짚고 헤엄쳐보세요. 열 발자국도 못 가 일어날 것입니다. 헤엄은 그냥 쳐야 재밌습니다. 파도도 맞고 머리끝까지 물을 뒤집어쓰면서 헤엄쳐야 제맛 아닌가요. 그 맛에 수백 미터, 수 킬로미터를 헤엄쳐 갑니다.

인생도 마찬가지예요. 크고 작은 갈등이 있어도 그걸 이겨내는 게 재미있는 인생입니다. 갈등, 맛있는 인생 레시피에 없어서는 안 될 양념입니다.

나는 아내를
사랑하지
않았다

저는 2016년에 세계적 권위의 아버지 교육기관인 TWNAFThe World Needs A Father: 세상엔 아버지가 필요하다의 마스터 멘토 트레이닝Master Mentor Training 과정을 공부하고 수료했습니다. 설립자인 카시 카스텐스Cassie Carstens 목사가 직접 지도했는데 지금까지 제가 받은 어떤 교육보다 유익했습니다. 아니, 그런 말로는 부족할 만큼 충격적일 정도로 놀랐고, 그래서 좋았습니다. 20년간 이 분야를 공부했고 10년간 가정행복코치로 살아온 저였지만, 교육을 받는 동안 발가벗겨진 느낌이었지요.

강사께서 강의 중 수강자들에게 이런 질문을 하셨습니다.

"결혼해서 아내를 사랑하셨습니까?"

저는 주저 없이 손을 들었고 몇몇 수강자들도 그랬습니다. 그분이 제일 앞자리에 앉은 저를 향해 말씀하셨어요.

"그게 거짓이란 걸 3분 안에 증명해드리죠."

다들 무슨 말인가 의아해하며 고개를 갸웃했는데, 그분은 이렇게 이야기하더군요.

"그건 아내를 사랑한 게 아니라 자신을 사랑한 것입니다. 아내가 내 기준과 기분에 맞을 때는 사랑을 하고 그렇지 않을 때는 지적하고 비난하고 미워했다면, 그것은 아내를 사랑한 것이 아니라 자신을 사랑한 것입니다. 내가 생각하는 아내상그분은 이걸 '우상'이라고 불렀죠을 그려놓고, 아내가 거기에 합당할 때는 사랑을 하고 그렇지 않을 때는 미워하지 않았나요. 그건 아내가 아니라 자신의 우상을 사랑한 것이죠."

아, 정말 충격이었습니다. 그렇구나……. 지난 30년의 결혼생활을 돌이켜보니 그 말이 사실이었습니다. 연애 때나 신혼 때는 아내가 뭘 해도 예뻐 보였어요. 뭘 해도 잘하는 것 같았고, '아, 나는 장가 잘 갔구나.' 하는 생각에 뿌듯했습니다. '긍정적인 편견'을 가졌던 거예요.

그러나 해를 거듭하면서 생각지 못한 실망, 논쟁, 좌절을 겪다

보니 어느새 서서히 부정적 편견으로 바뀌어갔습니다. 이제 아내가 하는 행동의 대부분은 저를 실망시키는 것들이었어요. 뭘 해도 잘 못하는 것 같았습니다. 가끔 제 마음에 들 때는 아내를 예쁘게 바라봤지만 대부분은 그 반대였죠. 언젠가부터 '아, 나는 장가를 잘 못 간 건가?' 하고 결혼생활에 대한 회의를 느낄 때가 많았습니다.

저는 아내를 사랑한 게 아니라 저 자신을 사랑한 것이었습니다. 그날 저는 여지없이 무너졌습니다. 그러나 그날 이후 저는 다시 태어났어요. 이제부터 저는 아내가 어떤 모습이든 어떤 기분이든, 심지어 저를 비난할지라도 아내를 존중하고 사랑하겠다고 결심했습니다. 그게 결혼의 참모습이니까요.

아내의 생일날, 아내는 생일 선물을 기다리는데 남편이 빈손으로 귀가했다고 가정해봅시다. 심통이 난 아내를 데리고 남편이 뒤늦게 생일을 축하해준다며 자기가 좋아하는 삼겹살을 사준다면 어떻겠습니까? 이건 사랑이 아닌 거죠.

제 친구 중에 CEO가 있습니다. 평소 아내 사랑 표현을 잘 안 하는 친구인데, 제 조언을 듣고 아내에게 모처럼 데이트 신청을 했대요. 잘한답시고 평소에 거래처를 접대할 때처럼 근사한 일식당을 예약해 비싼 회로 대접하고, 2차로 친구들과 자주 가던 단란주점에 아내를 데리고 갔습니다. 그날 데이트 결과가 어땠을까요? 여성분들은 쉽게 짐작했겠지만 안 하느니만 못한 데이트였습니다.

"당신 평소에 이런 곳에 다니는구나!"

아내는 너무나 값이 비싼 일식당에 단란주점까지 풀코스로 안내하는 남편을 보며 누구 취향에 맞춘 것이냐고 화를 냈다고 합니다.

아내가 원한 데이트는 이런 게 아니었을까요. 비싸지 않아도 분위기 좋은 레스토랑에 가서 맛난 음식을 먹고, 커피 마시며 두런두런 대화를 나누는 모습을 기대했을 겁니다. 오랜만의 데이트에 두근두근 기대하며 남편을 만나러 나갔을 아내가 실망할 만합니다. 이건 소에게 맛있는 고기를 먹인 것과 같고, 사자에게 몸에 좋다며 풀을 먹인 것과 같습니다. 그러나 제 친구가 이런 실수를 한 건 아내를 사랑하지 않아서가 아닙니다. 아내의 기대와 다른 방식으로 사랑했을 뿐입니다. 하지만 배우자는 그걸 사랑이라 생각하지 않습니다.

사랑한다는 건 뭘까요. 상대의 마음을 알고 헤아리는 것입니다. 상대가 원하는 것을 해주는 것입니다. 내가 아내에게 내가 원하는 것을 해주기를 바라는 만큼 아내도 내가 자신이 원하는 것을 해주길 바랄 거라고 생각해야 합니다. 앞서서 사랑에 빠지는 것은 사랑이 아니라고 이야기했습니다. 의지적으로 사랑하는 것이 사랑입니다. 사랑한다는 것은 상대를 배려하고 존중하는 마음입니다. 존중을 의미하는 영어 리스펙트respect의 어원은 라틴어 '레스피세레 respicere: '다시 보다'라는 뜻'입니다. 상대를 존중하려면 상대방이 뭘 원하는지를 주의 깊게 봐야 합니다.

제 아내가 저한테 자주 하는 말이 있습니다.

"제발 내가 원하는 사랑을 해줘요. 당신이 원하는 걸 하지 말고⋯⋯."

저는 그 말을 들을 때처럼 답답했던 적이 없었습니다.

나: 그러니까 당신이 원하는 게 뭐냐고? 좀 알아듣게 말을 해봐. 말을 해야 알지!

아내: 답답하다는 듯이 아직도 그걸 몰라? 결혼 20년이 넘었는데 내가 뭘 원하는지 몰라? 그러니까 당신이 안 된다는 거야!

나: 우와, 정말 미치고 팔짝 뛰겠네. 그러니까 말을 해달라고, 말을!

아내: 말해줘? 공감, 배려, 애정 어린 보살핌! 몇 번을 말해야 알아들어!

나: 뭐? 공감? 배려? 애정 어린 보살핌? 그런 추상적인 단어를 말하면 내가 어떻게 알아들어, 구체적으로 말해줘야 알지!

아내가 제게 원하는 게 뭘까요. 공감? 배려? 애정 어린 보살핌? 이런 추상적인 단어를 남자들은 모릅니다. 이해하지 못해요. 이 책을 읽는 아내 분들, 부디 남자들에게 구체적인 단어로 표현해주세요.

저는 답답해하다가 아내가 말한 각 단어별로 문장으로 바꿔보았습니다. 그러니까 알 것 같더라고요. 아내가 수없이 되뇌었던 말을 종합해보니 이렇습니다.

- 유능한 남편보다 어딘가 허술해 보이는 남편을 좋아한다.
- 바쁜 남편보다 다정다감한 남편을 좋아한다.
- 까칠한 남편보다 편안한 남편을 좋아한다.
- 아이들에게 직장 상사 같은 아빠보다 친구 같은 아빠를 좋아한다.
- 운전 중 갑자기 끼어든 차량 운전자를 향해 쌍욕하는 남편보다, 웃으면서 "어서 들어오세요~ 급한 일 있으신가 봐요?"라고 말하는 남편을 좋아한다.
- 어느 날 뜬금없이 장미 한 송이 사 들고 들어오는 걸 좋아한다.

- 어느 날 아침 갑자기 브런치 먹으러 가자고 하는 걸 좋아한다

  아내가 먼저 가자고 해서 간 적은 있어도 제가 가자고 한 적은 없거든요.

- 여행에서 돌아오는 아내를 집 앞 지하철역으로 마중 나오는

  걸 좋아한다집에서 지하철역까지는 3분 거리입니다.

정리해보니 일 잘하는 남편, CEO 남편, 혼내는 남편이 아니라
다정다감하고 자상하며 편안히 기대고 싶은 남편을 원하는 것이었
습니다. 아, 그렇게 쉬운 거였어? 이게 돈이 들어? 고난도 기술이 필
요해? 이걸 왜 못해? 그런데 그게 의외로 쉽지 않더라는 거죠.

저는 이렇게 만인 앞에서 아내를 사랑하지 않았다고 고백했습니
다. 그럼 과연 자녀들은 사랑했을까요?

못난 남편은
못난 아빠가
된다

제게는 아들과 딸이 있습니다. 전 자녀들을 무척 사랑하지요. 정말 그 아이들을 위해서라면 다 해주고 싶고, 뭐든 다 해줄 수 있습니다. 그러나 그 아이들이 제 마음을 그렇게 알아주는 것 같지 않아 때로는 섭섭할 때도 있어요. 아이들을 다 키워놓고 나니 썩 유쾌하지 않은 두 가지 추억이 떠오르네요.

첫 번째 추억, 저는 우리 아이들이 초등학교 고학년 시절 아이들에게 필요하다는 이유로 일주일에 한 번씩 '사설 쓰기'를 시킨 적이 있습니다. 매일 일간지에 실리는 사설을 보고 자신이 선택해서 읽은 다음 노트 한 페이지 분량으로 자신의 글로 옮겨 적는 훈련을 1년 가까이 했어요.

당시 저는 그 훈련을 시키면서 저 자신이 얼마나 자랑스럽고 뿌듯했는지 모릅니다.

'세상에 나 같은 아버지는 없을 거야. 아이들을 위해서 이렇게 훌륭한 훈련을 창안했다니. 역시 나는 괜찮은 아버지야!'

내심 이렇게 생각하면서 자부심에 가슴 뻐근했죠. 그러나 아이들은 정반대였어요. 그 훈련을 무척 힘들어했어요. 겨우 초등학생인 아이들이 가장 핫 이슈이자 최신 트렌드에 관한 주제를 다룬 사설을 읽고 자신의 글로 줄여 쓰는 것은 여간 힘들지 않았을 겁니다.

저는 그것도 모르고 1년 가까이 그 훈련을 하는 동안 아이들에게 참 많이 실망했어요.

'열심히 따라 하면 좋은 결과가 있을 텐데…… 왜 이렇게 마지못해 할까? 이런 한심한 놈들……'

아이들이 잘 따라주지 않자 결국에는 제가 화를 내면서 "이렇게 하려면 관두자, 관둬!" 하고는 때려치우고 말았지요.

나중에 아이들이 대학생이 된 후 이런 질문을 한 적이 있어요.

"아빠랑 같이 살면서 가장 힘들었던 때가 언제였니?"

제가 기대한 답은, "힘들었던 적이 없었는데요." 하는 것이었어요. 그런데 두 아이 모두 한 치의 망설임도 없이 "사설 쓰기요!"라고 답하는 게 아닙니까.

"아니, 그게 뭐가 그렇게 힘들었냐?"

"그때 처음에는 아빠도 같이 쓴다고 했잖아요. 근데 언제부턴가 아빠는 안 쓰고 우리한테만 쓰게 하고 검사만 해서 '치, 이게 뭐야' 하는 생각이 들었어요. 그때부터 쓰기 싫어졌어요."

아들의 대답을 듣고서야 비로소 깨달았습니다.

"아, 아무리 좋은 의도라고 하더라도 아빠가 모범을 보이지 않으면 아이들에게 적용할 수 없구나."

두 번째 사건을 소개하지요. 제가 직장에서 임원 시절 한창 골프에 열중할 때였습니다. 이삿날이 잡혔는데 하필 골프 약속이 있는 날이었어요. 옛날부터 여러 번 이사를 다녔어도 이삿짐 싸고 풀고 하는 걸 아내가 다 했던 터라, 아내에게 조금 미안하긴 했지만 네 명이 함께 하는 운동인 골프 약속은 한번 정해지면 무조건 참석하는 게 에티켓이라며 양해가족들은 양해라고 생각지 않았지만를 구하고 골프장에 다녀왔어요.

아내는 그 일로 한 번도 날 탓한 적이 없는데 아이들은 그렇지 않았어요. 그날 이후 아들은 이사 얘기만 나오면 저에게 이렇게 말합니다.

"아빠는 엄마한테 할 말 없어요. 이사하는 날 골프 치러 가는 사람이 어딨어요?"

아, 정말 할 말이 없었어요.

그 두 가지 사건으로 저는 아이들에게 형편없는 가장으로 낙인찍히고 말았습니다. 그 이후 많은 노력을 한 덕에 요즘은 많이 회복됐지만, 저도 아이들도 머릿속에서 그 두 가지 사건은 지워지지 않네요. 지금 생각해도 참 부끄럽습니다.

부모들이 자녀를 사랑한다고 아무리 말로 해도 자녀들이 그 사랑을 받아들이지 않는 경우가 많습니다. 왜 그럴까요? 부모의 말과 행동이 다르기 때문입니다. 그 말에 책임질 수 있는 행동이 뒤따라야 합니다.

당신의 자녀는 여러분에 대해 어떤 추억을 갖고 있을까요? 잠깐 짬을 내서 곰곰이 생각해보시기 바랍니다.

죽어야
사는 남자

오래전 모 TV 프로그램에서 본 내용입니다. 남아프리카 동물농장에서 아기 사자를 사육한 다음 어른이 되면 야생으로 돌려보내는데, 유럽과 미국 등지에서 온 사냥꾼들이 수천만 원의 돈을 내고 그 사자들을 사냥한 다음 박제로 만들어 가져간다고 합니다. 사자들은 가정에서 사육되는 동안 야생에서의 사냥 능력을 잃어버렸기 때문에 음식을 주러 오는 사육사와 총이나 활로 무장하고 자신을 죽이러 오는 사냥꾼을 구분하지 못해 속절없이 죽어간다고 하네요.

그 프로그램을 보는 내내 오늘날 우리네 가정의 모습이 오버랩

되었습니다. 사자들의 모습에 우리 남편, 아버지들의 얼굴이 투영되었습니다. 가정에서 아버지들의 기능이 바로 그렇지 않나요. 학교와 직장, 사회에서 경쟁과 승리만을 미덕으로 배우고 살아왔기 때문에 가정에서 필요한 수용, 관용, 이해, 희생, 배려, 섬김, 사랑을 베풀지 못합니다. 이미 그 기능을 잃어버렸기 때문입니다. 남편, 아버지들이 가정에서 제 기능을 다하지 못해 가정은 붕괴되고 가족은 해체되고 있습니다.

가정에서 아버지가 제 몫을 다해야 합니다. 제 기능을 회복해야 합니다. 그러려면 어떻게 해야 할까요? 남편은 사회생활을 하는 것처럼 집에서 승리하려고 하면 안 됩니다. 승리가 아니라 져야 합니다. 가정은 '이기는 기술'이 아니라 '지는 기술'이 필요한 곳입니다.

이겨서 손해 보는 싸움이 있다고 합니다.
첫째, 아내하고 싸워서 이기면 손해 봅니다.
왜냐하면 싸움에 진 아내가 가정을 지옥으로 만들기 때문입니다. 이겨도 이긴 게 아닌 거죠. 아내와의 싸움에서 이기고 내 가정이 지옥이 돼버리면 무슨 소용이 있을까요.

둘째, 자식하고 싸워서 이기면 손해 봅니다.

부모가 자식을 이기면 자식이 곁길로 가든지 기가 죽기 때문입니다. 흔히들 자식 이기는 부모는 없다고 합니다. 이 경우는 다 자란 경우고, 자녀가 어린 나이일 때 자식을 이겨먹는 부모가 많습니다. 그런데 이건 자식을 망치는 지름길입니다. 사춘기가 아직 오지 않은 자녀들이라면 부모의 강압으로 주눅이 들어 자존감이 낮아지고 열등감을 갖기 쉽습니다. 부모에게 자주 거절당한 아이는 또래 아이들에게서도 대접받지 못하거나 억지로 대접받기 위해 어긋난 행동을 하는 경우가 많아요. 이런 아이들이 사춘기가 되면 급격히 부모에게 대항합니다. 부모가 감당할 수 없을 정도로.

한동안 이면우 교수의 '신사고'가 유행한 적이 있었습니다. GS-2 이론, P-2 이론으로 대표되는 2등 무용론이었는데요. 고스톱이나 포커에서 2등 해서 돈 따는 사람이 없고 오히려 다른 사람보다 돈을 더 많이 잃는다는 이론입니다. 결국 1등을 하라는 건데, 기업 경영자에게 1등을 담보할 수 있는 신사업이나 신제품 등을 가지고 경쟁해야 이길 수 있다는 것을 설명한 이론입니다. 많은 기업 경영자들의 호응을 받은 바 있지요. 한때 어느 개그맨이 유행시켰던 '1등만 기억하는 더러운 세상'이기 때문에 틀린 말은 아닙니다.

이렇게 지금까지 우리 사회는 '이기는 기술'만을 가르쳐왔습니다.

학교도 직장도 사회도……. 그러니 《이기는 습관》이라는 책이 그렇게 많이 팔리지 않았을까요. 그러나 가정은 다릅니다. 가정은 '지는 기술'이 필요한 곳입니다. 그래서 자수성가한 많은 아버지들이 가장 당혹해하는 곳이 바로 가정입니다. 그들 중에는 CEO도 교수도 고위 공무원도 있습니다. 그들은 삶의 여정이 투쟁이었어요. 이겨야만 밥을 먹을 수 있었고, 이겨야만 공부할 수 있었고, 이겨야만 승진할 수 있었고, 이겨야만 돈을 벌 수 있었습니다. 그들에게는 '이기는 기술'이 유일무이한 기술입니다.

문제는 그들이 가정에 돌아와서도 그 기술을 적용하려 한다는 사실입니다. 어쩌면 지극히 당연한 일이지만, 그 결과 그들은 가족들로부터 왕따당하는 것입니다.

가정에서만큼은 지는 게 이기는 것입니다. 많은 남편들이, 아버지들이 가정에서 군림하려는 경향이 있어요. 전통적인 가부장적인 사고에서 기인한 것이기도 하고, 사회생활 경험이 아내나 자녀들보다 많다 보니 늘 가족들보다 자신이 우월하다고 생각하기 때문입니다. 그나마 자신이 솔선수범하면 괜찮습니다. 아니, 솔선수범할 정도의 자질이라면 군림하려 들지도 않을 것입니다. 자신의 행동은 모범적이지 않으면서 가족들에게는 늘 모범적인 자세만을 요구하는 남편_{아버지}들이 많아요. 그런 가장을 보고 가족들이 "아, 네. 잘 알겠습니다."라고 하지 않습니다. 앞에서는 어떨지 몰라도 돌아서서는 입을 삐죽거리며 거부감을 느끼겠죠.

  제 친한 친구 중에 대기업 CEO가 있습니다. 직원 수만 명에 수조 원의 매출을 일으키는 그룹 계열사의 CEO로 이름만 대면 누구나 알 만한 친구죠. 이 친구는 퇴근하고도 집에 갈 생각을 안 합니다. 거의 매일 저녁 직원들이나 친구들 불러내서 2차, 3차까지 술자리를 가진 후 가족들이 다 잠든 다음 귀가하지요.
  다음 날 아침 가족들이 깨기 전에 집을 나섭니다. 새벽 일찍 집을 나서서 회사가 마련해준 헬스클럽 가서 운동하고 샤워하고 누구보다 일찍 출근합니다. 주말에는 골프 치느라 가족들 얼굴을 볼새가 없어요. 재계와 언론에서 주목하는 유능한 경영자지만 정작 단 세 명의 가족들로부터는 왕따인 친구입니다. 이 친구는 가족 얘기만 나오면 한숨을 푹 쉬어요. 고액 연봉을 받겠지만 아무리 돈이 많은들 무슨 소용이 있을까요. 사회적 성공을 이뤘지만 가정을 부도낸 대표적 사례입니다.

  돈이 많아서 행복해진다면 이들은 분명히 행복해야 합니다. 그러나 그들은 행복하기는커녕 오히려 불행하다고 말합니다. 그들도 가족을 사랑한다고 말해요. 그러나 정작 그가 사랑하는 가족들로부터는 사랑받지 못하고 있는 이 '불편한 진실'을 어쩌면 좋을까요.

가족 간의 불화가 어제오늘의 문제가 아니기에 회복도 하루 이틀 만에 되지 않습니다. 그러나 시도해야 합니다. 그러기 위해서는 먼저 가정을 보는 시각을 바꾸어야 합니다. 세상은 이기는 곳인지 몰라도 적어도 가정은 그렇지 않다는 것을 알아야 합니다. 가족은 경쟁보다는 화합을, 위계보다는 평등을, 생산성보다는 관계성을, 효율성보다는 효과성을 우선해야 하는 곳이라는 것을 깨달아야 합니다. 가정의 회복을 위해 모든 것을 걸어야 합니다. 설사 그때까지 이룩한 모든 것을 다 잃는다 해도……. 그만큼 가정은 어떤 가치보다도 소중하기 때문입니다.

그런데도 많은 남편들이 아내에게도 이기려 하고 자녀에게도 이기려 합니다. 저도 가정에서 아내나 아이들에게 늘 '이기는 기술'을 적용하곤 했어요. 회사에서 직원들 다루듯이 아내도 아이들도 제 기준에 맞게 되기를 원했고, 그 기준에 못 미칠 때는 잔소리를 하거나 혼을 내곤 했습니다.

제가 화장실을 쓰려고 하는데 화장지걸이에 화장지가 없으면 누가 그런 건지도 모르면서 온 가족이 다 들리도록 소리쳤어요.

"도대체 마지막에 사용한 사람이 누구야? 마지막에 다 쓴 사람이 화장지를 바꿔놔야지, 그냥 가면 다음 사람 어떡하라는 거야!"

또 저녁에 퇴근해서 집에 도착했을 때 현관에 신발이 여기저기 널려 있으면 온 가족을 향해 냅다 소리를 질렀어요.

"신발 정리도 제대로 못해? 이래가지고 사회생활 제대로 할 수 있겠어?" 신발 정리와 사회생활의 유능성이 무슨 상관이 있다고.

아내나 아이들은 제가 집에 들어서기만 하면 잔소리를 듣게 되니 고개만 까딱하고 인사하고 나선 각자 방으로 들어가버렸습니다. 집 안에는 적막이 흘렀습니다. 저 혼자 덩그러니 소파에 앉아 TV 시청밖에 할 게 없었죠. 그런 일이 반복되자 '이건 아닌데……' 하는 생각이 들었습니다. 뭔가 대책이 필요했습니다. 제가 변하든가 아이들이 변하든가 해야 했습니다. 결국 제가 변해야겠다고 생각했습니다.

그래서 언제부턴가 저는 화장지걸이가 비어 있으면 아무 말 없이 화장지를 갈아 끼우고, 여분의 화장지 한 통을 더 갖다놓았습니다. 그리고 현관에 들어서면서 신발이 어질러져 있으면 아무 말 없이 신발을 가지런히 정리하곤 거실에 들어섰고요. 그 모습을 본 아내와 아이들은 얼마 지나지 않아 저와 같은 행동을 하게 되었습니다. 말로만이 아니라 행동으로 보여줄 때 진정한 솔선수범임을 깨닫게 된 사례였지요.

아들이 초등학교에 다닐 때 어쩌다 시간을 내 캐치볼을 하거나 배드민턴을 쳤던 기억이 있습니다. 그런데 결과가 좋았던 기억이 별로 없어요. 왜일까요? 제가 아들의 수준에 맞추는 게 아니라 제 수준에 맞춰서 공을 던지거나 셔틀콕을 쳤던 것입니다. 아이는 놀이를 시작한 지 얼마 되지 않아 흥미를 잃었고, 저는 그런 아이를 다그쳤죠. 1년에 한두 차례밖에 야외활동을 못하면서, 그것도 아이와 친해지려고 시도했던 것이었지만 언제나 결과가 좋지 않았습니다.

그게 제 삶이었습니다. 전 대기업에 입사해서 촉망받는 신입사원으로 3년 만에 대리로 승진했어요. 그 이후 중소기업에 스카우트되어 그야말로 승승장구했습니다. 40세에 임원이 되고, 퇴직할 때는 부사장이 돼 있었죠. 28년의 직장생활 동안 두 번 정도 위기를 맞은 적은 있었지만 특유의 집중력과 승부욕으로 잘 대처했고 성공적으로 직장생활을 마무리했습니다. 이후 창업한 회사에서도 규모는 작지만 나름대로 알차게 경영하고 있습니다. 회사 내에서도 밖에서도 회사가 달아준 견장 탓에 늘 어깨를 펴고 다녔죠.

그렇게 사회생활을 하다가 집에 돌아오면 상대적으로 집에 있는 아이들의 행동은 제가 보기에 부족해 보일 수밖에 없었습니다. 저는 밖에서 죽기 살기로 열심히 사는데 집에 있는 아이들은 나약해 보이고 게을러 보였어요. 그래서 앞에서 말한 대로 늘 지적질을 해댔습니다. 아이들과 관계가 좋을 수 없었죠. 그러던 어느 날 저는 아이들을 앞에 놓고 하소연을 했습니다.

"아빠도 힘들어. 아빠는 뭐든지 잘하는 게 아니야. 아빠도 포기하고 싶을 때가 있어. 그런데 안 하면 안 되니까 하는 거야."

그랬더니 아이들이 변화되기 시작했습니다. 아빠가 잘났다고 설칠 때는 아이들이 피하기만 하더니 아빠가 나약한 모습을 보이니 자기들이 할 일을 스스로 하는 모습을 보이는 것이었습니다.

아내와도 그런 경험이 있습니다. 아내도 결혼 30년 동안 "당신은 잘났잖아. 당신은 한 번도 의기소침한 적이 없잖아. 당신은 문제가 생겨도 잘 헤쳐나가잖아. 불쌍한 구석이 있어야, 불쌍해 보여야 내가 뭘 좀 도와주지."라며 농담 반, 진담 반으로 얘기하곤 했습니다. 그러던 어느 날 저는 아내에게 28년의 직장생활 동안 힘들었던 얘기를 들려주었습니다.

"여보, 사실 내가 씩씩한 척했지만 그동안 내가 얼마나 힘들었는지 알아? 건축과도 안 나온 사람이, 공간추리력도 부족한 사람이, 도면도 읽을 줄 모르는 사람이 건설회사에서 부사장이 되도록 뭐든지 아는 체하며 살아온 게 참 힘들었어."

제 고백을 들은 아내는 눈물을 글썽이더군요.

"당신 그동안 힘들었구나. 우리는 그런 줄도 모르고 당신이 늘 씩씩해 보여서……. 여보, 미안해."

아내의 따뜻한 포옹에 눈시울이 뜨거워졌습니다.

제가 잘난 체할 때가 아니라 제 부족을 내놓을 때 가족들이 저를 이해하기 시작했습니다.

가정은 어떤 곳이어야 할까요. 여러 가지 정의를 내릴 수 있겠지만 가정은 편안한 곳, 웃을 수 있는 곳이어야 한다고 생각합니다. 바깥에서 힘든 일이 있어도 집에 와서는 편히 쉴 수 있어야 하고, 속이 상하고 슬픈 일이 있어도 집에서는 위로받을 수 있어야 합니다.

그런데 남편이 집에 와서는 말도 안 하고, 아무리 회사에서 지위가 높다 해도 집에 와서까지 얼굴에 인상 팍 쓰고 온몸에 힘을 잔뜩 주고 있다면 가정의 분위기는 가라앉을 수밖에 없습니다. 남편이, 아버지가 그런 분위기인데 어느 아내가, 자녀들이 시시덕거릴까요. 아버지는 가정의 온도조절기예요. 가정을 따뜻하게도 차갑게도 할 수 있습니다.

마누라는 절대! 바뀌지 않는다

부부를 흔히 '돕는 배필'이라고 합니다. 돕는 배필이란 상대의 부족을 채우기 위한 존재라는 말입니다. 나는 배우자가 가지지 않은 것을 가졌고, 마찬가지로 배우자도 내가 가지지 않은 것을 가졌다는 뜻이지요. 다시 말하면 부부는 서로 다르다는 겁니다. 따라서 배우자가 나와 다른 것은 하늘의 섭리이고 축복입니다. 배우자가 나와 다른 기질, 가치관, 습관, 문화를 갖는 것은 당연한 것입니다. 이것을 수용하고 존중할 줄 알아야 합니다. 행복한 부부는 그렇게 합니다. 그들은 배우자의 자신과 다른 점자신이 보기에 주로 결점이라고 생각되는 것들을 인정하고 수용합니다.

그러나 많은 부부들은 이 단순한 원리를 깨우치지 못하기 때문에 자기 방식대로 배우자를 조종하려 하고, 심지어 변화시키려고합니다. 배우자를 변화시키려고 한다면 그 결혼생활은 절대로 행복하지 않을 것입니다. 만약 지금 이 책을 읽으면서 자신의 결혼생활이 불행하다고 느끼는 사람이 있다면 대부분 이 문제일 거예요. 제가 장담컨대 사람은 다른 사람의 요구에 의해서 변화되지 않습니다. 설사 그가 배우자라고 하더라도, 아니 어찌 보면 배우자이기 때문에 그 요구를 받아들이지 않는지도 모릅니다. 당신은 절대로 배우자를 변화시키려는 시도를 하지 않기를 바랍니다.

그런데도 불행한 결혼생활을 하는 부부들을 보면 늘 자신은 옳고 배우자는 틀렸다고 생각합니다. 그래서 배우자를 변화시키려고노력합니다. 그래서 불행한 것이지요. 되지도 않을 일, 괜히 힘쓰지마세요. 내면으로부터 일어나는 변화 욕구만이 자신을 변화시킬 수있습니다.

우리는 살아가면서 좋은 글이나 영상을 접하면서 감동을 받곤합니다. 그러나 그때뿐이에요. 그래서는 삶에 변화가 없습니다. 그동안 얼마나 많은 감동 스토리를 접했나요? 그러나 그중에서 내 것이 된 게 있나요? 좋은 글 한번 읽었다고, 감동 영상 보고 눈물 흘렸다고 내 인생이 변하지 않습니다. 단 한 권의 책을 읽고도, 아니 단 한 줄의 글을 읽고도 실천할 때 내 것이 됩니다.

저는 부부세미나를 진행할 때마다 수강자들에게 외치게 하는 말이 있습니다.

"결혼생활은 배우자를 바꾸는 것이 아니라 나를 바꾸는 것이다!"

그렇습니다. 배우자를 바꾸는 것보다 내가 바뀌는 게 더 쉽습니다.

이제 매일 아침 배우자에게 물어보세요.

"내가 어떻게 하면 오늘 당신 기분이 좋아질까?"

그럴 때 변화가 일어납니다. 당신도 행복할 수 있습니다. 당신이 바뀐다면.

짝!

쪽! 쭉!

행복한 부부는 1년 365일 행복할까요? 불행한 부부는 1년 365일 불행할까요? 그렇지 않습니다. 행복한 부부는 300일 정도 행복하고, 50일 정도 데면데면하게 살고, 나머지 15일은 이들도 박 터지도록 싸웁니다.

그렇다면 불행한 부부는 어떨까요? 15일 정도는 이들도 행복합니다. 이들은 50일간 데면데면하게 살고, 300일간 싸우면서 삽니다. 부부간에 믿음이 없고, 결혼생활에 대한 소망이 없고, 행복한 추억이 없어서 그렇습니다. 30년, 50년 같이 사는 게 결코 쉽지 않지요. 자주 부딪칩니다.

그러나 살면서 행복한 추억들을 많이 만들면, 지지고 볶고 싸운 추억보다 행복한 추억들이 더 많으면 그 재미로 살아갈 수 있습니다. 웃음소리가 나는 집엔 행복이 와서 들여다보고, 고함소리가 나는 집엔 불행이 와서 들여다본다고 하지 않던가요. 행복도 부익부 빈익빈이라는 말입니다.

당신은 언제 행복을 느끼나요?

저는 제가 언제 행복을 느끼는지 알고 있습니다. 앞서 지난해 몸짱 프로젝트에 도전했다고 이야기했는데요. 운동과 식단 관리를 시작한 지 두 달 만에 처음으로 아내와 함께 고깃집에 갔습니다. 문을 열고 들어서는 순간, 고기 굽는 냄새가 어찌나 구수하던지……. 제 입에서 이런 말이 터져 나오더군요.

"그래, 바로 이 냄새야!"

두 달 만에 맡아보는 고기 굽는 냄새에 이렇게 행복해하다니……. 행복, 참 별거 아닙니다.

우리 가족 중에는 토요일 아침에 일찍 출근하는 사람이 없기에 나와 아내와 딸은 평소보다 늦은 아침식사를 합니다. 가끔 딸아이가 특식을 준비하는데요. 저와 아내, 딸 셋이서 한 시간가량 식사를 하면서 이런저런 대화를 나눕니다. 저는 그 광경을 참 좋아해요. 행복, 참 별거 아닙니다.

제 회사 사무실 뒷문을 열고 나가면 조그만 베란다에 화단이 있습니다. 토요일이면 아내와 함께 출근해 저는 일을 하고, 아내는 화단을 가꿉니다. 일이 끝나면 음악을 들으며 대화를 나누는 이 시간을 아내는 정말 행복해합니다. 행복, 참 별거 아닙니다.

행복은 로또가 아니에요. 많은 연봉을 받아야만 하는 것도 아니지요. 일상에서의 작지만 좋은 감정들의 집합입니다. 좋아하는 사람과 같은 시공간에서 같은 추억을 쌓는 것입니다.

그렇다면 저는 언제 불행을 느낄까요? 회사 일 때문에 100만 달러짜리 국제 소송을 당한 적이 있었습니다. 1년 가까이 홍콩 법원을 오가면서도, 다니던 회사가 부도나서 영업책임자로서 8년 동안 밤을 낮 삼아 일하면서도, 희망을 잃지 않았고 자존감이 낮아지지 않았어요. 그런데 아내와 부부싸움을 해서 며칠 간 서로 말도 안하고 소 닭 보듯이 할 때는 '에잇, 교통사고라도 확 내서 입원해버릴까.' 하는 충동을 느끼게 되더라고요. 큰돈을 손해봐서 불행해지는게 아니라 사랑하는 아내와 불편한 감정일 때 그때가 불행한 순간이었습니다.

부부들이여, 행복의 순간을 사진 찍듯이 찍어보세요. 그러면 뇌에 입력될 겁니다. 행복하지 않은 상황일 때 꺼내 보고 음미하세요. 그 시절로 되돌아가고 싶은 욕구가 생길 것입니다.

행복한 부부라면 '짝! 쪽! 쭉!' 해야 합니다. 무슨 말이냐고요? '짝'은 커플, 즉 부부를 말합니다. '쪽'은 키스, 즉 부부간의 친밀감입니다. '쭉'은 그런 마음으로 백년해로하라는 말입니다. 부부가 친밀감을 유지하며 백년해로하는 게 진정한 행복입니다.

행복하지 않은 사람들은 왜 행복하지 않을까요?

멀리서 행복을 찾으려 하기 때문입니다. 시인 제임스 오펜하임은 "어리석은 자는 멀리서 행복을 찾고 현명한 자는 자신의 발치에서 행복을 키워간다."고 했습니다. 그들은 처음 만나는 낯선 사람과 친해지려 합니다. 처음 보는 사람에게서 명함 받고 그 사람과 친해지려 합니다. 상대가 높은 지위에 있는 사람일수록 더 그렇죠. 정작 가장 가까운 가족이나 친구는 관리하지 않습니다. 반면에 현명한 사람은 가까이에 있는 사람부터 신경 씁니다. 가까이 있는 사람, 즉 가족과 친구는 내가 마음을 쓰는 만큼, 아니 그 이상 나에게 관심과 애정을 보여줍니다. 가까이 있는 사람이 당신을 돕게 하세요. 그들이야말로 당신의 영원한 서포터즈입니다.

저는 강의를 자주 하는데요. 강의가 끝나면 몇몇 분들이 찾아오셔서 피드백을 해줄 때가 있습니다. 감사하게도 제 강의를 듣고 가정경영자로서의 역할을 깨닫게 되었고, 행복한 결혼생활의 소망을 갖게 됐다는 분들이 많습니다.

재작년인가 광주에 가서 강의를 했는데 그중 한 분의 얘기에 가슴이 너무 아팠습니다. 여성 경영자인 그분은 제 강의를 듣고 자신의 결혼생활이 너무 후회스럽다며 울먹였습니다.

"남편이 집을 나가버렸어요. ㅠㅠ"

사연인즉, 남편이 워낙 술을 좋아했는데 그게 싫어서 계속 구박했더니 어느 날 남편이 집을 나가버렸다는 것입니다. 지금에 와서 생각해보니 얼마나 후회되는지 모른다고 하더군요. 남편의 습관이 맘에 들지 않는다고 자신의 감정대로 남편을 대한 결과가 이렇게까지 될 줄 몰랐다는 것입니다. 자신은 정당한 의사 표현이라고 생각해왔는데 남편이 가출을 하고 보니 그때서야 자신의 의사 표현 방식이 잘못됐음을 깨달았다는 겁니다. 이제 딸을 결혼시킬 때가 됐는데 아버지의 부재가 너무 크게 느껴지고 이제라도 집에 돌아오면 대환영이건만 어째야 할지 모르겠다고 눈물을 흘렸습니다. 그분은 제가 강의하면서 언급한 제 아내의 사례제 아내가 지혜롭게 저를 섬겼던 사례. PART 3_ 내 아내는 쳤소부인를 듣고 자신의 결혼생활을 되돌아봤다고 했습니다.

물론 그 남편이 잘했다는 건 아닙니다. 그러나 사람은 절대 비난으로 고쳐지지 않습니다. 배우자의 못된 습관도 마찬가지예요. 그 습관을 옆에서 감당해내기가 쉽지 않겠지만 비난이 아니라 진솔한 대화를 통해 자신의 욕구를 정당하게 표현하는 훈련을 해야 합니다.

가족들은 서로에게 끊임없이 영향력을 미치고 있습니다. 긍정적이거나 또는 부정적이거나. 당신은 어느 쪽인가요? 이도 저도 아닌 사람은 없습니다. 이도 저도 아니라면 이미 부정적 영향을 미치고 있는 것입니다. 아래 표에서 알 수 있듯이 남자건 여자건 서로 친밀감이 높을 때는 행복을 느낍니다. 반대로 서로 친밀감이 낮을 때는 남녀 모두 불행하다고 느끼죠. 문제는 둘 사이에 아무 문제가 없을 때 발생합니다. 대개의 남자들은 아무 문제가 없을 때 행복감을 느낍니다. 그러나 여자들은 다르더라고요. 가족 관계에서 아무 문제가 없을 때라도 우울이나 불행을 느낄 수 있습니다.

이 대목에서 남자들이 많이 헷갈려 합니다.
'아무 문제가 없으면 문제없는 거지, 그게 왜 불행한 거야?'

남녀의 정서적 친밀감 차이

성별	친밀감이 높을 때	아무 문제가 없을 때	친밀감이 낮을 때
♂	행복을 느낀다	여전히 행복하다	불행을 느낀다
♀		불행을 느낀다	

그러나 여자들은 상대가 계속해서 긍정 정서를 채워주는 것을 좋아합니다. 《성공하는 사람들의 7가지 습관》의 저자인 스티븐 코비 박사는 이것을 두고 '감정은행계좌Emotional Bank Account'라고 불렀습니다. 이 계좌는 가만히 놔두면 슬금슬금 잔고가 빠져나가게 돼 있어서 계속해서 채워 넣어야 합니다.

가족 치료의 세계적인 권위자인 워싱턴 주립대학교의 존 가트맨 박사는 부부 사이의 긍정 대 부정 비율을 최소 5:1로 유지하라고 말합니다. 그에 따르면 행복한 부부의 비율은 20:1, 반대로 이혼으로 가는 비율은 1.25:1이라고 했습니다. 이혼하는 부부조차도 긍정의 비율이 25%나 높다니 놀랍죠?

금은보화보다 소중한 나의 가족

오늘날 돈의 필요성은 너무나 중요합니다. 돈 없이 살아갈 수 없는 세상입니다. 특히 가계를 책임지고 있는 가장이라면 경제적 능력이 너무도 중요합니다. 국민의 배를 불리지 못하는 대통령이 무능한 것처럼 가족의 생계를 책임지지 못하는 가장도 무능합니다. 그래서 일이 필요하고, 우리는 그 일을 하는 것이지요.

경제적으로 궁핍하면 가정에도 여러 가지 문제가 생깁니다. 옛말에 "문풍지로 바람이 들어오면 사랑은 대문으로 빠져나간다."는 말이 있습니다. 아무리 사랑하는 사이라도 가난하면 그 사랑이 유지되기 어렵다는 말인데요. 그래서 숨기고 싶어도 절대로 숨길 수 없는 세 가지가 있다고 합니다.

1. 기침
2. 사랑하는 마음
3. 구멍 난 양말

돈, 너무 중요하고 또 많이 벌어야 합니다. 젊어서 돈 버는 목표가 없는 것도 문제예요. 가족들이 건강하게 성장하고 풍요로운 생활을 누릴 수 있도록 돈을 많이 벌어야 합니다. 문제는 돈 버느라 더 중요한 걸 놓치는 우를 범해서는 안 된다는 겁니다.

제가 그랬거든요. 젊은 시절엔 돈만 많으면 행복할 줄 알았어요. 대학 졸업하고 28살에 결혼했는데, 무슨 돈이 있었겠어요? 저는 지금도 아내한테 미안한 게 있습니다. 월급 갖다 주고 보름 지나면 아내가 옆집 엄마한테 돈 빌리러 가는 거였어요. 나이도 아내보다 훨씬 어린 엄마한테. 그 남편은 백수인데 금수저 물고 태어난 친구였습니다. 그래서 그게 너무 미안하고 자존심도 무척 상했어요. 그래서 직장 다닐 때 죽기 살기로 일했습니다. 월화수목금금금 일했죠. 그렇게 열심히 하니까 승진도 빨리 하게 됐습니다. 과장 중간 호봉 정도 되니까 그때부터 아내가 돈 빌리러 안 다니게 됐지요.

근데 돈이 많으면 행복할 줄 알았는데 그게 아니더라고요. 소득이 높아갈수록 하루하루가 다르게 삶은 풍요로워지는데, 회사에서 역할이 많아지니까 늘 바쁘고 가정에는 무관심할 수밖에 없었어요. 소득에 반비례해서 행복지수는 점점 낮아졌죠. 제 행복지수가 아니라 가족의 행복지수 말입니다. 그때서야 돈이 전부가 아니라는 것을 깨닫고 아내와 함께 부부세미나에 참석하고, 가정행복코치가 되어 많은 사람들에게 가정 행복을 전하는 것이 돈 그 이상의 기쁨과 보람을 주고 있습니다. 더 늦지 않고 깨닫게 되어 얼마나 다행인지 모릅니다.

주위 사람들 중에도 경제적으로 풍요롭지만 행복하게 살지 않는 사람들이 많습니다.

"비전과 야망을 갖고 그걸 이룬 사람도, 큰돈을 번 사람도 서로 사랑하지 않으면 패망의 길이나, 사회적으로 널리 알려지지 않아도, 많은 돈을 벌지 못했어도 서로 사랑하고 축복하고 격려와 지지를 하는 가족이라면 세상 어떤 것도 줄 수 없는 행복감을 얻을지니, 비전, 경제력, 사랑 중에 제일은 사랑이라."

사랑의 중요성을 강조하고자 《성경》의 〈고린도전서〉 13장의 내용을 바탕으로 제가 만든 내용입니다. 아무리 빛나는 성취라 해도 가족의 사랑이 없다면 무의미합니다.

실제 통계에서도 다르지 않습니다. 과거 10년간 경제성장에 비해 삶의 질은 40% 수준, 가족/공동체 부문은 오히려 마이너스로 나타났습니다. 통계청과 한국 삶의 질 학회가 공동 발표한 '국민 삶의 질 종합지수'2017년 3월 15일 발표에 따르면, GDP가 담아내지 못하는 한국인의 '삶의 질'을 수치로 표현한 통계 지표가 국내에서 처음으로 공개됐는데, 10년간 GDP는 29% 늘었지만 삶의 질 향상은 12%에 그쳤습니다. 특히 눈길을 끈 대목은 평가항목 11개 영역 모두 상승했는데 가족/공동체-1.4% 부문이 유일하게 뒷걸음쳤다는 것입니다.

다시 말하지만 돈이 필요 없다는 게 아닙니다. 돈은 어느 정도까지는 필요하지만, 많다고 계속 행복한 것은 아니에요. 한국이 전후 60년 동안 비약적인 경제 발전과 생활수준 향상을 이뤘지만 행복지수는 점점 낮아지고 있어요. 한국이 안고 있는 각종 꼴찌 수치들을 보세요.

돈도 중요하고 일도 중요하지만 가정은 더 중요합니다.

나도 행복할 수 있을까

행복은 자연산이 아니라 양식에 가깝다. 애써서 가꾸고 보살펴줘야 하는……

출처: 최규상, 《3분 만에 행복해지는 유머긍정력》 중에서

남자들은 대개 자신의 일에 최선을 다합니다. 직장을 다니든 사업을 하든 자신이 최고가 되고자 애쓰지요. 그들이 그렇게 열심히 일을 하는 이유는 모두 가족의 행복을 위해서입니다. 가족의 생계를 책임져야 하기 때문이죠. 그러나 어느새 가족은 뒷전이고 일에만 매달립니다. 가족들의 불평과 불만이 있어도 못 들은 체해요.

그게 가족에게 행복을 선사하기 위한 최선의 방편이라고 생각하기 때문입니다.

저도 그랬어요. 28년의 직장생활과 10년의 기업경영을 통해 높은 연봉을 받아보기도 했고, 적잖은 돈이 들어 있는 통장 잔고를 확인하면서 흐뭇해한 적도 있지만 그 과정에서 잃은 것이 너무 많았습니다. 직장에서는 승승장구했고, 집 평수도 넓어지고, 자동차 배기량도 커졌지만 상대적으로 가정에서 내 역할은 점점 작아져갔습니다.

아내와는 겉도는 대화뿐이었고 아이들은 얼굴 한번 보기도 힘들었어요. 많은 직장인들처럼 저도 잦은 야근과 접대·회식 등 술자리로 귀가가 늦을 때가 많았고, 잦은 출장으로 인해 아이들이 아버지를 꼭 필요로 하는 초·중·고등학생 시절 아이들과 함께하는 시간이 거의 없었습니다. 1년에 한 번 여름휴가를 제외하고 아이들과 야외 활동을 한 기억도 별로 없고, 공부를 봐준 적도 책을 읽어준 적도 여행을 같이 간 기억도 별로 없죠. 이 모든 것들은 모두 엄마의 몫이었습니다.

가사도 마찬가지였어요. 요즘 젊은 아빠들이 들으면 고개를 갸우뚱하겠지만 나는 전등을 갈아준 적도 설거지를 한 기억도 청소한 기억도 별로 없습니다. 회사 일로 바쁘니 그런 하찮은다행히 아내에게 그렇게 말한 적은 없어요. 그리고 지금은 절대로 하찮다고 생각하지 않죠 일들은 당연히 아

148

내 몫이라고 생각했거든요. 회사 일이 많다 보니 휴일에 집에 있을 때면 낮잠을 자거나 TV 시청이 유일한 할 일이었어요. 천사표 아내를 만났기에 망정이지 놀부표 아내를 만났다면 이혼당할 사유가 100가지도 넘었을 것입니다. 그러면서도 스스로 무척 괜찮은 남편이고 훌륭한 아버지라고 자평했었죠. 밖에서 인정받고 있었다는 이유로…….

그렇게 10년을 살았습니다. 그러는 사이 아내와 아이들은 제게서 멀어져갔어요. 아내와 아이들이 집에서 하하호호 하면서 대화하다가도, 제가 퇴근해 들어오면 형식적이고 짧은 인사를 던진 다음 각자 방으로 들어가고 나면 집안에는 휑~하니 적막이 흘렀습니다. 텅 빈 거실 소파에 나 혼자 앉아 TV를 보거나 책을 읽는 것이 우리 가정의 모습이었어요. 어쩌다 아이들 방에 들어가 대화를 시도해봐도 몇 마디 이어가지 못하고 몇 분도 안 돼 돌아 나오곤 했죠. 어느새 우리 집안에서 저는 필요 없는 존재가 돼 있었어요.

슬펐어요. 우울했죠. 그런데 그게 아내 탓이고 아이들 탓이라고 생각했습니다.

'내가 사회적으로는 이렇게 인정받으며 대단한 성과를 내고 있는데……, 내가 너희들 행복하게 해주려고 얼마나 열심히 살아가는지 알아? 그런데 너희들은 집에서 하는 게 뭐야?'

이런 생각뿐이었어요.

집에서 인정을 못 받으니 집에도 들어가기 싫어지더군요. 점점 귀가 시간이 늦어졌죠. 인정 안 해주는 가족들 얼굴을 마주치기 싫었으니까요. 밖에 나가 있으면 너무 좋았어요. 직원들과 회식을 해도 신났고, 거래처 사람들과 함께 하는 식사나 술자리도 좋았습니다. 왜 그랬을까요? 그들은 모두 저를 인정해주니까요. 점점 그런 생활에 익숙해져갔어요. 저는 소위 '워커홀릭workaholic: 일중독자'이 돼가고 있었습니다.

그러던 차에 우연히 대전에서 열리는 2박 3일간의 부부세미나에 참석하게 됐습니다. 솔직히 말하면 참석이 아니라 끌려간 거예요. 훗날 생각해보니 이건 우연이 아니라 필연이었어요. 아내는 오랫동안 우리의 결혼생활에 회의를 품고 있었다고 합니다. 사회적으로는 유능한 직장인이지만 남편으로서는, 아버지로서는 낙제점인 남편을 어떻게 하면 가정으로 돌아오게 할 수 있을까 끊임없이 고민하고 대책을 생각해왔다고 하더라고요. 그러던 차에 그 부부세미나를 소개받게 되었고, 아내는 제게 참석을 권유했어요. 전 당연히 코웃음을 쳤지요.

"아니, 그런 게 왜 필요해? 우리가 무슨 문제가 있다고? 나 돈 잘 벌지, 애들 잘 크지, 뭐가 문제야?"

일언지하에 딱 잘라서 거절했어요. 그러자 아내는 거의 울듯이 제게 매달리더라고요.

"여보, 제발 부탁이야. 한 번만 가줘. 2박 3일 휴가 간다고 생각해. 어려운 일 아니잖아. 이 번 한 번만 내 말대로 해주면 평생 당신 모시고 살게."

더 이상 버틸 수가 없었습니다. 생색내듯이 수락을 하고 마지못해 세미나에 참석했습니다. 세미나에 참석해서도 저는 진행 과정을 보면서 세상에서 가장 거만한 태도로 수업을 들었어요. 의자에 앉아 상체를 최대한 뒤로 젖힌 채 속으로는 이렇게 투덜거렸죠.

'나는 기업에서 수많은 교육을 거친 사람이야. 이런 허접한 교육이 무슨 필요가 있어. 이런 제길, 이거 언제 끝나나, 지루해 죽겠네.'

그러나 한 시간이 지나고 두 시간이 지나고 세 시간째가 되자 제 자세가 달라지기 시작했습니다.

'어, 이것 봐라. 이런 교육이 다 있네. 처음 들어보는 얘긴데? 내가 생각했던 것과 다르네?'

뻔할 것이라고 생각했던 교육이 지금까지 제가 갖고 있던 패러다임에 대전환을 가져다줬습니다. 몸을 곧추세워 의자를 책상에 바짝 당겨 앉았죠. 그동안 학교와 사회에서 수많은 교육을 통해 이기는 것만을 배워왔던 제게 가정에서는 '이기는 기술'이 아니라 '지는 기술'이 필요하며, 가장은 군림하는 자가 아니라 '돕는 배필'이자 '섬기는 자'라는 대목에서는 혼란스럽기까지 했습니다.

이어지는 부부 둘만의 대화 시간에는 결혼 10년 만에 처음으로 아내가 속마음을 열어 보였습니다. 아내의 가슴속은 시커멓게 타 있었어요. 한 번도 그러리라고 짐작도 못한 생각을 아내가 하고 있다는 것을 알고 저는 큰 충격을 받았죠. 나도 모르게 눈물이 주르륵 흘러내리더군요.

그동안 스스로 괜찮은 남편이고 훌륭한 아버지라는 착각에 빠져 있던 저는 아내의 오열 섞인 한탄을 들으면서 형편없는 남편이었고 무자격자 아버지였다는 사실을 받아들여야만 했습니다. 그런데 신기하게도 그것을 인정하는 게 부끄러운 게 아니라 오히려 대견하게 느껴졌어요. 나이 40이 가깝도록 아무 생각 없이 살아오던 제가 새로운 인생에 눈을 뜨게 된 것입니다.

지금까지 제가 살아오던 방식이 유일하고 올바른 길이라고 생각해왔었는데, 전혀 다른 방향의 새 길이 있고 그 길이 바로 내가 가야 할 길이라는 것을 난생 처음 깨달았습니다. 콜럼버스가 신대륙을 발견했을 때의 희열에 비유하면 지나친 과장이라고 할지 모르지만, 적어도 제겐 그랬어요. 제게는 그게 신대륙이었고, 기쁜 마음으로 미지의 신대륙에 첫 발을 내디디고 있었습니다.

행복은 의외의 장소에서 의외의 방법으로 오더군요. 마지못해 참석했던, 제 인생에 아무런 영향력도 못 미칠 것 같았던 짧은 부부세미나에서 제 나머지 인생의 긴 여정이 막 시작하려 하고 있었습니다. 그 2박 3일이 제 인생에서 가장 의미 있는 순간이었습니다. 지난 제 인생을 돌아보게 되었고, 앞으로의 인생 설계를 다시 하게 되었으며, 부부란 무엇인지, 남편의 역할, 아버지의 역할 등 살면서 한 번도 생각해보지 못했던 주제들에 대해서 깊이 고민하고 구상하고 다짐하는 시간이었어요. 결혼 전에 생각해야 했던 것들을 결혼 후 무려 10년이 지나서야 돌이켜보다니.

20년 전 아내가 제게 부부세미나를 권유_{아니 그것은 읍소였죠}하지 않았다면, 아니 아내의 권유에도 제가 끝까지 거부해서 참석하지 않았더라면 지금 저는 어떻게 살고 있을까요? 생각하면 정말 아찔합니다. 혹시나 이혼을 당했을지도 모르지요.

그로부터 20년이 지난 지금 저는 '가정행복코치'가 되어 있습니다. 그때의 짧은 부부세미나가 제 인생 항로의 방향타가 되었습니다. "모든 가정은 행복해야 하고 행복할 수 있다."고 주장하며, 갈등과 위기를 겪는 많은 부부들에게 소망과 회복의 메시지를 전하는 사명감으로 인생 2막을 살고 있습니다. 그 형편없던 제가 말이지요.

당신도 행복할 수 있습니다.

작가 조지 스위팅은 우리의 기억 속에 영원히 남을 이런 멋진 말을 했답니다.

인생 최고의 영양제

사람은 40일을 먹지 않고도 살 수 있고
3일 동안 물을 마시지 않고도 살 수 있으며
8분간 숨을 쉬지 않고도 살 수 있다고 한다.
그러나
단 2초도 살 수 없다.
희망 없이는…….

그렇습니다. 똑같은 환경, 똑같은 상황이라 할지라도 희망을 가슴에 품고 사는 사람과 절망을 가슴에 품고 사는 사람의 인생 사이에는 도무지 메울 수 없을 만큼의 커다란 차이가 있습니다. 희망뿐만 아니라 사랑도 인생 최고의 영양제입니다. 사람은 사랑 없이는 살아갈 수 없습니다.

부부에게도 '리모델링'이 필요하다

결혼 10년차 부부 상담을 했습니다. 아내가 고부 갈등으로 힘들어하는데 도와달라며 부부가 저를 찾아왔어요. 요즘 보기 드문 효자 효부였어요. 주 1회꼴로 본가 어머니와 요양병원에 계신 아버지를 따로 찾아뵙는다고 하더군요. 그것도 다 괜찮은데, 문제는 괴팍한 시어머니 때문에 며느리가 받는 스트레스가 상상 이상이었습니다. 게다가 불효자인 둘째 아들과 며느리에게는 시어머니가 한마디도 하지 않으면서 큰며느리에게만 막 대한다는 사실이 그녀를 더 힘들게 하고 있었어요. 그 틈바구니에서 효자 남편은 어찌할 바를 모르는 상황이었지요. 아내 분은 저에게 이렇게 말하며 울먹이더군요.

"시부모를 안 섬기겠다는 게 아니라 적어도 부당한 대우는 받고 싶지 않아요. 그런 부당한 대우에 대해 남편이 나를 대신해서 시어머니나 시동생에게 한마디 해줘야 하는 거 아닌가요? 전 누구를 믿고 살아야 해요? 남편이 '내 편'이 아니라 '남 편'인 거예요?"

참 안타까웠습니다. 고통스럽게 울부짖는 아내 앞에서 남편은 꿀 먹은 벙어리처럼 아무 말도 하지 못했어요. 제가 보기엔 남편도 할 말이 있는 듯했지만 차마 말하지 못하는 것 같았지요. 저는 아내 분의 감정을 위로한 후 조심스럽게 남편에게도 대화를 청했습니다.

며느리로서 아내의 입장, 아들로서 남편의 입장도 충분히 이해가 됐습니다. 두 사람의 결혼생활에 고부 갈등을 제외하고 다른 문제는 없는 듯 보였어요. 결혼생활이 힘들기는 하지만 다행히 두 사람의 성정이 워낙 착해서 파탄이 날 정도는 아니었습니다.

두 사람의 욕구를 정리해보면 다음과 같습니다.

남편: 어머니나 동생네를 어찌할 수 없으니 당신이 좀 이해하고 참아줘.

아내: 다 참을 수 있는데 당신이 방패 역할을 좀 해줘.

한참 동안 두 사람의 이야기를 듣고 몇 가지 처방을 내려주었습니다.

남편에게: 먼저 아내 편이 되어주세요. 결혼한 이상 부모 중심이 아니라 부부 중심이어야 합니다. 아내가 원하지 않으면 어떤 것도 하지 마세요이 대목에서 아내가 펑펑 울더라고요. 실제로 동생네는 그렇게 하고 있지 않은가요. 효도를 하고 싶어도 아내와 먼저 하나가 되어야 합니다.

아내에게: 자녀 중심이 아니라 부부 중심이어야 합니다. 남편이 아내를 위해 작은 시도라도 하면 하찮은 것이라고 무시하지 말고 반드시 고맙다고 표현하고 칭찬해주세요남편은 이미 아내의 불평을 받아들여 몇 가지 해결책을 냈으나 아내는 그 정도로는 안 된다고 심드렁한 상태였습니다. 그래야 남편은 더 잘하게 됩니다.

부부 모두에게: 고부 갈등은 괜찮습니다. 살다 보면 있을 수 있는 일입니다. 며느님만 잘하신다고 해결될 문제도 아니고요. 하지만 그걸 부부 갈등으로 연장시켜서는 안 됩니다. 그 열쇠는 남편이 쥐고 있어요.

결혼 10년차 정도 되면 아무리 행복하게 사는 부부라도 '리모델링'을 해야 할 시기입니다. 무슨 의미냐고요? 습관적으로 살아오던 방식이라도 장단점을 가려서 단점은 고쳐야 한다는 뜻입니다. 그런 모습을 보일 때 부부는 새로운 행복을 맛볼 수 있어요. 배우고 익힐 때 새롭게 성장하니까요.

위에서 이야기한 부부는 그래도 이혼 위기는 아니었어요. 그런데도 전문가를 찾아서 문제를 해결해야겠다는 생각을 한 남편과 아내가 참 지혜롭다는 생각이 들었습니다. 병은 널리 알려야 주위의 도움을 받는다고 하지요. 부부간의 갈등도 마찬가지입니다.

프란치스코 교황이 전하는 행복한 가정의 비결을 인용해보겠습니다.

프란치스코 교황은 《타임》지가 선정한 '2013 올해의 인물'인데요. 그가 2014년 초에 행복한 가정의 비결을 전했습니다. 그의 메시지는 언제나 쉽고 간결했는데, 좋은 가정을 이루는 방법을 어려운 교리가 아닌 단 세 마디로 정리했더군요.

"부탁해요, 고맙습니다, 미안합니다. 다 같이 해봐요. 부탁해요, 고맙습니다, 미안합니다."

정말 쉽죠? 그렇습니다. 행복한 가정을 만드는 데는 고도의 기술이 필요한 것도, 많은 돈이 드는 것도 아닙니다. 가족끼리라도 뭔가를 부탁할 때는 정중하게 하고, 고마울 때는 감사를 표현하고, 잘

못했을 때는 사과하면 됩니다.

"가족이니까 이해해주겠죠."

"에이, 가족끼리 어떻게 일일이 다 표현하고 살아요? 말 안 해도 다 알겠죠."

천만의 말씀입니다. 말하지 않는데 어떻게 알 수 있겠어요? 오히려 지레짐작해서 오해하는 일이 훨씬 더 많습니다.

부부는 서로 닮는다고 합니다. 이 말은 꼭 생김새만 말하는 것이 아니에요. 말투도 닮고 행동도 닮아갑니다. 남편이 아내에게 미안하다고 말하면 아내도 미안하다고 말합니다. 반대로 남편이 죽어도 미안하다고 말하지 않으면 아내도 미안하다고 말하지 않게 됩니다. 그 부부는 평생 가도 서로에게 미안하다고 말하는 법을 모르겠지요. 성숙이 아니라 퇴행하는 것입니다.

어찌 부부가 일평생을 살아가면서 실수하지 않을까요. 인간은 실수하는 존재입니다. 실수를 통해 성장해가는 것입니다. 실수를 하고도 사과하지 않는다면 그들의 결혼생활이 어떻게 될까요. 사과하지 않는 사람이 감사를 할 줄 알겠어요, 존중을 할 수 있겠어요, 배려를 할 수 있겠어요. 사과는 부부생활에서 가장 기본적인 행동입니다. 미안한 일이 있으면 사과하세요. 감사한 일 있으면 고맙다고 해야 하고, 부탁할 일 있으면 부탁하고요. 그게 부부입니다.

가정이
무너지면
다 무너진다

이런 말이 있습니다.

"생각대로 살지 않으면 사는 대로 생각하게 된다."

프랑스 시인 폴 발레리가 한 말인데요. 저는 거기에 한마디를 덧붙이고 싶습니다.

"아무 생각 없이 살게 된다. 좀비 인간이 된다."

사람이 만물의 영장이라고 생각하세요? 천만에, 천하제일 바보입니다. 무슨 소리냐고요?

운동해야 건강이 유지된다는 걸 누구나 알지만, 운동하는 사람은 별로 없습니다.

흡연은 각종 암의 원인이 된다는 걸 누구나 알지만, 계속 담배를 피웁니다.

지나친 음주가 건강에 안 좋다는 걸 누구나 알지만, 계속해서 과음을 합니다.

효도해야 한다는 걸 누구나 알지만, 효도하지 않습니다.

가족을 잘 대해야 한다는 걸 누구나 알지만, 가족이기 때문에 상처를 주고받습니다.

뒤늦게 후회하지요.

건강을 잃은 다음 운동하지 않은 걸 후회하고,

큰 병에 걸린 다음에야 흡연과 과음을 후회하고,

부모를 여읜 다음 효도하지 않은 걸 후회하고,

가정이 깨진 다음에 가족에게 소홀히 대했던 걸 후회합니다.

인간은…… 참 지혜롭지 못합니다.

인간은…… 참 바보예요.

평소 건강을 위해 운동해야 하듯이, 금연하고 과음을 삼가야 하듯이, 평소에 가정경영을 해야 합니다.

가정 리스크를 관리하라

100세 인생 사는 것, 결코 쉽지 않습니다. 삶은 사는 게 아니라 살아내는 거예요. 하루하루 그냥 사는 게 아니라 치열하게 살아내는 겁니다.

힘들면 어떻게 하나요? 힘을 내야 합니다.

지치면 어떻게 하나요? 버텨내야 합니다.

슬프면 어떻게 하나요? 견뎌내야 합니다.

병에 걸리면 어떻게 하나요? 병을 이겨내야 합니다.

가난하면 어떻게 하나요? 가난을 이겨내야 합니다.

삶도 살아내는 겁니다. 삶은 살아지는 게 아니라 살아내는 겁니다. 그러면 온 우주가 나서서 나를 도와줍니다.

사람은 누구나 행복하기 원합니다. 그러나 모두 다 행복한 것은 아니지요. 우리의 욕구와 의지에 관계없이 삶에는 수많은 장애물들이 나타납니다. 더러는 질병으로, 물질로, 인간관계로……. 그런 장애물들이 나타날 때 사람들은 대체로 세 가지 반응을 하는데요. 맥없이 무너져 삶을 포기하는 사람, 큰 상처를 입었지만 교훈을 얻지 못하고 또 다른 위기를 겪는 사람, 위기에서 교훈을 얻고 오뚝이처럼 일어서는 사람. 그 어느 것이든 선택은 우리의 몫입니다.

스포츠가 재미있는 이유는 결과를 예측할 수 없기 때문입니다. 내 인생이 아름다운 이유도 결과를 모르기 때문입니다. 참 다행스러운 것은 내가 태어난 모습대로 살지 않는다는 거예요. 내가 허접한 가문을 물려받은 것은 내 책임이 아니지만 내 자녀에게 허접한 가문을 물려주는 것은 전적으로 내 책임입니다. 내 인생의 주인공은 나니까요.

가정경영도 마찬가지입니다. 성호르몬에 이끌려 사랑해서 결혼만 하면 잘 살 줄 알았는데, 막상 결혼해보니 현실은 너무나 다릅니다. 너만 있으면 행복할 줄 알았는데, 오히려 너 때문에 불행하다고 느끼는 부부가 너무나 많습니다. 어쩌면 좋을까요? 그냥 포기해야 할까요? 가정에도 반드시 원치 않는 리스크가 옵니다. 그 리스크를 관리해야 합니다. 누가? 가정경영자인 내가 해야 합니다.

서비스 부문에서 말콤 브리지 상을 수상한 페덱스에는 1:10:100의 법칙이라는 것이 있습니다. 불량이 생길 경우 즉각적으로 고치는 데에는 1의 원가가 들지만, 책임소재나 문책 등의 이유로 이를 숨기고 그대로 기업의

문을 나서면 10의 원가가 들며, 이것이 고객 손에 들어가 클레임으로 되면 100의 원가가 든다는 법칙입니다.

출처: 조영탁의 행복한 경영 이야기 |www.happyceo.co.kr

가정도 마찬가지예요. 부부 사이에 뭔가 어색하고 삐걱거리기 시작하면 관계에 문제가 있음을 의식하고 바로잡아야 합니다. 이걸 '시간이 지나면 나아지겠지.'라고 생각하며 방치하다간 회복할 수 없는 지경에 이르게 되지요. 거실 전등이 고장 나면 얼른 가서 새 전등을 사다가 갈아 끼워야지 하고 생각하지만, 부부관계에 문제가 생기면 뭘 어떻게 해야 할지 몰라 전전긍긍합니다. 그러다가 이내 포기해버리고 말지요.

갈등 해결의 단계

1. 먼저 부부간에 일어나는 갈등은 상대방 인격의 문제가 아니라 두 사람의 시각 차이임을 인식해야 합니다.
2. 이제 서로의 시각이 다르다는 것은 누가 옳고 그른 것이 아니라는 사실을 인정해야 합니다 내 입장에서는 내가 옳겠지만 상대방의 입장에서는 상대방이 옳다고 할 수 있다는 것을 인정하는 것이 서로 공평합니다.
3. 그다음 "나는 이렇게 생각하는데 당신은 그렇게 생각하는구

나."라고 상대방에게 말하고, 상대에게도 내게 똑같이 말해줄 것을 요구합니다.

4. 마지막으로 "자, 이 문제는 누구의 잘잘못이 아니라 서로의 시각이 다를 뿐이라는 것을 확인하게 돼서 기쁘네."라고 마무리합니다.

이런 식으로 갈등을 해결해나가다 보면 승패의 심리가 아니라 승승의 심리가 되어 더 이상 서로에게 상처가 되지 않습니다. 과거에는 내가 옳고 너는 그르다는 식의 승패의 심리였지만 이제는 그렇지 않기 때문이지요.

자, 리스크 관리로 다시 돌아가보겠습니다.

오래전 중요한 상담차 노트북을 갖고 외출한 적이 있었습니다. 상담을 마치고 손님과 식사를 했는데 노트북이 들어 있는 파우치를 깜빡 잊고 식당 의자에 놔둔 채 다른 장소로 이동했는데요. 잠시 후 식당에서 가방 찾아가라며 전화가 왔습니다. 노트북이 큰 가방에 들어 있었다면 가방 속 명함을 보고 연락할 수 있었겠지만, 주인을 알아낼 수 있는 어떤 단서도 없는 파우치를 보고 어떻게 연락처를 알아낸 걸까 의아했지요. 곰곰 생각해보니 처음에 노트북 샀을 때 이런 일이 있을까 봐 노트북의 뒷면에 제 명함을 붙여놓은 생각이 났습니다.

만약에 그때 명함을 붙여놓지 않았다면 어떻게 됐을까요? 그리고 몇 시간이 지나 그게 기억이 나서 그 식당에 찾으러 갔다면 노트북을 찾을 수 있었을까요?

또 우리가 비싼 보험료를 내고 자동차보험에 가입하는 이유가 뭔가요? 평생 안 생길 수도 있는 자동차 사고에 대비하는 거잖아요. 소위 리스크 관리입니다.

노트북에 명함을 붙여놓는 것도, 자동차보험에 가입하는 것도 장차 있을지도 모르는다른 말로 하면 없을 수도 있는 리스크에 대비하는 것입니다. 그런데 가정은 어떤가요? 많은 사람들이 가정에서 발생할 수 있는 리스크에는 대비하지 않습니다.

저도 다르지 않았습니다. 저는 올해 33세, 31세의 아들과 딸을 두고 있는데요. 아들은 결혼을 해서 자신의 가정을 이루었습니다.

아이들이 잘 자라서 반듯하게 사회생활을 하고 있지만 저는 내심 아이들에게 무척 미안한 마음을 갖고 있습니다. 아이들에게 썩 좋은 아버지 역할을 해주지 못했기 때문이지요. 특히 어릴 적에 말입니다.

저는 첫아이가 태어날 때부터 부끄러운 과거가 있습니다. 결론적으로 말하면 첫아이가 태어날 때 저는 그 자리를 지키지 못했어요.

아내가 만삭이 되어 산통을 느끼자 급히 병원에 달려갔습니다. 오후 5시경 입원한 아내는 다음 날 아침이 돼서도 아이를 낳지 못했어요. 요즘은 부모 합동 분만이다 뭐다 해서 부부가 함께 호흡법도 배우고, 아내의 산고를 줄여줄 수 있는 각종 노하우에 대해 사전 교육도 받는다고 하더라고요. 그러나 30년 전에는 그런 게 없었습니다. 산모가 출산을 위해 분만실 철제문을 열고 들어가면 가족들은 바깥 벤치에 앉아 주구장창 기다리는 것밖에 할 일이 없었죠. 가끔 오고 가는 간호사에게 물어서 안의 상황을 파악하는 길밖에 없었어요.

다음 날 아침 가족들과 교대로 아침식사를 한 뒤 오전 10시쯤 돼서 간호사에게 아내가 언제쯤 아이를 낳을지 물어보았습니다. 간호사는 바쁜 걸음을 잠시 멈추더니 "초산이죠? 한참 걸릴 거예요." 라며 다시 걸음을 재촉하더군요. 저는 속으로 '음, 한참 걸린다고? 그럼 한두 시간 안에는 안 나오겠군.' 하며 나름 머리를 굴렸습니다. 그러고는 처형에게 자리를 지켜줄 것을 부탁하고는 병원 앞에 있는 목욕탕에 갔지요.

밤새 피곤한 몸을 따뜻한 물로 회복시키고 때 뺀 다음, 목욕탕 내 이발소에서 광까지 낸 후 '룰루랄라~' 하며 정오쯤 분만실 앞에

도착했더니 우리 가족이 한 명도 보이지 않았습니다. 놀라서 간호 사실로 뛰어가서 물어보니 이미 출산을 했다는 게 아닙니까. 부리 나케 회복실로 가니 아내가 혼자 누워서 저를 기다리고 있었습니다. 아내 얼굴을 제대로 볼 수가 없었어요. 아내에게 얼마나 미안하 던지……

아이가 자라면서 너무 사랑스러웠습니다. 뒤집기를 하고, 옹알이를 하고, 기기 시작하는가 싶더니 어느새 걸음을 떼기 시작했지요. "엄마, 아빠." 하고 말도 하기 시작했고요. 아이가 하는 모든 행동이 신기하고 예뻐서 죽을 지경이었죠. 그러나 저는 아이들을 그렇게 사랑하면서도 정작 아이들에게 필요한 것을 주지 못했습니다. 태어날 때도 자리를 지키지 못했는데 아이들이 자라면서 꼭 필요한 아버지의 역할을 제대로 해주지 못한 거죠.

회사에서는 제가 할 일이 점점 많아지고 있었습니다. 대리 때 아이를 낳았는데 곧이어 과장이 되고 차장이 되면서 회사는 저 없이는 안 돌아갈 것 같았어요. 대기업에 다니다가 중소기업으로 옮긴 탓에 초기 적응도 해야 했고, 회사에서는 대기업 출신이라 일을 잘한다며 팍팍 밀어⑦주는 탓에 죽기 살기로 일했습니다. 월화수목금금금 일했지요. 제 기억에 이직한 이후 3년 동안 일요일에 쉬어본

게 스무 번도 안 되는 것 같네요.

그때는 그래야만 되는 줄 알았습니다. 저만 그런 것이 아니라 80~90년대 직장인들은 다들 그랬어요. 그래야만 살아남을 수 있었으니까요. 당시는 경기가 좋을 때라 회사가 매년 50% 이상 성장하고 있었습니다. 회사가 비약적인 발전을 하는 덕에 회식도 자주 했고, 거래처 직원들과 함께 접대를 하거나 받을 때도 많았죠. 제 기억에 일주일에 사나흘은 야근, 이틀 정도는 회식이나 접대였습니다. 어쩌다 일요일에 집에서 쉬는 날이면 그동안 부족한 잠 보충한답시고 소파에 누워서 자거나 눈을 뜨고 있을 때는 TV를 끼고 살았어요.

당연히 일은 점점 더 많아졌고 상대적으로 가정에 신경 쓸 겨를이 없었습니다. 아들은 점점 커가고 아내는 어느새 둘째를 갖게 되었는데요. 아이를 둘 낳게 되자 집 안은 거의 전쟁터였습니다. 비교적 깔끔하고 살림을 잘하는 아내였지만 좁은 집에서 두 아이와 씨름하느라 아내는 정신을 못 차리는 것 같았어요. 어쩌다 아내가 아이를 좀 봐달라고 하면 저는 피곤하다며 모른 체했습니다. 아이들 학습지도도 못해줬고, 밖에 나가 놀아주지도 못했어요. 한 해 여름휴가 외에는 여행도 거의 가본 적이 없었죠.

아이들은 초등학생을 거쳐 중학생이 되는가 싶더니 어느새 고등학생이 되었습니다. 저는 회사에서 임원이 되었어요. 연봉이 높아짐에 따라 3년마다 승용차도 바꾸고 5년마다 큰 아파트로 이사도 갔죠. 하루하루가 즐거웠습니다. 콧노래가 절로 났어요. 부족한 게 없었으니까요. 저 자신은 가정 일을 자세히 몰랐지만 지혜로운 아내 탓에 아이들도 잘 자라줬어요. 학교 성적도 나쁘지 않았습니다.

그런데 아들이 고1 때인 어느 날, 아들의 귓불에 작은 구멍이 나 있는 걸 발견했습니다. 아들에게 물었지만 아들은 우물쭈물하며 대답을 회피했고, 아내를 다그쳤더니 아내가 조심스럽게 "사실은 쟤가 귀를 뚫고 왔지 뭐예요. 당신한테 혼날까 봐 얘기 못했어요."라고 하는 겁니다! 그게 벌써 한 달 전 일이라는 거예요. 대뜸 아들을 불렀습니다.

"너 뭐 하는 놈이야, 인마. 너 정신이 있어 없어. 귀를 뚫어? 그게 고1짜리가 할 일이야? 하라는 공부는 안 하고, 이 정신 나간 놈!"

저는 아들을 쥐 잡듯이 잡았습니다. 그러나 아들은 두려워하면서도 제 말을 듣는 대신 협상안을 제시했습니다.

"학교에 갈 때는 안 끼고 다닐게요. 교회 갈 때도 집안 어른들 만나는 자리에도 안 낄 거고요. 공부에 지장 없도록 할 겁니다. 만약 학교 성적이 떨어지면 당장 귀 뚫은 걸 막을게요."

어쩔 수 없었습니다. 그 정도 선에서 물러섰지요.

그렇게 아들과의 갈등이 시작됐습니다. 그 사건 이후 아들과는 사사건건 부딪쳤어요. 아들이 입고 다니는 옷차림이며 말투며, 제게는 하나같이 거슬렸습니다. 그 나이 또래 문화라고 하지만 정말 보기 싫었거든요. 돌이켜보면 저도 다르지 않았는데……. 제가 대학 다니던 시절 70년대는 장발과 판탈롱아랫부분이 나팔 모양으로 벌어진 바지이 유행이었습니다. 저도 소문난 장발이었죠. 경찰의 가위질을 피해 제가 주로 다니는 길을 내비게이션처럼 꿰뚫고 다녔을 때 우리 부모님 심정은 어떠셨을까요. 그랬음에도 아들의 그런 모습이 싫었습니다.

혼내면 사람 될 줄 알았는데 아니었습니다. 그 이후 아들은 저를 피해 다녔습니다. 아들과는 점점 거리감이 생겨났어요. 저는 아버지가 아니었습니다. 저는 감시자였고 아들은 도망자였습니다. 그렇게 아버지와 아들은 멀어져갔지요.

배우자에게도 자녀에게도 너무나 무책임한 사람들을 많이 봅니다. 나는 돈 버느라 바쁘니까, 가족이니까 이해해주겠지 여기며 오랜 세월 방치하는 거죠. 초등학교 다니던 아들이 어느새 중고등학생이 되고 대학생이 됩니다. 뒤늦은 후회 끝에 관계 개선을 시도해보지만 이미 가족들은 너무 멀리 가 있습니다. 배우자와의 관계도 마찬가지예요. 최근 수년 동안 전체 이혼율은 낮아지고 있는데 황혼이혼율만 유독 높아지는 추세도 바로 그런 이유입니다.

가정에도 보험을 들어야 합니다. 이른바 가족 관계 보험인데요. 가정경영자라면 가족 리스크 관리도 해야 합니다. 가족 관계에 사고가 나면 노트북 분실이나 자동차 사고에 비할 바 아니죠. 그 폐해는 너무나 큽니다. 개인뿐 아니라 가문이 몰락하는 겁니다. 내 말 한마디, 행동 하나하나가 내 자녀, 가문, 나아가 우리나라와 전 세계에 영향을 미친다는 생각을 해야 합니다.

가정을 포기한 가정경영자들

혹시 이 책을 읽는 독자들 중에 '이미 나는 배우자나 자녀들과 관계가 나빠져서 회복이 안 될 거 같다'는 분들 있으신가요?

며칠 전 어떤 남편을 만났습니다. 대기업에서 잘나가다 명퇴해 가정에 돌아갔으나 가족들 어느 누구도 자신을 반기지 않는다며 충격을 받아 열변을 토하더군요. 명퇴해 집에 있어보니 아내는 자기보다 더 바쁘답니다. 거의 매일 외출해서는 각종 모임에 나가고 친구들을 만나고요. 남편하고 놀아줄 시간이 없다는 겁니다. 밥만 차려주는 것도 감지덕지였어요.이제는 가끔 혼자 차려 먹을 때도 있다고 합니다. 회사에 다니는 아들과 대학원에 다니는 딸은 얼굴 볼 새도 없대요.

친구들과 등산도 가고 술자리에도 참석하지만 왠지 모르게 쓸쓸하다고 하네요. 누구보다 내 편일 줄 알았던 가족들과 교감이 없기 때문입니다. 가족이라는 이름으로 한집에 살지만 공감대는 전혀 없어요. 한마디로 사는 재미가 없는 겁니다.

그에게 물어봤습니다.

"도대체 뭣 때문에 그렇게 사셨어요?"

그는 한 치의 망설임도 없이 대답했습니다.

"그야 가족들을 위해서였죠. 내 한 몸 고생해서 우리 가족 배불리 먹이고 애들 명문 대학 보내고 좋은 회사 보내려고요."

그는 그랬습니다. 밤낮 없이 열심히 일했고 회사에서도 인정을 받아 승승장구했습니다. 자녀들도 그의 뜻대로 좋은 대학을 나왔고 좋은 직장에 들어갔지요.

그의 말대로 그는 가족을 위해서 뼈가 부서져라 일했습니다. 그는 가족을 누구보다 사랑했고 가족들을 위해 청춘을 바쳤어요. 그는 그렇게 하면 행복할 줄 알았다고 합니다. 그는 그게 성공한 인생이라고 생각했던 거죠. 그게 자신의 역할이고 책임인 줄 알았습니다. 그러나 가족들은 말합니다.

"그건 당연한 거고, 그 외에 당신이 한 게 뭐 있어?"

"아빠가 우리한테 해준 게 뭐 있어요?"

가족의 반문에 그는 외칩니다.

"뭐라고, 내가 한 게 없다고? 내가 누구 때문에 이렇게 살았는데……"

누구의 잘못일까요. 그의 잘못입니다. 그는 스스로를 돈 버는 기계로 전락시켰던 거예요. 돈 버는 기술 말고는 할 줄 아는 게 아무것도 없었어요. 남편, 아버지의 역할은 생물학적 아버지, 경제적 공급자만이 아니라 가정의 설계자인 동시에 건축가입니다. 그래서 저는 남편을 가문의 시조라고 부릅니다.

이렇게 다양한 역할이 있음에도 그는 오로지 돈 버는 기계 역할만 한 것입니다. 그가 그렇게 자신의 역할을 정했기에 아내도 자녀들도 그를 돈만 벌어다 주는 사람으로 인식한 거예요. 이제 명퇴해서 돈 버는 기능이 끝났기에 용도 폐기된 거죠. 기계의 수명이 다하면 폐기되는 거야 당연한 일 아닌가요.

문제는 이런 사람이 한둘이 아니라 대다수라는 겁니다. 지금 이 글을 읽고 있는 당신조차도 남의 일처럼 여기고 있지 않습니까? 그러나 곧 닥칩니다. 어김없이 닥치지요. 당신도 그때 이렇게 외칠 것입니다.
"내가 누구 때문에 이렇게 열심히 살았는데……"

그래도 포기하지 맙시다. 관계 회복에 시간은 걸리겠지만 불가능한 일도 아니니까요. 문제는 그렇게 하겠다는 마음입니다. 제 경험으로 볼 때 최소한 석 달만 해보면 달라집니다. 석 달 동안은 상대가 어떤 반응을 보여도 흔들림 없어야 합니다. 가족들이 당신의 변화를 수용하지 않는 이유는 당신을 신뢰하지 않기 때문입니다. 당신이 변화를 시도하면 가족들은 "흥, 저러다 하루 이틀 하고 말 거야."라고 생각합니다. 이때까지 당신이 그랬기 때문이지요. 한두 번 해보고 안 되면 "거 봐, 안 되잖아." 하고 포기했기 때문입니다. 석 달만 해보면 가족들이 "응? 아니네? 이번은 다르네?" 할 겁니다. 그때까지 해보세요.
가정경영만큼 투자회수율ROI이 높은 곳이 없습니다. 당신이 사회생활에 쏟는 시간의 단 5%만 투자하면 당신의 가정은 반드시 회복됩니다. 놀랍지 않은가요? 단 5%만 쏟으면 되는데……. 자, 이제 그렇게 하실 거죠? 그 결심을 한 것만으로도 당신은 가정경영자의 자격이 충분한 겁니다. 어렵지 않아요. 천천히 시작해보세요.

03

나는 다시 태어나도
당신과
결혼할 거야

다음 생에도
당신과?
재수 없는 소리!

나이 든 여성들에게 "다시 태어나도 지금의 남편과 살겠습니까?" 하고 물으면 다들 고개를 절레절레 흔든다고 합니다. 그중 딱한 사람이 그러겠다고 해서 다들 쳐다봤더니 그 여성은 치매 할머니였다고 합니다.

또 항간에 떠도는 우스갯소리 중에 주말 부부인 아내는 전생에 나라를 구한 사람이고, 해외 주재원으로 나간 남편의 아내는 전생에 세계를 구한 사람이라는 말도 있습니다.

70대 할머니가 동창회에 다녀와서 자꾸 한숨을 쉬기에 남편이 걱정이 돼서 물어보니, 할머니가 화를 버럭 내면서 "남편 살아 있는 년, 나밖에 없더라! 아이고, 지지리 복도 없지!"라고 하더랍니다.

너무나 사랑하는 사람들이, 그 사랑을 지키기 위해 결혼한 사람들이 왜 오랜 결혼생활 끝에 서로를 비난하고 저주하는 관계가 될까요. 결혼에는 동화 속 왕자와 공주처럼 해피엔딩이 없을까요?

신호를 발견하라

당신이 자동차를 운전하고 있다고 가정해봅시다. 기름이 부족하다는 노란불이 계기판에 뜨는 순간 당신은 생각하게 될 것입니다. 즐겨 찾는 주유소까지 갈 수 있는지, 익숙하지 않은 곳이라면 다음 주유소까지 거리가 얼마인지 등등. 만약 연료 부족 신호가 들어왔는데도 그것을 무시하고 계속 달리다가는 어느 순간 자동차가 멈춰 설 것입니다.

인생도 마찬가지예요. 인생의 모든 과정에도 신호가 나타납니다. 자동차와 다른 점은 그 신호가 분명하지 않다는 것입니다. 당신이 주의 깊게 살피지 않으면 자동차가 멈춰버리듯이 결혼 관계도 파국을 맞게 될지도 모르는 거죠. 그러기 전에 신호를 찾아내야 합니다.

그때의 신호는 뭘까요. 여기서 '그때'란 당신의 결혼생활이 어딘가 잘못됐다고 여겨지는 순간을 말합니다. 부부간에 대화가 없어지고, 배우자가 무슨 생각을 하고 있는지 알지 못하거나 아예 관심도 없거나, 부부 중심이 아니라 자녀 중심의 가정이 된다거나, 섹스가 거추장스러워지거나, 부부 사이에 특별한 이벤트를 가져본 때가 언제인지 기억도 안 난다거나, 자주 다툰다거나 하는 것들입니다.

연료 부족이라는 쉬운 문제라면 초보 운전자라도 가까운 주유소에 가기만 하면 금방 해결됩니다. 그러나 보다 복잡한 문제라면, 계기판에 아무런 표시도 없는데 주행 중 차에서 이상한 소리가 난다든지, 엔진 쪽에서 연기가 피어오른다든지, 액셀러레이터나 브레이크가 작동하지 않는다든지 한다면 즉시 전문가의 도움을 받아야 합니다.

결혼생활도 마찬가지예요. 사실 결혼 관계의 파국은 자동차가 멈춰서는 위험에 비할 바 아닙니다. 남자와 여자는 결혼을 통해 조화로운 삶을 꿈꾸지만, 대부분 미성숙한자신들은 성숙하다고 여기겠지만 사람들이라 이런저런 불협화음을 경험하게 됩니다. 가벼운 갈등이라면 부부 스스로 해결할 수 있겠지만 오랜 기간 결혼생활을 하다 보면 누적된 스트레스와 상처 때문에 쉽게 해결하지 못하는 경우가 많습니다. 이때는 반드시 전문가의 도움을 받아야 합니다.

그런 과정을 통해 부부는 한층 성숙해집니다. '어쩌다 어른'에서 '비로소 어른'이 되는 것이죠. 그런 과정을 겪은 부부의 행복감은 열정적 사랑에 빠진 신혼 시절의 행복감보다 몇 갑절 큽니다. 그러나 많은 경우 신혼 시절 성호르몬에 이끌렸을 때를 제외하고 결혼생활의 전 과정에서 무덤덤하게 살아가는 부부가 너무나 많습니다. 그냥 '정情'으로 사는 부부들이에요. '행복'이란 나날이 새로워지는 기분입니다. 나날이 에너지를 느끼고 배우자를 기쁘게 하는 것이 내게 더 큰 기쁨을 주지요.

남편이 가장 행복할 때는 언제일까요? 바로 아내가 행복할 때입니다. 반대로 아내가 가장 행복할 때는 언제일까요? 남편이 행복할 때입니다. 나는 행복한데 아내나 가족이 불행하다면 그건 행복이 아닙니다. 내 행복 이전에 아내와 자녀들이 먼저 행복하다고 느끼게 해줘야 합니다. 그게 바로 내 행복이기 때문이지요.

당신의 행복지수는 몇 점인가

행복을 점수로 매길 수 있을까요? 사람마다 관점이 다르고 행복에 관한 기준이 다르기 때문에 객관화된 점수를 매길 수는 없겠지만, 주관적으로 자신의 행복점수를 매길 수 있을 것입니다. 최고로 행복한 상태를 100점으로, 최악의 불행한 상태를 0점으로 놓고 점수를 매겨보세요. 30점? 50점? 80점? 0점이나 100점도 있을지 모르겠네요.

가정행복코치로서 여러 사람들을 만나다 보니 제가 잘 살고 있는지 궁금해하는 분들이 많습니다. 더러는 부러워하는 분들도 있고, 더러는 진짜 궁금해서 묻는 분들도 있고, 또 '네가 가정행복코치라고 설치고 다니는데, 너는 잘하니? 너도 말로만 그러는 거 아니야?' 하는 속마음으로 비아냥거리며 묻는 분들도 있습니다. 그러면 저는 "아직 많이 부족하지만 그렇게 살려고 노력하고 있습니다."라고 대답합니다. 저 역시 "전 당연히 100점이죠. 아내가 너무 만족스러워해요. 하하하!" 하고 웃을 형편은 아닌 것 같습니다. 아내와 저자신의 행복을 위해 끊임없이 노력하고 있을 뿐이죠.

제가 만난 분들 중에 행복하게 잘 사는 부부도 더러 있습니다'더러'라고 말할 수밖에 없어서 참 안타깝네요. 저와 친한 친구 부부에게 있었던 일입니다.

온 가족이 해외여행을 가기로 하고 인천공항에 나갔다고 합니다. 대한항공 카운터에 가서 체크인을 하려고 하는데 예약 기록이 없는 것입니다. 혹시나 해서 아시아나항공 카운터를 가봐도 예약 기록이 없고, 갈 만한 항공사를 여기저기 알아봐도 예약이 안 됐다고 해서 온 가족이 황당해했습니다. 그 가정은 남편이 아닌 아내가 늘 여행 준비와 예약을 했는데, 아내가 여기저기 알아만 보고 정작 예약을 하지 않은 것입니다. 그래서 네 식구가 허허 웃으며 집으로 돌아왔다고 합니다. 그 일에 대해 누구도 아내를 비난하지 않았다고 하네요.

참 놀라웠습니다. 만약 우리 집 같으면 어땠을까요. 만약 그런 일이 있다면 제 아내나 아이들이 가만히 있었을까 싶습니다. "당신 은 도대체 무슨 일을 그따위로 하는 거야?"라며 잔소리깨나 듣지 않았을까요. 마찬가지로 제 아내가 그런 실수를 했다면 저 역시 폭 풍 잔소리를 쏟아놓았을 겁니다.

위 사례의 가족처럼 행복한 부부들이 사는 모습을 보면 대개 이렇습니다.

- 상대를 비난하지 않는다.
- 문제를 인식한다.
- 변화를 시도한다.
- 끊임없이 학습한다.
- 배운 것을 실천한다.

삶의 모든 문제 해결 과정이 이와 비슷하지 않을까 싶습니다. 상 대를 비난한대서 상대가 그걸 고치면 얼마나 좋을까마는 그런 사 람은 없습니다. 당신 역시 누군가의 비난을 받으면 "아, 예. 잘 알겠 습니다. 당장 고치겠습니다." 하는 마음이 들던가요. 가족 관계에서 도 마찬가지입니다. 그래서 행복한 부부들의 비결 첫 번째는 상대 방을 비난하지 않는 것입니다.

둘째, 문제를 인식하는 것입니다. 문제를 문제라고 보는 것, 그게 시작이지요. 문제의 원인이 무언지 알아내는 것이 무엇보다 중요합니다. 그래야 답을 찾을 수 있으니까요.

셋째, 문제 해결의 주체를 나로 생각하는 것입니다. 가족 관계에 문제가 있다면 나 아니면 상대방의 문제이거나 둘 다의 문제입니다. 물론 상대방이 문제일 수도 있겠죠. 그걸 상대방이 인식하면 얼마나 좋을까요. 그러나 대부분의 경우 인식하지 못할 것입니다. 나는 알고 상대방이 모른다면 누가 문제를 해결해야 할까요. 상대방이 할까요. 문제를 인식조차 못하는 상대방이 절대로 할 수 없을 겁니다. 내가 해야 합니다. 아니, 더 정확히 말하면 나만 할 수 있습니다. 내가 변화의 주체가 되어야 합니다.

넷째, 문제를 해결하는 방법을 배우는 것입니다. 배우지 않고 문제를 해결하기란 불가능합니다. 운전면허를 따려고 해도 학원에 가서 배워야 하고, 악기 하나를 다루려고 해도 음악학원에 가야 하고, 어학을 배우려고 해도 선생님에게서 배워야 합니다. 하물며 가정을 회복시키고 가족을 살리는 일이야 더하지 않겠습니까.

마지막으로 배운 것을 실천해야 합니다. 두 번 세 번 실천할 때 상대방이 감동하게 되고, 그럴 때 상대방의 변화가 시작됩니다. 그게 바로 가족의 행복, 가정의 행복입니다.

행복하기로 마음먹은 만큼, 배운 만큼, 실천한 만큼 딱! 그만큼만 행복합니다. 골프 용어 중에 NUNINever Up, Never In란 말이 있습니다. 골프에서 매 홀의 마지막 행위는 퍼팅인데, 홀에 공을 쳐 넣으려면 홀컵을 지나칠 만큼 충분하게 밀어줘야 한다는 말입니다. 홀컵에 못 미쳐서는 절대로 공을 넣을 수 없다는 거죠. 행복하려는 마음이 없다면 절대로 행복할 수 없고, 배우지 않고 행복할 수 없으며, 실천하지 않는데 저절로 행복해질 리 없습니다.

대부분의 가정, 특히 힘든 결혼생활을 하는 분들의 가정에는 엄격한 규칙들이 있습니다. 이 규칙은 주로 묵시적인 규칙들이라서 상대방이 모르고 또 상대방의 동의 절차도 거치지 않은 것들입니다. '해야 한다' 또는 '하지 말아야 한다'는 규칙들이 너무도 많아서 누군가 그 규칙에 어긋날 때 다른 가족들이 필요 이상으로 비난하고 질책하는 가정이 많습니다. 작은 실수에도 용서가 없죠. 그들은 가족의 행복을 위해서 그런 규칙의 적용이 당연하다고 여깁니다. 그런 가족은 행복지수가 낮을 수밖에 없어요. 늘 비난하고 정죄하는 분위기에서 어떻게 행복지수가 높아질 수 있을까요.

등산을 예로 들어보겠습니다. 높은 산을 정복하는 사람도 있고, 야심차게 정상 정복을 결심했다가 되돌아오는 사람도 있고, 늘 둘레길만 돌다 내려오는 사람도 있습니다. 개인의 건강 정도와 취향에 따라 자신에게 맞는 등산길을 선택하겠지만, 둘레길만 걷는 사람은 절대로 정상 정복의 기쁨을 맛볼 수 없습니다. 다리가 풀리고 숨이 턱에 찰 정도로 힘든 과정을 이겨내고 오른 정상 정복의 쾌감이 어떤 건지 경험해보지 못한 분들은 잘 모를 것입니다. 정상 정복의 쾌감을 100점이라면 둘레길의 쾌감은 50점가량 될 것 같은데요. 그들은 만날 50점짜리 행복만 맛보는 거죠. 그게 자신이 알고 있는 행복의 최고봉일 겁니다.

인생은 성장입니다. 성장은 경험을 통해서 오지요. 육체적, 정신적, 정서적 경험을 통해서 성장하는 것입니다. 우리는 살아가면서 간접 경험을 하기도 하고 때로는 직접 경험을 하기도 하는데, 간접 경험보다는 직접 경험이 좋지요. 최근 내가 직접 경험한 사례가 있어 소개하겠습니다.

몇 달 전 모 교육기관의 중소기업 최고경영자과정 원우들과 함께 내가 경영하는 사업장인 '짚라인 용인'에 갔습니다. 짚라인은 출발지와 도착지에 기둥을 세워놓고 양 기둥을 줄로 연결한 다음 탑승객은 그 줄에 매달려 자신의 체중을 이용해 도착지로 하강하는 체험 레포츠를 말합니다. 마치 타잔처럼 말이죠.

짚라인을 처음 경험하는 한 여성 CEO가 장비를 다 착용하고 탑승대에 섰으나 정작 발을 떼지 못하더라고요. 발만 떼면 자연스럽게 줄을 타고 도착지에 도착할 텐데 그 발을 못 떼는 것입니다. 울고불고 난리가 났고 결국 탑승을 포기했습니다. 그런다고 내버려둘 제가 아니죠. 저는 그녀에게 다시 도전해보라고 권유했습니다. 그래도 그녀는 무섭다며 탑승을 거부했고 저는 가이드와 함께 커플 탑승을 추천했습니다. 그렇게라도 타고 나면 이것이 얼마나 짜릿한 경험인지 뒤늦게 깨달을 것임을 알고 있었기 때문이죠. 결국 그녀는 마지못해 가이드와 함께 커플 탑승을 했습니다. 도착지에서 보니 눈물도 흘렸는지 눈물을 훔치는 모습이 보였습니다. 어떠냐고 물어보니 머쓱해하며 "탈만 하네요~" 하고 대답하더라고요.

그랬던 그녀가 다음 탑승대에서는 제일 먼저 타겠다고 나섰습니다. 쑥스러워하면서 생애 처음으로 단독 탑승을 감행하더군요. 그녀는 총 다섯 번을 홀로 탑승했고, 누구보다도 짚라인을 즐겼습니다. 생애 처음 느껴보는 경험이라며 흥분을 감추지 못했습니다.

만약에 제가 두려워하는 그녀의 뜻대로 탑승을 시키지 않았다면 어떻게 됐을까요. 그녀는 영원히 짚라인을 경험할 수 없었을 것입니다. 수십 미터 상공에서 줄에 매달려 코끝을 간질이는 바람, 눈 아래 펼쳐지는 푸른 녹음, 쾌속 질주할 때의 짜릿함을 맛보는 것은 책이나 말로는 절대로 경험할 수 없는 것들이지요. 짚라인을 경험하기 전의 그녀는 도전에 관한 한 행복지수가 30점이었겠지만, 경험을 하고 난 후 도전 행복지수는 100점이 되었습니다.

둘레길의 행복도 좋지만, 어차피 살아야 할 인생이라면 정상 정복의 쾌감도 맛봐야 하지 않을까요. 결혼생활의 행복지수도 마찬가지입니다. 기왕 같이 살 거면 100점의 행복을 맛봐야 하지 않겠어요. 자, 100점을 향하여 고고!

배우자가 아니라 접합자가 돼라

부부를 왜 '배우자配偶者'라고 하는지 아시나요? 배우자란 모두 알다시피 부부의 한쪽에서 본 다른 쪽, 즉 남편 쪽에서는 아내, 아내쪽에서는 남편을 이르는 말입니다. 이 단어는 생물학적으로 다른 세포와 접합해 새로운 개체를 형성하는 세포로, 정자와 난자 같은 세포를 말하기도 합니다이럴 때 한자는 配偶子라고 씁니다. 즉 배우자가 서로 결합하여 접합자接合子가 되는 것입니다. 배우자는 어느 한쪽만 표현한 단어이기 때문에 엄밀히 말해 결혼한 사람은 접합자라고 불러야 옳습니다.

접합자란 생물학적으로 배우자의 합체라는 유성생식의 결과로 만들어진 생식세포를 말합니다. 적절한 짝을 만나면 유전적 다양성을 가지며, 이로 인해 환경 변화에 따른 적응이 수월하게 되고, 진화의 가능성을 크게 열어놓을 수 있습니다.

저는 전작 《이럴 거면 나랑 왜 결혼했어?》에서 부부에 대한 개념을 정립하여 소개했습니다. 나격格, 너격格 그리고 우리격格입니다. 우리격을 '부부격'이라고 하는데요. 결혼을 통해 너와 나가 아닌 우리라는 부부격이 새로 탄생하는 것입니다.

나도 중요하고 너도 중요합니다. 그러나 우리는 더 중요하지요. 나와 너는 배우자이지만 우리는 접합자입니다. 결혼의 전 과정에서 이 세 격이 모두 성장해야 합니다. 나는 너를 성장시켜야 하고, 너는 나를 성장시켜야 하며, 나는 우리를 성장시켜야 하고, 너는 우리를 성장시켜야 하며, 우리는 각자를 성장시켜야 합니다. 그게 결혼의 목적이지요. 너와 나는 그러려고 결혼한 거니까요. 결혼 전에는 각자나, 너가 소중하지만 결혼한 후에는 나와 너가 아닌 우리 중심의 의사 결정이 이뤄져야 합니다.

한 커플이 위기를 맞았습니다. 맞벌이 부부였는데요. 아내는 남편이 집에서 손 하나 까딱하지 않는다고 분노했습니다. 젖먹이 아기가 보채고 울어도 분유 한번 타준 적이 없다는 것입니다. 청소, 빨래 모두 아내의 몫이고요. 아내는 정말 지쳐 보였고 화가 많이 난 상태였습니다. 하지만 남편은 도무지 요지부동이었습니다.

"집에 오면 피곤해 죽겠는데 내가 왜 그런 것까지 해야 하죠?"

남편의 태도에 아내는 더 이상 말하고 싶지 않다며 자리를 피해 버리더군요. 그런데도 남편은 아내의 분노를 전혀 이해하지 못했습니다.

"아내 분이 혼자서 가사와 육아를 감당하느라 고생이 많은데 안 쓰럽지 않으세요?"

"힘들어 보이긴 하는데, 원래 여자가 할 일이잖아요."

"그렇게 생각하신다면 왜 맞벌이를 하세요? 원래 돈 버는 건 남자가 했던 일인데요."

"그거야…… 뭐……."

남편은 말을 잇지 못하고 얼버무렸습니다. 저는 남편에게 차근차근 아내의 입장과 부부격의 중요성을 설명해 드렸습니다.

여기서 돈 버는 일, 가사와 육아가 누구의 일이냐고 논하자는 게 아닙니다. 여자가 돈을 버니까 남자가 가사와 육아를 분담해야 하고, 그렇지 않은 전업주부라면 남편이 도울 필요가 없고, 그런 구닥다리 사고방식을 늘어놓자는 것도 아닙니다.

행복한 가정을 꾸려나가기 위해서는 반드시 해야 하는 행위들이 있습니다. 경제활동, 가사, 육아도 이에 포함됩니다. 이런 일들이 누구의 일이고 누구의 몫인지 구별하고 따지는 것보다 매사에 서로 도와주고 끌어주는 것이 부부입니다. 우리 가정을 위해 어떤 일들을 상대가 해주었으면 좋겠는지를 진지하게 논의하는 것이 필요하고, 상대의 의견을 경청해주어야 합니다. 그래서 어느 한쪽의 일방적인 희생이 아닌 부부 모두 행복할 수 있는 방법을 찾아야 합니다. 이것이 일상이 된 부부가 진정한 접합을 이룬, 진짜 부부격인 거죠.

맞벌이 부부가 각자 힘든 일을 마치고 귀가해서도 아내 혼자 가사와 육아를 전담하는 것이 아니라, 남편도 힘든 하루였지만 귀가해서 일정 부분 가사를 분담하고 육아에 신경 쓰는 것은 바람직합니다. 그럴 때 부부는 서로 신뢰하고 존경하게 됩니다. 내 한 몸 편한 것만 추구하고 싶다면 그 사람은 결혼해서는 안 되는 것이죠.

지금 당신의 부부는 어떻습니까? 나격인가요, 너격인가요, 부부격인가요? 진지하게 이야기해보는 기회를 가지면 좋겠습니다.

나 자신을 먼저 사랑하라

　앞서 저는 아내를 사랑하지 않았다고 고백한 바 있습니다. 되짚어보니 저는 저 스스로도 사랑하지 않았더군요. 아니, 사랑이 뭔지 몰랐습니다. 제가 사랑이라고 알고 있었던 것은 사랑이 아니라 인정이었고 집착이었습니다.

　저는 늘 다른 사람들로부터 인정받기 원했습니다. 특히 아내로부터 인정받고 싶었죠. 왜 그럴까요. 저 스스로의 자아존중감이 낮았기 때문입니다. 저 자신이 가치 있는 사람이라는 것을 늘 확인받고 싶었어요. 왜냐하면 제 안에 그게 없었기 때문입니다. 저 스스로를 가치 있는 사람이라고 생각하지 않기에 다른 사람의 인정이 필요했던 것입니다.

자기 자신을 가치 있게 생각하는 사람은 다른 사람에게 많은 것을 요구하지 않습니다. 이미 자기 내면이 채워져 있으니까요. 자아존중감이 낮은 사람일수록 배우자를 힘들게 합니다. 많은 것을 요구하기 때문이죠. 그래서 부부 사이가 좋으려면 먼저 자신을 사랑할 줄 알아야 합니다. 나를 사랑하지 않는데 어떻게 아내를 사랑할 수 있을까요. 어떻게 다른 사람을 사랑할 수 있을까요. 사랑이 뭔지도 모르는데.

대학교 다닐 때 한 여성 친구가 있었습니다. 요즘 말로 치면 '여자사람친구'였는데요. 그녀는 누가 봐도 매력적인 외모의 소유자였습니다. 캠퍼스 내에서 그녀의 인기는 퍽 높았어요. 하지만 그 친구가 이성 친구를 사귀는 걸 보지 못했습니다. 그녀는 다가오는 남자들을 밀어내기 바빴어요. 이성을 사귀는 데 도무지 관심이 없고 공부만 하려는가 보다 하고 생각했었죠.

그러다가 우연한 기회에 어떤 모임 자리에서 그녀와 이야기할 기회가 있었습니다. 저는 조심스럽게 왜 이성 친구를 사귀지 않느냐고 물었어요.

"누가 나 같은 여자를 사귀려고 하겠어……."

이게 무슨 소리일까요? 선뜻 그녀의 말을 이해하기 힘들었습니다. 제 친구도 그녀에게 마음이 있어서 다가갔다가 퇴짜를 맞았거든요. 그런데 '나 같은 여자를'이라니.

알고 보니 그녀는 자존감이 턱없이 부족한 상태였습니다. 어릴 때부터 칭찬 한번 못 듣고 엄격하기만 한 집안에서 자란 탓에, 자신에 대한 긍정적인 마음이 없다시피 했던 거죠. 주위에서 아무리 좋은 이야기를 해줘도 믿으려 하지 않았고, 호의를 보이며 다가서는 사람의 진심도 알아보지 못했습니다. 스스로를 사랑하지 못하면 다른 사람의 진심을 알아보지 못하고 사랑할 수도 없음을 알게 해준 안타까운 일이었습니다.

이런 일도 있었습니다. 얼마 전 어떤 모임에서 신혼부부를 만났는데, 깨가 쏟아져야 할 두 사람에게서 왠지 모를 불편한 마음이 느껴졌습니다. 그냥 기분 탓이겠거니 했는데 여자가 자리를 비운 틈에 남자가 저에게 대화를 청하더군요. 제가 가정행복코치이니 의견을 묻고 싶다면서요.

"아내가 모든 걸 저한테 의지해요. 어떨 땐 숨이 막힐 지경이에요."

남편이 털어놓은 사연은 이렇습니다. 8년이라는 긴 세월 동안 연애를 하면서 뭐든지 남자에게 의지하려고 하는 여자 친구 때문에 힘들었다고요. 처음엔 그런 모습이 사랑스러워서 지켜주고 싶었지만 시간이 지날수록 벅찼다고 합니다. 헤어지려고 했는데 여자가 울고불고 하는 바람에 결혼했고, 결혼 후에도 똑같은 상황이 이어지고 있는 거죠. 아내는 물건 하나를 살 때에도, 어딘가를 갈 때에도 남편과 함께 하길 원한다고 합니다.

아내 분이 돌아와서 남편과의 대화는 중단되었습니다. 저는 아내 분에게 인사를 건네고 자연스럽게 대화를 나누려고 노력하면서, 두 사람을 면밀하게 관찰했습니다. 두 사람의 상황을 조금씩 알 수 있었습니다.

아내 분은 자신에 대한 존중감이 부족해 보였습니다. 스스로를 믿지 못하니 불안한 마음이 들고 남편에게 전적으로 의지했던 것입니다. 상대방을 오랫동안 떠받쳐주던 남자는 지친 상태이고요. 아내는 자신의 입장만 생각하느라 사랑하는 남편이 얼마나 고달픈지 전혀 보지 못하고 있었습니다. 어느 한쪽이 일방적으로 기대면 다른 쪽은 힘들고 지쳐 쓰러지고 맙니다.

나 자신을 먼저 사랑하는 것은 정말 중요합니다. 나를 온전히 사랑하지 못하면 부부간의 사랑도 아름답게 할 수가 없습니다. 부부란 상호의존적 관계가 되어야 합니다. 상호의존적이란 위의 사례에서 아내가 보이는 의존적인 태도와는 다릅니다. 각자는 독립적이되 부부의 합목적성을 위해 의존적이어야 한다는 뜻인 거죠.

의존적 사람이란 상대가 모든 것을 다 해주기 바라는 사람이지만, 상호의존적인 부부는 각자 할 일은 하되 협력할 것은 협력합니다. 그게 결혼의 목적이고 부부의 도리입니다. 앞서도 말한 것처럼 부부가 되면 함께 해야 하는 일이 있습니다. 이것은 서로 의지하면서 함께 해야 합니다. 또한 나는 독립적인 사람이어서 나 혼자서도 잘 해낼 수 있지만, 내가 남자이기 때문에 또는 여자이기 때문에 할 수 없는 일에 대해서는 배우자의 도움을 받아야 합니다. 예를 들어 힘이 센 남편이 짐을 들어준다거나, 두 사람이 아기를 갖기로 합의하고 여자가 임신을 하는 등을 말합니다.

나는 나로서 독특하고 개성적이며, 배우자 또한 독특하고 개성적이라는 사실을 인정해야 합니다. 나는 나대로, 배우자는 배우자대로 자신의 세상이 있고 충분히 가치 있는 존재임을 인정해야 합니다. 그렇기 때문에 일방적인 희생을 강요해서는 안 됩니다. 너는 왜 나처럼 생각하고, 나처럼 행동하지 못하냐고 다그쳐서도 안 됩니다. 애초에 그것은 불가능한 일이기 때문입니다. 나는 네가 아니고, 너 또한 내가 아니기 때문입니다.

사랑의 기술도
자란다

몇 년 전 추석에 아들 내외가 집에 왔습니다. 온 가족이 모두 모여 저녁 먹고 한가한 시간을 보내고 있는데 신문을 뒤적거리던 아들이 신문지 한 귀퉁이를 찢더니 접어서 며느리에게 건네는 것입니다. 며느리가 신통찮은 표정을 지으면서 "코딱지지?" 하자 평소 아들이 이런 장난을 많이 친 모양이에요ㅎㅎ 아들이 웃으며 "펴봐!"라고 하더군요.

건네받은 신문 조각을 펼쳐보던 며느리의 얼굴이 환하게 빛났습니다.

"우와! 대~박!"

옆에 있던 저는 궁금함에 끼어들지 않을 수 없었습니다.

"뭔데 그래? 이리 줘봐."

헐~ 진짜 대박이었습니다. 아들이 찢은 신문 조각은 1면 왼쪽 상단 귀퉁이에 실린 모 정유회사의 광고였습니다. '단풍 빛깔이 고와서 찰칵 했더니 당신 얼굴이 더 곱네~'라고 되어 있고 아래에는 '고운 내 아내 희진에게'라고 되어 있었습니다. 며느리 얼굴이 환해진 이유는 자기 이름이 '희진'이기 때문입니다. 온 가족이 "와아~" 하며 박수를 쳤지요.

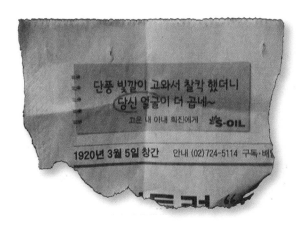

무슨 일이든 열심히 최선을 다하면 그 일을 하는 데 '촉'이 발달한다고 합니다. 글 쓰는 사람이 글의 주제를 정하면 자신이 만나는 모든 사물과 사람을 그 주제와 연관 짓는 것과 같습니다. 사랑도 마찬가지예요. 사랑을 하면 '촉'이 발달합니다. 무엇을 해도 사랑하는 사람과 연관 짓게 되지요. 그날 아들도 그랬던 것입니다. 그 큰 신문 한 귀퉁이에 조그맣게 나온 광고를, 기사도 아닌데 어떻게 보게 되었을까요. 평소 아내 사랑이 지극하다 보면 이런 게 눈에 띄는 겁니다.

이런 사랑을 받은 사람은 당연히 배우자에게 감사하게 되고 크든 작든 보답을 하게 됩니다. 이게 바로 사랑의 선순환 고리입니다. 사랑하는 부부는 점점 더 사랑하는 기술이 발전하고, 감사하는 기술도 발달합니다. 그런 면에서 결혼생활은 프로 게임입니다. 부부는 사랑의 프로 선수죠. 우리 모두 프로가 됩시다.

똥폼 잡으면
똥 나온다

저는 웃기는 놈(?)입니다. 저는 아내를 잘 웃기죠. 유머 감각이 있다는 소리를 많이 듣는 편이에요. 솔직히 말하면 타고난 게 아니라 노력했다고 하는 말이 옳을 것입니다. 요즘이야 인터넷 검색만 하면 유머 소재가 널려 있지만, 제가 대학을 다니던 70년대 중반에는 그런 게 없었죠. 그땐 우스갯소리를 들으면 꼭 메모를 해서 갖고 다니며 좌중을 웃기곤 했습니다. 한때는 유머수첩만 4권을 갖고 다녔을 정도로 유머에 대단히 관심이 많았죠. 요즘도 개그 프로는 빼놓지 않고 봅니다.

평소 조신한 성격의 아내가 저를 가장 좋게 평가하는 이유도 바로 유머 감각입니다. 때로는 유머의 포인트가 안 맞아 분위기를 썰렁하게 만들어서 아내의 눈치를 살필 때도 있지만, 어쨌든 아내가 저를 결혼 상대로 선택한 이유 중의 하나가 자신과는 달라도 너무 다른 유머 감각이라고 하니 기분이 좋습니다.

"나는 자다가도 당신 때문에 웃어."

아내가 이렇게 말하면 저는 아무렇지도 않게 한마디를 덧붙입니다.

"응, 자고 있어. 당신 자고 있을 때 내가 웃겨줄게."

그러면 아내는 또 깔깔거리고 웃습니다.

아내들이 가정에서 스트레스 받는 원인으로 무엇이 있을까요. 남편과의 성격 차이, 경제적 문제, 자녀의 학업 성적, 고부 갈등 등 여러 가지가 있겠지만, 남편이 집에 들어와서는 도대체 말을 하지 않는다는 불평이 퍽 많다고 합니다. 어느 통계를 보니 98%의 아내들이 같은 고민을 한다고 하니 한두 가정의 문제가 아닌 것 같네요. 그러니 아내가 남편과 같이 있는 시간과 공간이 재미있을 리 없습니다. 재미는커녕 함께 있는 시간이 오히려 불편하기만 하겠지요.

그렇다면 왜 남편은 집에 와서 말을 하지 않는 걸까요? 일에서 받은 스트레스 때문입니다. 지쳐서 쉬고 싶거나 아니면 스트레스 때문에 머리와 가슴이 굳어서 말이 잘 나오지 않는 것입니다. 또 사회적 지위가 높은 사람일수록 가정에서도 권위적이거나 근엄해지는 경향이 있지요. 일면 이해가 갑니다. 회사 사장이 밖에서 절도 있고 근엄하게 업무 처리를 하다가 집에 돌아와서 아내나 자녀들과 시시덕거리기가 쉽지 않다는 것을 잘 아니까요. 모 장성은 집 현관문을 열고 들어설 때 온 가족이 차렷 자세로 일렬로 도열해 아버지가 귀가하는 걸 맞는다고 합니다. 대단한 직업병이죠.

본인은 그렇다고 쳐도 아내까지 덩달아 그러는 가정도 있습니다. 남편의 직업이 교수인 어떤 아내가 다른 사람과 대화할 때도 남편을 가리켜 '교수님이……'라고 호칭하는 걸 들은 적이 있습니다. 남편의 직업이 자랑스러워서 그런지는 모르겠지만 학교 일과 무관한 제3자가 들으면 웃을 일이죠.

위에서 예를 든 교수 부부의 경우 집에서도 서로 근엄하게 격식을 차리다 보니 두 사람은 부부라기보다 동거인에 가까웠습니다. 집에서도 늘 의관정제하고 서로 한 침대에 앉아 책만 읽다가 잠자리에 들곤 했답니다. 그러다 보니 부부이면서도 부부관계를 안 한 지 몇 년이 됐다고 하네요. 서로 편하고 익숙하기는 하지만 두 사람은 점점 삶의 의욕을 잃어갔습니다. 한마디로 사는 게 재미가 없어진 거죠.

그 얘기를 듣고 누군가 이렇게 코치를 해줬습니다.

"사모님, 이제부터 '교수님'이라고 부르지 마시고, 침대에 기대서 책 보시다가 잠잘 때가 되면 남편에게 '자자, 이 자식아'라고 해보세요. 그러면 재미있는 일이 벌어질 거예요."

아내는 깜짝 놀라 이렇게 말했습니다.

"에이, 말도 안 돼요. 어떻게 그런 말을 해요?"

그러나 그날 이후 그 말은 자꾸만 아내의 머릿속을 맴돌았습니다. '한번 해볼까?' 하는 생각이 들어 속으로 몇 번인가 연습을 했습니다. 며칠 후 평소처럼 부부는 침대에 앉아 책을 읽고 있었습니다. 남편이 불을 끄려고 하자 아내가 남편에게 외쳤습니다.

"자자, 이 새끼야!"

"자자, 이 자식아!"라고 한다는 게 그만 실수를 해버린 거죠. 속으로 '이제 큰일 났다. 이걸 어쩌지?' 하며 걱정하고 있는데 남편이 처음에는 황당한 표정을 짓더니 이내 웃으며 아내에게 이렇게 응수했습니다.

"그래, 이년아!"

순간 두 사람은 동시에 빵~ 터져버렸다고 하네요. 그날 밤 부부는 몇 년 만에 황홀한 운우지정을 나눴다고 합니다.

한국유머전략연구소 최규상 소장은 유머의 힘을 보여주는 이야기를 많이 소개하고 있습니다. 그는 신혼 시절 사업 실패로 부부가 함께 신용불량에 빠졌다고 합니다. 늘 돈 걱정만 하다 보니 너무 억울해 어느 날부터 웃고 살기로 작정하고 아내에게 유머를 던졌다고 합니다.

"여보, 오늘은 옷 예쁘게 입고 경복궁에 가자."

뜬금없는 남편의 말에 왜 경복궁에 가냐고 묻자 최 소장은 이렇게 대답했습니다.

"응. 처갓집 안 가본 지 오래됐잖아!"

아내를 순식간에 공주로 만들어버린 유머 한마디에 부부는 함께 박장대소했다고 합니다. 즐거운 첫 경험(?) 이후 부부는 하루에 한 개씩 유머를 주고받으며 사랑과 긍정의 깨를 끊임없이 볶아냈습니다. 놀랍게도 유머를 주고받은 지 1년 만에 아내는 잘 다니던 직장을 때려치우고 유머 강사의 길로 나섰지요. 그리고 지금은 '대한민국 최초의 부부 유머 코치'란 이름으로 유머 강의와 유머 코칭을 하고 있습니다.

아내를 웃기려면 어떻게 해야 할까요? 내가 먼저 웃어야 합니다. 나는 웃지 않으면서 남을 웃게 할 수는 없으니까요. 웃음은 전염됩니다. 한 사람이 웃으면 옆에 있던 사람도 따라 웃습니다. 내가 기분 나쁜 일이 있어도, 불편한 기분이 있어도 상황을 호전시키려면 내가 먼저 웃어야 합니다. 비록 웃을 상황이 아니지만 웃으면 스스로 기분 전환이 되어 스트레스를 덜 받습니다.

저는 아내와 함께 〈가요무대〉를 같이 보다가도 아는 노래가 나오면 따라 부르고, 신나는 음악이 나오면 팬티 바람에 춤을 추기도 합니다. 그 모습을 본 아내는 깔깔거리며 웃지요. 자기는 절대로 그렇게 못하기 때문입니다. 제가 그렇게 하지 않으면 우리 집 분위기도 무척이나 차분할 거예요.

위에서 예를 든 최규상 소장과 모 인터넷 방송에서 앞뒤 순서로 강의를 했던 적이 있습니다. 최규상 소장은 한때 사업의 실패로 오랫동안 어머니와 통화 한번 하지 않았다고 합니다. 사업 실패가 너무 부끄러워 감추고 싶었기 때문이었는데요. 그런데 이제는 매일 어머니와 통화를 하면서 1분 동안 웃는다는 것입니다. 사람들을 웃게 하는 유머 강사가 막상 자신의 어머니와는 웃지 않는 것이 부끄러웠기 때문이라나!

강의 후에 사회자가 신기해하면서 "지금 어머니와 웃음 통화할 수 있나요?" 하고 물었습니다. 그러자 최규상 소장은 핸드폰을 스피커폰으로 바꾸어 방청객들이 들을 수 있도록 해놓고 어머니와 미친 듯이 웃음을 주고받았습니다. 아들과 엄마가 통화하면서 신나게 웃는 그 모습을 보면서 저도 방청객도 배꼽을 잡고 웃었지요.

그래서 그 후로 저도 어머니께 전화를 드려서 "어머니, 이제 제가 전화할 때마다 큰 소리로 웃을 테니 '미친 놈'이라고 나무라지 마시고, 어머니도 그냥 따라 웃으세요."라고 했습니다. 그 이후 전화드릴 때마다 제가 먼저 웃으면 어머니도 따라 웃으십니다. 88세 된 어머니께서 평생 그렇게 크게 오래 웃는 걸 본 적이 없습니다. 이젠 해외 출장을 가거나 하면 아내에게도 웃음 전화를 할 참입니다.

저는 평소 모든 가족이 집에서는 유치해져야 한다고 생각합니다. 가장이라고 아내와 자녀들 앞에서 무게 잡고, 사회적 지위가 높다고 집에 와서까지 온몸에 힘주고 있어봤자 괜히 어깨만 아파요. 그렇게 똥폼 잡고 얼굴에 힘주는 사람에게 일본의 최고 부자 중 한 사람인 사이토 히토리 씨는 이렇게 말합니다.

"힘줘서 나오는 건 똥뿐이다."

힘을 빼세요. 힘을 빼야 허허실실 웃을 수 있습니다.

평소 말을 잘 하지 않는 남편이라도 유머는 할 수 있습니다. 유머라는 게 대부분 짧고 반전이 있는 내용이어서 말솜씨와는 무관해요. 잘 모르겠다고요? 검색 한번 해보세요. 좋은 내용을 많이 찾을 수 있습니다. 또 말을 잘 못하는 어눌한 사람이 유머를 하면 들는 사람은 더 재미있는 법입니다. 유머 하기에 장점이 되기도 하지요.

남편이 웃으면 아내도 따라 웃습니다. 웃으면 복이 와요. 진짜 맞는 말입니다.

나의 불알친구는
아내이다

　　남편과 아내는 서로에게 가장 친한 친구입니다. 벌거벗었어도 유일하게 부끄럽지 않은 사이입니다. '불알친구'라는 말 아시죠? 남자끼리 어릴 때부터 봐온 친구라는 말입니다. 그만큼 친한 사이라는 말이지요. 그런데 저는 아내야말로 진짜 '불알친구'라고 생각합니다. 제 거시기를 볼 수 있는 유일한 사람이니까요.

　　앞서 저는 유머러스한데 아내는 조신하다고 밝힌 바 있습니다. 그런 아내가 저와 30년을 같이 살더니 이제는 가끔 농담도 할 줄 압니다. 제가 샤워 후 벌거벗은 채로 지나가면 "어이, 아담! 멋있는데……" 하며 놀립니다.

요즘은 제가 술을 잘 안 마시지만 젊은 시절에는 술 마시는 걸 무척 좋아했습니다. 그런데 언젠가부터 밖에서 여러 사람과 흥청망청 술 마시는 것보다 집에 돌아오는 길에 아내를 불러내 집 앞에서 둘이 한잔씩 마시는 습관이 생겼습니다. 그런 제게 아내가 말합니다.

"아니, 왜 밖에서 사람들과 어울려 마시지 않고, 술도 못 마시는 나를 불러내?"

"당신이 내 베프잖아. 난 당신이 이 세상에서 제일 좋아."

아내는 "피~" 하면서 입을 삐죽거리지만 싫지는 않은 눈치입니다.

'무미건조'하게 살지 말고 '유미촉촉'하게 삽시다. 부부는 유치해져야 합니다. 부부 사이에 너무 거룩하지 맙시다. 그냥 재밌게 살자고요. 커플 룩도 입고, 커플 슈즈도 신고, 가끔 야한 농담도 주고받고……. 우리 그렇게 익어갑시다.

결혼 전에는 눈을 크게 뜨고 보라. 그러나 결혼 후에는 한쪽 눈을 살짝 감아라.

철학자 토머스 풀러의 말입니다. 결혼할 나이가 되면 그놈의 성호르몬 때문에 이성만 보면 껄떡거리다가, 어느 날 큐피드의 화살이 커플의 심장을 관통하면 서로 한눈에 뿅 갑니다. 그러고선 운명적 만남입네, 솔메이트입네 어쩌네 하면서 1~2년 사귀다가 서둘러 결혼식을 올리지요. 그래서 이 시기를 마약중독 상태에 비유하는 겁니다. 눈에 뵈는 것도 없고 귀에 들리는 것도 없어요. 소위 눈에 콩깍지가 씐 거지요.

이런 결혼은 안 됩니다. 정말 결혼 상대는 심사숙고해서 골라야 합니다. 조건을 보라는 게 아니에요. 내가 왜 이 남자여자와 결혼을 해야 하는지 최소한 20가지는 써봐야 합니다. 앞에서 어떤 여성은 남편과 결혼해야 할 이유를 200가지나 썼다고 했잖아요.

그러나 저도 그러지 않은 채 결혼했습니다. 결혼 10년차까지는 참 많이도 다퉜어요. 결혼 전에 미처 보지 못했던 아내의 단점과 못된 습관을 봤기 때문입니다. 결혼을 후회한 적도 있어요. 후회할 거라면 결혼 자체를 하지 말았어야 합니다. 그래서 심사숙고하라는 것입니다. 그러나 일단 결혼한 다음에는 눈도 감고 귀도 닫아야 합니다. 후회할 이유들이 나타나더라도 아차하며 후회해서는 안 됩니다.

배우자만 그런 단점이 있을까요. 배우자 눈에는 내 단점이 안 보일까요. 피장파장이죠. 너나 나나 부족한 건 마찬가지입니다. 그러니 이제는 단점이 아니라 장점만 봐야 할 때입니다. 그래야 행복하게 살 수 있으니까요. 단점을 아무리 들춰봐야 배우자가 그 단점 절대로 안 고칩니다. 내가 내 단점 안 고치는 것과 같아요. 그 대신 장점을 자꾸 칭찬해주면 배우자가 장점은 점점 강화시키고 단점들도 차츰 개선해나갑니다. 인간은 기대에 부응하는 동물이기 때문입니다. 기대는 사람을 개선시키지만 비난은 점점 고착화됩니다.

일목요연一目瞭然이란 말이 있습니다. 사전을 찾아보면 '한 번 보고 대번에 알 수 있을 만큼 분명하고 뚜렷하다'는 의미인데요. 저는 여기서 일목一目을 '하나의 눈'으로 해석하고 싶어요. 애꾸눈처럼 한 눈으로 배우자를 보면 사랑스러워 보이지 않을까요.

〈당신은 사랑받기 위해 태어난 사람〉이라는 가스펠 송이 있습니다. 들을 때마다 감미롭고 가사 내용이 참 좋아요.

당신은 사랑받기 위해 태어난 사람
지금도 그 사랑 받고 있지요

그녀가 사랑받는다면 주는 사람은 누구일까요? 원래는 하나님이지만 저는 이 대목에서 저라고 생각합니다. 저는 이렇게 바꿔 부릅니다.

나는 사랑 주기 위해 태어난 사람

지금도 그 사랑 주고 있지요

우리, 이런 부부로 살아갑시다. 서로 사랑 주고 사랑받는 부부로. 그게 부부입니다. 우리는 그러려고 결혼한 겁니다.

세 가지
직분

모든 사람은 세 가지 직분을 가지고 있습니다. 첫째는 자기경영자고, 둘째는 가정경영자이며, 셋째는 일터경영자입니다.

우리가 운동을 하고 독서를 하고 어학을 배우고 대학을 다니고 골프를 치고, 이런 것들은 모두 자기경영 행위입니다. 대부분 성공한 사람들은 자기경영을 잘하는 사람들입니다. 아무리 많은 돈을 벌고 큰 회사를 경영한다 해도 건강하지 않거나 다른 사람들의 존경을 받지 못한다면 결코 성공한 자기경영을 했다고 할 수 없을 것입니다.

둘째, 결혼한 모든 사람은 가정경영자입니다. 결혼은 부부 두 사람만의 문제가 아닙니다. 자녀가 태어나고 양가 부모를 섬기고 나아가 가문을 전수하는 실로 위대한 일을 하지요. 이것이 바로 가정경영입니다.

마지막으로 누구나 직장인으로서 또는 오너로서 자신에게 맡겨진 일터를 경영하고 있습니다. 꼭 회사 사장만 경영자가 아닙니다. 작은 부서를 맡고 있어도, 가정주부도 경영자입니다. 그 분야에 관한 한 대한민국 최고의 전문가예요. 작은 일을 맡아서 잘하는 사람이 결국 큰일도 맡게 됩니다.

이 세 가지 직분을 표로 정리해보겠습니다.

	자기경영자	일터경영자	가정경영자
경영의 대상	자기 자신	임직원, 고객	가족, 친지
정체성	인격체	이익단체	생활공동체혈연
경영 목표	지덕체智德體 건강	매출/이익 증대 주주 이익 극대화 사회적 책임	가족 행복지수 증대
경영 기간	평생	on-going concern 1~30년	on-going family 평생~가문 전수
성과, 보상	건강한 신체 자존감, 행복감	높은 연봉 사회적 지위, 명예	행복한 가정 축복된 가문
전략, 전술	자기 동기부여	이기는 기술 경쟁, 협력, 신상필벌	지는 기술 수용, 관용, 인내

좀 어려워 보이나요? 쉬운 이야기입니다. 하나씩 살펴보겠습니다. 먼저 경영 기간입니다. 자기경영의 기간은 평생이고, 일터경영의 기간은 직장인의 경우 자신의 재직 기간이 될 것입니다. 오너의 경우 경영학에서는 '영속적 기업'이라는 의미의 On-going concern이라고 정의하는데 통상 30년으로 봅니다. 가정경영의 경우 개인의 평생은 물론 대를 이어 후손들에게 가문을 전수하느니만큼 이것이야말로 영속적 가족이라는 의미로 On-going family로 불러도 손색없을 것입니다.

성과와 보상은 각 경영별로 얻을 수 있는 것으로, 내용이 쉬우니 전략과 전술로 가보겠습니다. 자기경영의 전략과 전술은 평생에 걸친 끊임없는 자기 동기부여입니다. 일터경영의 경우는 대외적으로는 경쟁과 협력을 통해, 내부적으로 신상필벌 제도 등을 통해 '이기는 기술'이 주효합니다. 반면에 가정경영은 이기는 기술이 아니라 '지는 기술'이 필요한 곳입니다. 따라서 과거에는 가부장적 권위로 가정경영을 했다면, 이제는 가족을 수용하고 관용하고 인내해야 하는 변화의 시점이라고 할 수 있습니다.

많은 성공자_{특히} 남자들이 자기경영과 일터경영은 너무나 잘하면서 가정경영을 잘못합니다. 자기경영도 중요하고 일터경영도 중요하지만 가정경영이야말로 3대 직분 중에서 가장 중요한 것입니다. 왜냐하면 내가 세상에 태어나서 돈을 버는 이유도 존재하는 이유도 살아가는 이유도 결국은 내 자녀와 후손들에게 좋은 가문을 물려주기 위한 것이기 때문입니다. 그게 내 삶의 목표가 아닐까요. 이런 의미에서 개개인의 가정경영의 역사는 바로 인류 역사입니다. 망한 가문은 역사의 뒤안길로 사라지지만 흥한 가문의 역사는 인류 발전에 기여하지요.

그런데 많은 사람들이 가정경영을 못하는 원인이 뭘까요? 첫째는 자신이 가정경영자라는 사실을 인식하지 못해서이고, 둘째는 알기는 아는데 어떻게 할 줄 몰라서입니다.

첫 번째 케이스는 자기경영과 일터경영으로 너무 바빠서 "내가 얼마나 바쁜지 알잖아. 돈 많이 벌어서 가족들 풍족하게 먹고살게 해주면 됐지, 뭐가 더 필요해?" 하는 경우고, 두 번째 케이스는 가정에 문제가 있어도 배운 적도 없고, 가르쳐주는 데도 없기 때문에 그냥 포기하고 사는 경우입니다.

자, 그렇다면 누가 해야 할까요? 부부는 가정의 공동대표입니다. 그렇다면 남편과 아내 중에 누가 해야 할까요? 부부세미나나 강의를 통해 이 질문을 청중들에게 던지면 이구동성으로 "둘 다 요."라고 대답합니다. 그렇지 않습니다. 둘 다 하는 가정 못 봤습니다. 둘 중에 한 사람이 먼저 해야 합니다. 그럼 누가 해야 할까요? 성숙한 사람이 먼저 하는 것입니다. 남편이 됐든 아내가 됐든 말입니다. 그러나 저는 남편, 아버지가 해야 한다고 힘주어 말합니다.

아버지는 생물학적 아버지, 경제적 공급자만이 아닙니다. 가정의 머리이자 리더로서 이 가정을 행복하게 만들 책임이 있으며, 우리 가족 구성원의 성장을 도와야 할 가정경영자라는 사실을 자각해야 합니다. 가정이 잘 안 돌아가는 게 아내 탓이라고요? 배우자를 탓하지 마세요. 당신은 가정경영자, 즉 사장이니까요. 왜 사장이 돼가지고 부사장과 직원들에게 사장 자리를 내줍니까. 부사장이 못마땅하고 직원들이 무능하다고 사장이 사장직을 게을리한다면 그 회사가 어떻게 되겠습니까.

앞서 'PART 2_ 죽어야 사는 남자'에서 소개한 제 친구 기억하시나요? 대기업 CEO로 수만 명의 직원을 두었지만 단 세 명의 가족을 어찌하지 못하는 사람 말입니다. 그 친구는 저만 보면 "도대체 뭘 어떻게 해야 할지 모르겠어. 너무 힘들어."라고 합니다. 자기경영자, 일터경영자로서는 좋은 실력을 발휘하지만 가정경영은 하지 못하는 대표적인 케이스지요.

당신 가정에 문제가 있다면 남의 일처럼 생각하지 마세요. 남의 일이 아닙니다. 문제 해결자는 바로 당신이에요. 반드시 당신 손으로 해결해야 합니다.

물론 가정경영을 잘하고 싶은데 잘 안 될 겁니다. 이건 적자 난 회사를 흑자 회사로 만드는 과정과 같습니다. 만약 회사에 문제가 있으면 어떻게 하나요? 밤을 새워 해결하지 않나요? 회사의 모든 자원과 인력을 동원해서 문제를 해결하지 않나요?

그런데 가정에서는 어떻습니까? 가정에 문제가 생기면 그렇게 밤을 새워가면서 해결하나요? 대부분 '어떻게 되겠지.' '남편이 하겠지.' '마누라가 하겠지.' '지들이 알아서 하겠지.' 하지 않나요? 누군가 알아서 한다고요? 천만에, 그냥 포기하는 겁니다. 내버려두는 거예요. 나중에 문제가 걷잡을 수 없이 심각해지면 그때서야 서로에게 책임을 전가합니다. 남편은 아내에게 이렇게 소리를 지르죠.
"당신, 집에 있으면서 애들 교육도 제대로 안 시키고 뭐 했어?"
아내라고 가만히 있을까요?
"무슨 소리야, 애들은 아빠가 모범을 보여야 잘 크는 거야. 근데 당신이 그렇게 모범을 보였어?"

이렇게 티격태격 싸웁니다. 그 모습을 본 아이들은 밖으로 밖으로만 돕니다. 가족은 점점 더 황폐해지고 가정은 붕괴됩니다.

가정을
경영하라

당신의 직업은 사장, 임원, 부장, 과장이 아닙니다.

당신의 진짜 직업은 가정경영자입니다. 가정경영자의 역할은 생물학적 아버지, 경제적 공급자만이 아니에요. 아내의 파트너이자 자녀들의 멘토, 코치이자 롤 모델입니다. 가정의 설계자인 동시에 건축가입니다. 당신은 그 가문의 시조예요. 아무리 많은 돈을 벌어도 아무리 사회적으로 성공했어도, 가족의 행복지수가 낮고 가정이 황폐하다면 무슨 소용이 있을까요.

당신이 현재 직업에 종사할 수 있는 기간은 20년 안팎입니다. 그

러나 가정경영자로서 당신의 직업은 당신의 평생은 물론 대를 이어 경영 평가를 받을 것입니다. 내 삶뿐만이 아니라 후손들의 삶을 통해 계속 이어지는 것입니다.

우리의 삶, 생명은 창조주가 주셨습니다. 생명生命이 뭔가요? 살아내라는 명령입니다. 100세를 살아내야 합니다. 100세를 살아내려면 내가 건강해야 하고 가정이 건강해야 하며 일도 필요합니다. 그래서 앞에서 자기경영자, 가정경영자, 일터경영자라고 했습니다.

흔히 인생을 마라톤에 비유하곤 합니다. 100세 마라톤을 완주하기 위한 전략이 필요합니다. 완급 조절도 해야 하고 마지막 골인 지점에서 피치를 올려야 하지요. 그 과정에 페이스메이커도 필요합니다. 그게 바로 배우자이고 나의 반쪽이고 돕는 배필입니다. 저는 외국인에게 제 아내를 "This is my better half나의 최고의 반쪽."라고 소개합니다.

우리는 살아가면서 자동차 타이어도 갈고, 치과에 가서 치아 치료도 하고, 시력에 맞는 안경도 맞추고, 신발도 사 신습니다. 자동차도 치아도 눈도 발도 제때 관리해줘야 오래 쓰지요.

우리 가족, 가정도 마찬가지입니다. 때에 맞춰 가정경영자가 해야 할 일이 있습니다. 돈도 벌어야 하지만, 자녀들과 놀아주기도 해야 하고 여행도 다녀야 하고 자녀 공부도 가르쳐야 하고 가사 분담도 해야 하고 양가 네 분의 부모도 섬겨야 합니다. 이 모든 일들은 가정경영자의 직무입니다. 가정경영자로서 직무유기하지 맙시다. 엄마/아내도 마찬가지입니다만, 가정경영의 주체는 아버지가 맡아야 합니다. 아버지는 기관차이고 가족은 기차입니다. 기차는 기관차가 끌고 가는 것입니다.

며칠 전 형제자매가 모두 모여 점심식사를 같이 했습니다. 멀리 지방에서 사업 중인 둘째 동생을 제외하고 누님 부부와 저희 부부 그리고 막내까지 모두 모였습니다. 다들 바쁜 데다 지방에 계셔서 자주 뵙지 못하는 누님 내외가 서울로 잠깐 오셨기에 형제 단합대회를 갖자고 모인 것인데요. 특별히 아픈 곳 없이 건강들 하고, 연세가 꽤 되었는데도 직업이 있어서 그런지 편안해 보였습니다.

오랜만에 형제들이 모여 두런두런 얘기를 나누다 보니 어릴 적 얘기며 부모님 얘기며 손자들 얘기며, 시공간을 넘나들며 한참 수다를 떨었지요. 한 부모님 밑에서 태어난 피를 나눈 형제지만 이제는 중노년이 되다 보니 가치관도 생활습관도 사는 형편도 모두 다르고, 멀리 떨어져 있으니 자주 볼 기회가 없는 게 늘 아쉬웠습니다. 오랜만에 함께 모여서 식사도 하고 수다 떨고 선물도 주고받고 하니 다들 즐거워하네요.

가정을 경영한다는 것! 내 직계만 경영하는 게 아닙니다. 형제자매인 방계 가족도 관심을 갖고 안부전화도 가끔 하고 가끔 식사 대접도 하고 그런 거 아닐까요. 그래야 우리의 아들들도 사촌끼리 연락을 하고 끈끈해질 테니까요. 나만, 우리 가족만 잘 먹고 잘 살면 되는 거 아닙니다. 두루두루 잘 살아야죠. 그게 바로 가정경영이고 가문경영입니다. 서로 밥값 내겠다고 옥신각신했지만 장남인 제가 냈습니다. 기분이 참 좋았습니다.

진정한 가정경영자, 버락 오바마

2016년, 8년 임기를 마친 버락 오바마 전 미국 대통령의 고별연설이 큰 반향을 불러일으켰습니다.

무려 70번의 기립 박수를 받은 그 연설에서, 저는 대통령으로서가 아니라 남편이자 아버지로서 오바마의 무게를 더 크게 느꼈습니다. 연설 도중 본인뿐만 아니라 미셸과 자녀들, 청중들까지도 눈물 짓게 만든 그는 이 시대의 진정한 가정경영자입니다.

President Obama's Farewell Speech

Michelle! for the past 25 years, you've been not only my wife and mother of my children, but my best friend.

You took on a role you didn't ask for and made it your own with grace and grit and style and good humor.

You made the White House a place that belongs to everybody. And a new generation sets its sights higher because it has you as a role model.

You've made me proud. You've made the country proud.

Malia and Sasha, under the strangest of circumstances, you have become two amazing young women, smart and beautiful, but more importantly, kind and thoughtful and full of passion.

(중략)

Of all that I've done in my life, I'm most proud to be your dad.

출처: http://fortune.com/2017/01/10/president-obama-farewell-speech-transcript/에서 발췌

미셸! 지난 25년 동안 당신은 내 아내이자 내 아이들의 어머니였을 뿐만 아니라 내 절친이었습니다.

당신은 당신이 요구하지 않았던 역할을 맡아 은혜와 투지, 당신만의 스타일, 멋진 유머로 그 일을 해냈어요.

당신은 백악관을 모든 이에게 속한 곳으로 만들었습니다. 그래서 새로운 세대는 당신을 롤 모델로 삼아 더 높은 시야를 갖게 되었어요.

당신은 나를 자랑스럽게 만들었고, 이 나라를 자랑스럽게 만들었어요.

말리아, 사샤! 이상한 상황 아래에서도 너희 둘은 놀랍도록 멋진 여성이 되었구나. 영리하고 아름답기도 하지만 더 중요한 건 친절하고 사려 깊으며 열정이 가득한 사람이 된 거야.

(중략)

내 인생에서 내가 한 모든 일 중, 나는 너희들의 아버지인 것이 가장 자랑스럽단다.

– 오바마 퇴임 연설에서 일부 발췌 번역

저도 이런 고백을 하는 남편이자 아버지가 되고 싶습니다.

부부는
팀Team이다

    부부는 시너지 효과의 롤 모델입니다. 1+1=2가 아니라 10, 100, 1000이 될 수도 있습니다. 각자가 아니라 함께 할 때 더 많은 것을 이룰 수 있지요. 저는 팀TEAM을 이런 의미로 말하고 싶습니다.

Together than Each Achieves More.
각자가 아니라 함께 하면 더 많은 것을 이룰 수 있다.

이게 바로 시너지입니다.
부부 사이를 야구로 비유한다면 투수와 포수의 관계와 같습니다. 투수가 없어도 안 되고 포수가 없어도 야구를 할 수 없지요. 감독이 경기에서 승리를 위해 선발을 내세울 때 가장 고민하는 포지션이 바로 투수와 포수입니다. 9명의 선수 모두가 중요하지만 투수와 포수만큼 호흡이 잘 맞아야 하는 포지션도 없습니다.

부부도 마찬가지입니다. 가정이라는 공동체에서 가장 중요한 포지션이 남편과 아내요, 아버지와 어머니입니다. 부부는 감독이기도 하고 투수와 포수이기도 합니다. 부부가 호흡이 잘 맞아야 가정경영을 잘할 수 있습니다. 신뢰를 갖고 상호 공감하면서 가족의 행복이라는 공동의 목표를 향해 가정을 경영해나가는 팀인 것입니다.

제가 생각하는 부부 팀TEAM의 의미를 좀 더 풀어서 소개해드리겠습니다.

Trust신뢰: 투수와 포수는 서로 사인을 주고받으며 합의가 이루어진 다음에야 투구를 합니다. 포수의 사인에 투수가 동의하지 않으면 그는 고개를 가로젓는데요. 포수와 투수는 감독의 지시, 양팀의 점수, 타석에 등판한 타자의 성향, 현재의 주루 상황 등을 종합적으로 판단하여 서로 동의할 때까지 몇 번이고 사인을 주고받습니다. 서로 신뢰하는 관계일수록 이러한 상의가 시너지를 발휘합니다.

Empathy공감: 부부 팀과 운동경기 팀의 차이는 공감의 유무에 있습니다. 운동경기 팀의 목적은 시합의 승리라는 단기적 목표, 길어야 시즌 목표만 달성하면 됩니다. 하지만 부부간에는 공동의 목표를 달성해내는 기간이 길어요. 짧게는 몇 달에서 길게는 몇 십 년이 될 수 있습니다. 그 과정에서 공감은 필수지요. 이는 남성들이 제일 힘들어하는 부분이기도 한데요. 남성은 여성에 비해 상대적으로 공감능력이 떨어지기 때문입니다.

Achievement공동의 목표 성취: 부부에게는 가족의 행복이라는 공동의 목표가 있습니다. 결혼하는 이유와 목적이기도 하지요. 나만 좋거나 너만 좋거나가 아니라 우리 모두의 이익, 자녀가 태어나고 양가 부모를 모시고, 가족 구성원 모두가 영적·육체적·정신적·정서적·경제적 풍요를 누릴 수 있도록 하는 것이 부부 팀의 목표입니다.

Management경영. 가정경영: 가족의 행복이라는 목표와 가문의 번영이라는 위대한 비전을 이루도록 가정의 모든 자원을 동원해 가족 구성원을 격려하고 지지하고 성장시키는 과정은 어찌 보면 기업경영보다 더 위대한 경영 행위입니다.

부부가 팀이라는 확고한 인식을 가지게 되면, 부부는 핵심 가치신뢰, 공감에 반反하고 공동 목표가족 행복와 비전명문가문을 이루는 데 방해가 되는 모든 행위를 중단하게 됩니다. 설거지를 해라, 청소 좀 도와줘라, 음식물 쓰레기를 버려라, 변기 뚜껑을 닫아라, 양말을 벗어서 빨래통에 넣어라, 치약을 제대로 짜라, 술 많이 마시지 마라, 담배 끊어라, 운동해라 등등의 저급한 논쟁을 할 시간이 없습니다. 부부가 팀이라는 확고한 인식을 갖는다면 부부의 의식 수준은 한 단계, 아니 몇 단계 업그레이드됩니다.

절대 신뢰가 필요한 팀원으로서 서로를 속이는 유치한 짓을 더 이상 하지 않습니다. 공감하기 위해서 경청해야 하고, 모르는 것은 배우러 다니게 되지요. 자기계발 하러 다니는 배우자에게 파이팅을 외칠 것입니다. 경제적인 문제에 대해서도 부부가 허심탄회하게 현상을 토론하고 미래를 대비해나가겠지요.

부부 사이에 이렇게 절대적 신뢰를 형성하지 못한 경우가 많은 듯합니다. 특히 젊은 부부들이 더 그런 것 같은데요. 최근에는 결혼하고서도 혼인신고를 하지 않고 살다가 1년쯤 지나 혼인신고를 한다고 합니다. 왜 그러냐고 물었더니 "저 사람이 어떤 사람인지 알아야죠. 형편없는 사람일지도 모르잖아요?"라고 하는 대답에 깜짝 놀란 적이 있습니다. 또 맞벌이 부부의 경우는 각자 수입을 배우자에게 공개하지 않고 공동생활비만 각출하고 수입의 나머지는 자신이 직접 관리하는 경우들이 많다고 합니다. 자신의 수입을 알려줄 정도의 믿음도 없는데 왜 결혼을 한 걸까요?

돈 얘기를 제대로 해보겠습니다. 부부의 수입이 같고, 각자 수입의 90%를 사용하고 10%를 저축한다고 가정해보겠습니다.

　위와 같이 각자 관리하는 부부의 경우는 서로 얼마인지도 모르면서 돈을 가지고 있게 됩니다〈표 1〉 참고.

〈표 1〉

남편		아내		합계
월 수입 500만 원		월 수입 500만 원		각자 모름
사용 450만 원	저축 50만 원	사용 450만 원	저축 50만 원	각 50만 원
1년 저축액	600만 원	1년 저축액	600만 원	각 600만 원
10년 저축액	6000만 원	10년 저축액	6000만 원	각 6000만 원

　자, 이제 부부가 함께 돈 관리를 한다고 가정해보겠습니다.

〈표 2〉

남편		아내		합계
월 수입 500만 원		월 수입 500만 원		1000만 원
사용 450만 원	저축 50만 원	사용 450만 원	저축 50만 원	100만 원
1년 저축액	600만 원	1년 저축 액	600만 원	1,200만 원
10년 저축액	6000만 원	10년 저축액	6000만 원	1억 2000만 원

　〈표 2〉에서 알 수 있듯이 엄청나게 큰 목돈이 모이게 됩니다. 위 산식에는 이자를 계산하지 않았는데요. 실제 이자를 계산한다면 10년 뒤 그 차이는 훨씬 더 클 것입니다.

〈표 1〉의 경우 각자 배우자가 얼마나 모았는지도 모르는 상황이라면 자신의 저축액을 상대에게 들키지 않으려고, 또 어떻게 하면 상대의 돈을 쓰게 할까 하고 잔머리를 굴리게 됩니다. 이런 일로 에너지를 낭비하고 서로를 신뢰하지 않게 되면 부부가 한 팀이 되어 공동의 목표를 달성하는 것은 물 건너가고 말겠지요.

반면에 〈표 2〉에서 보는 것처럼 두 사람이 합심하여 관리할 경우 목돈을 모아 투자할 수 있는 여력도 생기게 됩니다. 또 여기서는 단순히 사용액, 저축액을 고정시켰지만 실제의 경우 부부 공동 관리의 경우 사용액은 줄고 저축액은 더 늘릴 수도 있어서 경제적 효과는 훨씬 크다고 하겠습니다.

무엇보다도 부부가 서로를 신뢰하게 되고 합심하여 더 큰 목표를 향해 팀워크를 발휘할 수 있습니다. 〈표 1〉의 부부는 하나는 알고 둘은 모르는 무지한 경우입니다.

투수와 포수가 매 경기 승리를 통해서 시즌 우승컵을 머리 위로 추켜올리며 포효하는 모습을 그려보세요. 부부도 가정이 그렇게 승리하는 모습을 생생하게 그리며 가정경영을 해야 합니다. 부부는 이 세상 최고의 팀이어야 합니다.

재테크하세요?

저는 '애愛테크'해요

자본주의에서는 돈 버는 능력이 가장 강조됩니다. 영리를 목적으로 하는 기업이나 단체 조직의 경우 효율성과 생산성 향상을 통해 최대 이익을 창출하는 것이 경영의 목표이지요. 많은 사람들이 고용주건 고용인이건 조직의 목적 달성을 위해 불철주야 내달리고 있습니다.

그런 대한민국에서 살아남으려니 젊은 사람이나 나이 든 사람이나 온통 돈 버는 능력을 최고로 치게 됩니다. 요즘 여성들이 결혼 상대를 평가할 때 1순위로 '경제적 안정'을 꼽는다고 하네요. 과거에는 '성격'이나 '집안' 등을 주로 따졌지만 요즘은 부모가 재력이 있거나 예비 신랑이 고액 연봉을 받는또는 가까운 장래에 받을 수 있는 직업인가를 가장 먼저 본다고 합니다. 하기야 남성들조차도 예비 신부의 제1조건이 맞벌이라고 하니 더 말하면 입만 아프지요.

젊은 사람들은 그렇다 치더라도 중노년들은 어떻겠습니까. 은퇴 빈곤층Retire Poor이란 신조어가 있습니다. 은퇴는 했는데 마땅히 벌어놓은 게 없어 살길이 막막한 사람들을 일컫는 말입니다. 과거 경제 개발 시대에는 대학 나와서 웬만하면 회사 취직하고, 큰 사고 안 치면 때 돼서 승진하고 월급 올라가고, 정년퇴직 때까지 안 잘리고 퇴직하면 적지 않은 퇴직금 나오고, 그거 은행에 넣어놓으면 자녀들 시집 장가 보내고, 풍족하진 않아도 그럭저럭 먹고살 수 있었던 시절이 있었습니다물론 그런 대열에 합류 못한 사람들도 적지 않았지만.

그러나 1990년대 후반 IMF 금융 위기를 겪고, 2000년대 후반 글로벌 금융 위기를 지나면서 상황은 급반전했지요. 40~50대 퇴직이 관례화됨에 따라 버는 기간은 짧고 소비 기간은 길어지면서 노년 자금의 규모는 커졌는데 노년 준비는 소홀하게 된 것입니다저는 '노후'란 말을 쓰기 싫어합니다. '노후=늙은 뒤'는 죽음인데 죽은 다음에 준비할 게 뭐 있나 하는 생각 때문이죠. 그래서 노년이라고 표현하겠습니다. 이렇게 조기 퇴직한 분들이 위기감을 느끼고 노년 자금 마련을 위해 다른 일자리를 찾아 동분서주하고 있습니다.

앞으로 살아가야 할 날이 많기에 일도 필요하고 돈도 필요합니다. 그러나 곰곰이 생각해봅시다. 과거에 펄펄 날던 젊은 시절에도 못 번 돈을 나이 들어 무슨 재주로 많이 벌 수 있을까요. 나이 든 사람은 돈 벌기 정말 쉽지 않습니다. 젊은이들도 취업 못해 안달인데, 기존 직장에서 나이 많다고 팽시킨 사람을 어느 기업에서 선뜻 채용하겠습니까.

취업이 안 되니 너도나도 창업을 합니다. 창업이래야 대부분 외식업이나 서비스업 등의 자영업인데, 한 통계에 따르면 자영업자의 80%가 5년 이내에 폐업한다고 합니다. 사업이라고 시작했다간 그나마 있는 돈 까먹기가 십상이지요.

어떻게 해야 할까요. 무엇보다 이제까지 벌어서 지금 갖고 있는 돈을 더 이상 까먹지 않고 지키는 방법을 찾아야 합니다. 두 번째로, 젊었을 때처럼 폼 나는 직업이 아니더라도 적은 돈을 버는 단순 노무직이라고 해도 일정하게 수입이 되는 일이라면 주저 말고 선택해야 합니다. 노년의 경제력은 노년기의 질을 좌우하는 중대한 문제니까요.

세 번째로 할 일은, 적은 돈으로 살아가는 방법을 찾는 것입니다. 부부가 함께 머리를 맞대고 씀씀이를 줄이고, 자녀 교육비며 결혼자금 등도 미리미리 충분히 협의해야 합니다. "어디까지는 해주고 어디부턴 못해준다."고 분명하게 정해야 합니다. 나이 들어서는 병원비 아니면 큰돈 들어갈 일이 없어요. 부부 두 사람 먹고사는 데 큰돈이 필요하지 않습니다. 국민연금공단이 산정한 노인 부부의 적정 생활비는 237만 원2015년 기준이라고 합니다이걸 믿을 사람은 없겠지만. 이 것도 적지 않은 돈이지만 자녀들을 키우고 부모를 봉양할 때보다는 적으니까요.

세 번째까지 잘했다면 마지막으로 할 일은, 돈으로 살지 말고 사랑으로 사는 방법을 찾아야 한다는 것입니다. 이제 재테크가 아니라 애愛테크로 살아야 할 때인 거죠.

그런데 이게 말이 쉽지 잘 안 됩니다. 은퇴하고 어느 날 갑자기 안 하던 짓 하려니 하는 사람도 배우자도 익숙하지 않죠. 은퇴 후 부부가 같이 보내는 시간이 많아지면 갈등이 오히려 늘어납니다. 늦어도 40대부터 부부가 함께 하는 활동을 늘려가야 합니다. 부부가 손잡고 산책도 하고 영화며 연극도 같이 보러 다니세요. 가끔씩 가벼운 등산도 좋습니다.

부부가 대화가 안 되는 이유는 관심사가 달라서입니다. 남녀의 차이, 역할의 차이, 취미의 차이 등으로 관심사가 다르니 대화가 안 되는 거죠. 제가 권하는 가장 좋은 방법은 부부가 같은 책을 읽거나 같이 영화를 보는 것입니다. 책이나 영화를 통해 자연스레 공통의 주제가 생기기 때문에 대화하기가 한결 수월합니다. 부부란 평생 같은 추억을 많이 쌓아가는 사이입니다.

많은 직장인들이 성공하기 위하여 엄청난 노력을 기울입니다. 새벽부터 밤까지 그야말로 불철주야 일하지요. 그러다 보니 가족과 가정에 소홀한 경우도 많습니다. 그러나 가정을 희생하면서까지 성공하는 게 과연 진정한 성공일까요. 그렇지 않습니다. 아니, 그런 사람은 성공할 수 없습니다. 연봉이 높고 지위가 높다고 성공한 것은 아니니까요. 그건 절름발이 성공에 불과합니다. 가족들의 축하를 받을 수 있을 때가 진정한 성공입니다.

다른 말로 하면 가족들의 지지와 격려를 받는 사람이 직장에서 성공할 가능성이 훨씬 높다는 것입니다. 이번에 그런 연구 결과가 나왔는데요. 미국 세인트루이스의 한 대학 연구 팀이 직장에서 성공한 사람의 배우자가 그렇지 못한 사람보다 성실하다는 연구 결과를 발표했습니다. 이런 영향은 남녀 모두에게 적용된다고 하네요. 가족의 성실한 내조 또는 외조는 배우자의 직장생활에 영향을 미치며, 그 영향력이 지속적으로 쌓여 배우자의 실적이나 인간관계에 플러스 요인으로 작용하게 되고, 그 결과 배우자가 승진 또는 출세하게 된다는 것입니다.

가화만사성家和萬事成, 결코 고리타분한 옛날 얘기가 아니에요. 성공해야 할 이유도 출세해야 할 이유도, 모두 나와 가족의 행복을 위해서란 걸 잊지 마세요.

위대한 아내,
위대한 엄마

지금까지 남편을 가정경영자라고 했는데, 이제 아내들 얘기를 해볼까 합니다. 아내는 주식회사 '우리집'의 공동대표입니다.

아내 분들, 당신의 결혼생활이 어떠면 좋을까요? 어떻게 하면 행복할 수 있을까요? 남편 돈 잘 벌고, 애 공부 잘하면 좋은가요? 그리고 시부모님은 제주도나 미국에 살면 좋을까요? 그러려면 결혼을 다시 하는 게 더 쉽겠지만 그럴 수 없잖아요. 그럼 어떻게 해야 할까요?

먼저 내 결혼생활에 영향을 끼치는 것들을 살펴보겠습니다.

남편의 사업이나 직장 문제, 돈 문제, 성性 문제, 잦은 부부싸움의 문제가 있을 수 있고, 자녀의 학업 성적이나 육아 스트레스, 게임, 이성 친구 문제 등이 있거나 양가 부모로 인한 문제, 즉 고부 갈등이나 장서 갈등이 있을 수 있습니다.

남편이 자녀들이 시부모가 당신의 마음에 쏙 들었으면 좋겠지요? 남편이 돈도 잘 벌어오고 자상하고 사려 깊고 너무 귀찮지 않을 만큼 섹스도 잘하고, 자녀들은 말 잘 듣고 공부 잘하고 여자남자 친구 사귀면 엄마한테 또박또박 보고해주고 대학도 내가 가라는 대로 척척 가면 얼마나 좋겠습니까. 시부모님이 며느리를 인격적으로 대우해주고 생일을 잊지 않고 챙겨주며 명절 때에는 음식 만들지 말고 여행이라도 가라고 해주면 얼마나 좋을까요.

그 사람들이 이렇게 해준다면 얼마나 행복하겠습니까. 하지만 내 마음대로 해줄 사람은 어디에도 없어요. 남편, 자녀, 시부모 역시 당신에게 "내 뜻대로 해줘." 하며 바랄 텐데, 당신도 그렇게 해줄 수는 없으니까요.

문제는, 그 사람들이 어떻게 하든 당신이 해야 할 일을 당당하게 하는 것입니다. 남편이 돈을 잘 벌어다줘서 아내 역할 잘하는 게 아니고, 자녀들이 말 잘 듣고 성적이 좋아서 엄마 역할 잘하는 게 아니고, 시부모님이 세련되기 때문에 효부 역할 잘하는 게 아니라, 그들이 어떠하든 내가 내 역할, 즉 아내 역할, 엄마 역할, 며느리 역할 잘해야 하는 것입니다. 그게 결혼입니다.

이 말에 아내 분들이 발끈할 수도 있을 텐데요. 내가 왜 그래야 하냐고, 내가 뭐 때문에 그래야 하냐고 생각할 수도 있습니다. 그 이유는 아내 여러분이 위대한 사람이기 때문에 그렇습니다. 주식회사 '우리집'의 공동대표이기 때문입니다. 주인이기에 마땅히 주인답게 주도적으로 행동해야 한다는 뜻입니다.

이렇게 말하는 분들도 있을 듯합니다.
"아이들이 잘하면 나도 잘할 수 있어요!"
"남편이 잘하면 나도 잘할 수 있어요!"
"당신이 잘해야 내가 잘하지."

하지만 이는 지극히 수동적인 태도입니다. 다른 사람의 태도에 내 삶을 맡겨놓는 것입니다. 내 인생의 주인 된 태도는 아닌 것이죠. 더구나 남편도 똑같은 행동을 한다면 그 가정에 평화와 행복은 절대로 오지 않을 것입니다.

우리는 2000만 달러의 사나이, 추신수 부부의 스토리에서 많은 교훈을 얻을 수 있습니다. 텍사스 레인저스 소속의 추신수는 2017년 기준 연봉 2000만 달러, 한화로 약 228억 원입니다축구선수 메시와 호날두가 250억 원 선이라니 정말 대단하죠?. 그러나 저는 지금 추신수 얘기를 하려는 게 아니라 그의 아내 하원미 씨 얘기를 하려고 합니다.

추신수는 2000년 부푼 꿈을 안고 미국에 갔지만 오랫동안 마이너리그 생활을 하게 되자 너무 힘들었습니다. 아이까지 모두 네 식구가 살기에는 생활고가 심했던 거죠. 견디다 못한 그는 아내에게 한국으로 돌아가자고 했지만, 원미 씨는 남편을 설득해서 그가 실력을 향상시키는 데 온 힘을 다할 수 있도록 도왔습니다.

방 한 칸에서 살고 있었기에 남편의 숙면에 방해될까 봐 아기가 울면 아파트 복도로 나가 젖을 먹였고, 좋은 스포츠 마사지를 받을 형편이 안 되었기에 원미 씨가 직접 남편을 위해 자격증을 따서 마사지를 해주었습니다. 둘째 아기 출산 때는 남편이 원정경기 중이라 혼자 병원에 가서 출산하고 다음 날 아기를 데리고 직접 운전해 집으로 돌아왔지요.

대단해 보이지요? 이렇게 노력을 많이 하니 타고난 체력이 있을 것 같지만 사실 정반대였습니다. 한쪽 눈이 잘 안 보이고 시력을 잃을 수 있는 위기였죠. 하지만 원미 씨는 남편이 꿈을 이룰 수 있도록 적극적으로 지원하고 용기를 북돋아주는 데 온 힘을 다했습니다.

추신수 선수는 이런 아내가 너무 고마워서 "조금만 더 고생하자. 너 고생한 거 다 보상받아야지."라고 하자 "보상받으려고 고생하나?"라고 말하며 웃었다고 합니다.

이 스토리를 듣고 우리는 추신수 선수가 위대하다고 말하지 않습니다. 추신수 혼자만의 행복이라고 말하지 않지요. 부부는 물론 온 가족이 행복하다고 말합니다. 추신수 선수는 이렇게 말했습니다.

"예전에는 내 명예를 위해서 야구를 했지만 이제는 가정을 지키기 위해 야구를 한다."

제가 보기에 이 가정의 경영자는 추신수 선수가 아니라 하원미 씨입니다. 그녀는 가정의 공동대표로서 적극적으로 자신의 가정을 경영해나갔습니다. 가족 모두의 행복을 위해 눈앞에 놓인 숱한 어려움을 헤치고 길을 개척해나간 것입니다. 추신수 선수의 성공은 아내의 멋진 가정경영의 성과입니다. 그녀는 위대한 아내, 위대한 엄마입니다.

내 아내는
졌소부인

가정행복코치라는 타이틀 때문에 많은 분들이 제가 원래 자상한 남자고 모태 애처가인 줄 압니다. 능력이 뛰어나서 자신의 가정을 잘 경영하고 있구나, 이렇게 오해하기 쉬운데요. 절대로 그렇지 않습니다. 저는 원가정의 상처 때문에 문제 많은 경상도 남편이었는데 아내의 헌신과 기도로 오늘 이 자리까지 올 수 있었습니다. 지금도 여전히 부족한 것투성이지만 저 자신이 부족하다는 사실을 알고 끊임없이 노력하는 것뿐입니다.

제가 수년 전 모 방송에 나가서 제 아내를 '졌소부인'이라고 소개한 적이 있었습니다. 가슴이 크다 작다는 뜻이 아니라 '이겼소, 졌소' 할 때의 '졌소'를 말합니다.

제 아내는 정말 저를 위해 헌신한 사람입니다. 오래전에 직장 다닐 때 눈이 많이 와서 차가 끊기면 다들 집에 가는 걸 포기하고 회식을 하곤 했는데요. 밤 10시쯤 회식 끝내고 논현동에서 개포동까지 1시간을 걸어서 직원들 열 명이든 스무 명이든 다 데리고 우리 집에 가면, 아내가 자다가 일어나서 갑자기 들이닥친 직원들에게 밤새도록 술상 내오고 다음 날 해장국 끓여서 출근시키곤 했습니다. 그런가 하면 요즘은 제가 술을 안 마시지만 20년이 넘도록 평상시는 물론이고 부부싸움을 한 다음 날이라도 제가 술 마시고 들어가면 어김없이 술국을 끓여서 내온 아내입니다.

저는 정말이지 회사밖에 몰랐습니다. 그런 일중독 남편을 아내는 아무 불평 없이 다 섬겨주었습니다. 저 때문에 정말 고단했을 텐데 항의하지 않더라고요. 뒤늦게 생각해보니 참 미안했습니다. 아내를 힘들게 한 것이 말입니다. 그리고 부족한 남편이 깨우칠 때까지 기다려준 아량, "내가 졌소, 당신이 이겼소." 하는 통 큰 마음으로 살아준 아내에게 감사한 마음이 들었습니다. 제 아내는 지는 것이 정말 이기는 것이라는 진리를 몸소 보여주었습니다. 저를 윽박지르지 않고 늘 선한 모습으로 돕는 배필 역할을 해준 아내가 없었다면 오늘의 저도 없었을 겁니다. 이 자리를 빌려 아내에게 감사드립니다. 팔불출이라고요? 맞아요, 사실입니다.

더 충격적인 사건 하나 말씀드릴까요? 2년 전 아내와 함께 미국 여행을 갔을 때입니다. 역겨울 수도 있으니 임산부는 읽지 마시고 식사시간을 피해서 읽으세요.

저는 위대한 사람입니다. 무슨 말이냐고요? 위胃가 크다大는 말입니다. 그래서 먹는 걸 좋아하고 소화를 잘 시킵니다. 그런데 장이 짧아서 조금 많이 먹으면 화장실을 갈 때가 많습니다. 거의 매일 아침 같은 시간에 볼일을 봅니다. 20년 이상 해외 출장이나 여행을 다니면서도 한 번도 그런 적이 없었는데 웬일인지 미국 도착해서 3일간 일을 볼 수 없었습니다. 난생 처음 변비란 게 걸린 거예요. 매일 같은 시각에 볼일을 보던 사람이 사흘을 못 보니 정말 미칠 지경이었어요. 생리적으로는 마려운데 막상 변기에 앉으면 안 나오는 거예요. 화장실을 몇 번을 들락날락해도 마찬가지였어요.

더 이상 미뤄서는 안 되겠다 싶어서 변기가 아닌 화장실 바닥에 쭈그리고 앉아 힘을 주는데 10분 이상 씨름을 해도 안 나오는 거예요. 그런 저를 걱정스레 바라보던 아내가 이런저런 조언을 했지만 상황은 나아지지 않았어요. 그러던 아내가 "잠깐만, 내가 좀 도와

줄게."라고 하고선 내 뒤로 오더니 항문에 손을 넣고 끄집어내기 시작하는 거예요. 깜짝 놀랐지만 맡겨놓을 수밖에 없었어요. 그래도 결국 그날 볼일은 못 보고 말았어요.

이후 많은 생각을 했습니다. 아내는 어쩜 저럴까. 나라면 저럴 수 있었을까. 아니 저런 생각조차 하지 못했을 겁니다. 아내는 늘 나를 감동시킵니다. 늘 나보다 한 수 앞섭니다. 어떤 때는 나보다 나를 더 사랑한다는 생각이 들 때도 있습니다.

저는 처복을 타고난 놈입니다. 그 일이 있고 나서 마음속으로 다짐했습니다.

'나는 다시 태어나도 당신과 결혼할 거다. 당신 의사는 안 물어볼 거다. 왜? 물어보면 "난 싫어!"라고 할 테니까…….'

결혼 30년 동안 '졌소부인' 노릇을 한 제 아내는 이제는 '이겼소부인'이 되었습니다. 이제는 남편을 들었다 놨다 들었다 놨다 하고 있지요. 특히나 요즘은 갱년기가 되면서 얼마나 거세졌는지 제가 오금을 못 폅니다. 요즘 같아선 남편 노릇 하기가 힘들지요. 하지만 감히 투덜거리지 않습니다. 과거에 아내가 저에게 그랬던 것처럼 저도 묵묵히 아내의 뜻을 따릅니다. 기분을 살피느라 눈치를 꽤 봅니다. 이제는 제가 '졌소남편'이 될 차례니까요.

아내여, 남편을 요리하라

아내 분들, 댁의 가정이 어떤 모습이 되기를 바라시나요? 부부간에 서로 사랑하고, 자녀들이 부모를 공경하고, 가정의 위계가 바로 서는 그런 가정이 돼야 하지 않을까요? 그렇게 되려면 어떻게 해야 할까요?

저는 이 자리를 빌려 특별히 남편 분들을 집중 칭찬하는 말씀을 드리고자 합니다. 이를 위해 아내 분들에게 부탁 한 말씀 드리겠습니다. 부디 남편의 기를 살려주시면 좋겠습니다. 남편의 권위 좀 세워주세요. 요즘 남편들 권위가 집 안팎에서 너무나 떨어져 있어요.

가정의 무게중심이 부부에서 자녀로 옮겨갔기 때문이라고 생각합니다. 남편 밥은 안 차려주면서 애들 밥 챙겨 먹여서 학원에 데려다주는 아내들이 너무 많아요. 아내들도 자신의 밥을 대충 챙겨 먹지요. 그런 부모의 모습을 보면서 아이들이 어떻게 생각할까요? 부모가 스스로를 소중히 여기는 모습, 서로를 배려하고 대접해주는 모습을 보여야 아이들도 그렇게 생각하지 않을까요?

결혼생활은 배우자를 바꾸는 게 아니라 나를 바꾸는 거라고 앞에서 말한 바 있습니다. 당신이 싫어하는 남편의 못된 습관, 시어머니 습관을 바꾼 적이 있나요? 없을 겁니다. 사람은 다른 사람의 지적으로 자신의 습관을 절대 바꾸지 못합니다. 그런데 바뀔 때가 있습니다. 언제일까요? 내가 바뀔 때 배우자도 바뀝니다. 만약 남편의 나쁜 습관을 고치고 싶다면 당신부터 바뀌면 됩니다.

우리의 신체기관 중 뇌라는 녀석은 생각보다 좀 멍청한 구석이 있습니다. 똑똑한 게 아니라 바보스러울 때가 있어요. 뇌는 옳은 걸 기억하는 게 아니라 자주 들은 거, 최근에 들은 걸 기억한다고 합니다. 뇌는 나 자신에게 좋고 나쁜 것을 떠나 익숙한 것을 더 선호한다고 합니다. 그래서 습관을 바꾸기가 그렇게 어려운 겁니다.

당신이 남편에게 지적하면 할수록 남편의 뇌는 최근에 자주 들은 걸 기억하고 그대로 행동에 옮길 것입니다. 이걸 ^{부정적} '고착화'라고 합니다.

"에이고, 당신이 하는 일이 그렇지 뭐. 당신하고 결혼한 내가 미쳤지. 아이고, 내 팔자야."

이 푸념을 들은 남편의 뇌는 '아, 내가 잘해야겠다.'라고 생각하지 못합니다. 오히려 '그래, 내가 그렇지 뭐. 나는 내 마누라 하나도 행복하게 해주지 못하는 사람이야.' 하고 인식하게 됩니다.

남편을 바꾸고 싶다면 당신의 말 습관을 바꾸면 됩니다. 비록 성에 차지 않더라도 부족하기 짝이 없더라도, 칭찬을 하고 어깨를 두드려주는 겁니다.

"당신이 이렇게 해주니 내가 얼마나 행복한지 몰라."

성공하는 남자들에게는 공통점이 있다는 거 아세요? 아내들의 지지와 칭찬을 받는다는 겁니다. 남자는 단순한 면이 있습니다. 잘한다 잘한다 격려해주면 정말 잘한다고 생각하고 더 잘하는 게 남자입니다. 칭찬을 해주면 고래보다 더 신나게 춤을 추는 게 남자들입니다. 오죽하면 남자는 딱 세 가지_{엉덩이 두들겨주기, 맛있는 밥 해주기, 섹스해주기}만 필요하다는 우스갯소리가 있겠습니까. 물론 소크라테스처럼 악처를 두고도 성공한 경우도 있지만, 그건 정말 특이한 케이스입니다.

남편의 습관을 바꾸고 남편을 성공시키고 싶으세요? 그러면 지금 당장 칭찬하세요. 기를 살려주세요. 남편을 성공한 사람으로 만들지 실패한 사람으로 만들지는 아내 분의 선택에 달렸습니다. 립 서비스 하나로 내 남자의 기가 산다, 기가 살면 나한테 더 잘해준다, 이것만큼 남는 장사도 없지 않을까요.

자녀들도 마찬가지입니다. 엄마가 아이에게 "너, 빨리 안 일어나? 그렇게 게으르면 네 인생도 참 뻔하다." 하고 말하면 아이의 뇌는 '내 인생은 뻔하다, 내 인생은 뻔하다.'만 기억하게 됩니다. 엄마가 그렇게 하면 할수록 그 아이의 인생은 주문대로 됩니다. 제가 장담하지요.

남편을 변화시키고 싶으세요? 이렇게 해보세요. 잘못하는 걸 더 이상 지적하지 말고, 칭찬하고 격려하고 지지하고 고마움을 표현하세요. "칭찬할 게 있어야 칭찬을 하죠."라고 반문할 수도 있겠으나 그중에서도 잘한 걸 찾아내 칭찬하세요. 남편이 모처럼 설거지를 해놨는데 아내가 "에구, 이걸 설거지라고 했어? 내가 다시 해야겠네."라고 해보세요. 남편은 수세미를 집어던지며 "내가 다시는 설거지 하나 봐라!" 하고 외칠 것입니다. 그러면 누구 손해인가요? 다소 부족하다 싶어도 "도와줘서 고마워요." "당신은 이것도 잘하네."라고 칭찬하고 격려해주세요. 그래야 남편이 점점 더 잘하게 됩니다.

아내가 남편이 보여준 행동에 고마움을 표시할 때 남편은 그 행동을 계속하게 됩니다. 남편이 바람직한 행동을 할 때마다 아내로부터 긍정적 피드백이 주어지면, 이러한 행동을 반복할 동기가 커지기 때문입니다. 긍정적인 피드백이 반복되면, 마음속으로 '이렇게 하니까 아내가 좋아하네? 아, 이건 바람직한 행동이고 아내를 기쁘게 하는 행동이로구나.'라는 새로운 개념이 뇌에 입력됩니다.

위에서 언급한 부정적인 고착화 대신 긍정적인 고착화인 거죠. 점점 더 건설적인 행동을 하게 되고 상대방으로부터 반복적인 강화를 받게 되면, 아내의 요구를 무시하려고 했던 과거의 자기중심성에서 벗어나 이타성으로 거듭날 수 있습니다. 우리 남편들, 의외로 아내의 칭찬에 목말라 있습니다. 남편을 자신의 편으로 만드세요.

우리나라 남편들에게 조퇴든 명퇴든 정퇴든, 퇴직을 앞두고 가장 두려운 게 뭐냐고 물어보니 바로 아내를 비롯한 가족들의 눈치라고 대답했다는 거 아시나요? 아내 분들, 제발 남편에게 눈치 주지 마세요. 당신의 남편은 할 만큼 했습니다. 대한민국 남편들, 정말 대단한 분들이에요. 수년 전 세월호 침몰 당시 TV에서는 연일 조난자들을 구조하기 위해 잠수부들이 물속에 뛰어드는 걸 계속해서 방영했던 적이 있었습니다. 아내는 세월호 수색을 하는 잠수부들을 보면서 이런 말을 했습니다.

"대한민국 남자들, 참 대단해. 저기 잠수부 중에 여자들 있어? 남자들은 참 위대해."

또 재작년인가 신축 공사 중인 롯데월드 타워 건물 앞을 아내와 함께 지나가는데 지상 수백 미터나 되는 외벽에 줄을 타고 매달려 공사하는 인부들을 보면서 아내는 "남자들, 참 멋있어."라고 하더라고요. 그 말을 들으니 잠수도 못하고 외벽 줄도 못 타는 저인데도 괜히 어깨가 으쓱해지는 것을 느꼈습니다. 당신의 남편이 이렇게 해서 오늘의 대한민국을 이룬 것입니다. 부디 알아주고 격려해주면 좋겠습니다. 그 격려의 열매는 아내 분에게로 돌아가니까 그야말로 누이 좋고 매부 좋은 거지요.

제가 여러 가지 일을 동시에 처리해야 할 때나 어떤 복잡한 일로 몹시 힘들어할 때 아내가 저한테 가끔 하는 말이 있습니다.

"당신, 다 해내잖아! 당신은 능력자잖아!"

이 여자, 그래가지고 저 엄청 부려먹었습니다. 아내 분들, 남편에게 이렇게 말해주세요.

"당신, 유시진TV 드라마 〈태양의 후예〉의 남자 주인공이야, 뭐야? 그 어려운 걸 다 해내네?"

나는 가문의
시조다

앞에서 남편들을 가정경영자요, 가문의 시조라고 불렀습니다. 남편이 자신의 가정을 어떻게 경영하느냐에 따라 그 가정과 가문은 역사의 뒤안길로 사라질 수도 있고 찬란한 인류 역사 발전에 큰 기여를 할 수도 있습니다.

제가 남편을 가문의 시조라고 부르는 이유는, 많은 이들이 자신의 가문을 보잘것없다고 여길지 모른다는 생각에서입니다. 감히 말씀드리겠습니다.

"당신이 허접한 가문을 물려받은 건 당신 책임이 아니지만 자녀들과 후손들에게 허접한 가문을 물려주는 건 전적으로 당신의 책임입니다."

당신 스스로를 이제부터 100년 가정, 1000년 가문의 시조라고 생각하기 바랍니다. 그럼 이제부터 당신 삶의 우선순위가 달라질 것입니다. 일 중심, 취미 중심, 돈 중심이 아니라 가족 중심, 가문 중심으로 바뀌는 것이죠.

오늘날 정작 가족을 돌보지 못하면서 밖으로 돌거나 사회 활동에 치중하는 사람들을 많이 보게 됩니다. 또 돈을 버는 이유도 성공해야 할 이유도, 모두 자신과 가족의 행복을 위하는 마음에서 출발하는데도 정작 가족은 뒷전이고 밖으로만 도는 남편들이 너무도 많아요. 제가 만나는 분들 중에는 성공한 기업인, 베스트셀러 작가, 유능한 진행자, 유명 강사, 대중 강연자들이 많은데요. 많은 사람들에게 부러움과 존경의 대상이지만 조금만 그들의 삶을 들여다보면 실망스러울 때가 적지 않습니다.

그들은 가족들 얘기를 전혀 하지도 않고 보여주지도 않아요. SNS에 올라온 그들의 일상을 보면 늘 혼자 취미 생활을 즐기는 모습이거나 많은 사람들에게 둘러싸여 있는 모습뿐입니다. 늘 화려한 스포트라이트를 받고 있지만 과연 그들 마음속에 기쁨이 있을까요, 행복이 있을까요. 어딘가 모르게 공허함이 느껴지고 외로움을 발견하게 됩니다. 그들은 그런 감정을 느낄수록 더 대중들 속으로 파고들지요. 그 공허함과 외로움을 지우려고 말입니다. 참 안쓰럽게 느껴집니다.

우리가 많은 돈을 벌고 많은 것을 가졌을 수 있습니다. 우리 삶이 끝날 때 그게 과연 우리에게 행복을 줄까요. 천국 가는 날 가정 경영자로서 나는 무엇을 남기고 갈까요? 가문의 시조로서 나는 가족들로부터 어떤 평가를 듣게 될까요?

영안실에 있지 말자

수년 전 서울대학교 이면우 교수가 '영안실 이론'을 발표했습니다.
"1년 전이나 1년 후나 사고나 태도나 행동이 똑같다면 당신은 1년 동안 영안실에 있었던 것과 같다."
표현이 참 강렬하네요. 같은 의미를 가진 아인슈타인의 말도 소개하겠습니다.
"어제와 똑같은 행동을 되풀이하면서 다른 미래를 기대하는 것은 정신병 초기 증세와 같다."
두 사람 모두 우리에게 정말 냉정한 충고를 하고 있습니다. 그나

마 다행인 것은, 중기나 말기가 아니라 초기라는 거죠.

저는 이 책을 읽고 있는 독자 분들이 지금까지 어떻게 살았는지 모릅니다. 당신 자신은 잘 알고 있겠지요? 당신의 자서전은 150쪽이 이미 쓰였지만 나머지 150쪽은 아직 비어 있습니다. 그 빈 150쪽을 무엇으로 어떻게 채우고 싶은가요? 정말 멋지게 채우고 싶지 않은가요? 가정경영자이자 가문의 시조인 당신이 5년 전이나 지금이나 똑같이 산다면 5년 동안 영안실에 있었던 것이나 마찬가지입니다. 당연히 다른 미래를 기대할 수 없겠지요.

깨어나세요, 가정경영자여! 가문의 시조여!

명문가문이 될 것인가, 멸문가문이 될 것인가

며칠 전 집안 정리를 하다 아주 귀중한 노트를 한 권 발견했습니다. 아들이 중학교 1학년 때 신문 사설을 쓰던 노트였는데요. 노트 표지에 보니 아들이 써놓은 영어 문장이 비장합니다.

It's very hard. But I must do it.

정말 어렵다. 하지만 난 그것을 해낼 것이다.

하하, 중학교 1학년 영어답죠? 겉장을 넘겨보니 당시 제가 나눠 줬던 사설쓰기 원칙도 있었어요. 저도 참 빡센 아빠였나 봅니다.

갓 중학생이 된 아들과 초등학교 5학년인 딸에게 신문 사설 중

하나를 선택해서 읽고 노트 1장 분량으로 자신의 생각을 쓰게 했어요. 매주 1회씩 했죠. 아이들이 하기 싫어했지만 아이들에게 훗날 꼭 필요하리라는 생각에 1년가량 강제로 시켰습니다. 아이들은 이 과제를 너무 힘들어했고, 그 덕분에 아이들과 사이가 많이 나빠지기도 했지요.

아들은 공대를 졸업했고 딸은 인문계 대학을 나왔습니다. 아들은 책을 자주 읽는 편도 아닌데 공학도답지 않게 논술력이 뛰어난 편입니다. 딸이 신기해하면서 오빠한테 어떻게 그러냐고 물었더니 아들이 "어릴 때 아빠가 사설쓰기를 시켜서 그런 것 같다."고 회상하는 것을 듣고 깜짝 놀랐습니다. 아들이 대학생이 됐을 때, 어릴 적 사설쓰기가 그렇게 지겨웠다고 고백한 적이 있었던지라 의외였습니다. 그렇게 싫어하던 과제였지만 결과적으로 자기들을 성장시킨 것으로 평가하고 있는 것입니다.

부모는 그렇습니다. 자녀들을 위해 뭔가 좋은 게 없을까 하고 늘 고민합니다. 그래서 피아노 학원도 보내고, 태권도도 가르치고, 수영도 스키도 시켜보고, 조기 영어교육도 시키는 거죠. 다 자식들 잘되라고 하는 건데, 어린아이들이 부모의 뜻을 어떻게 헤아릴 수 있을까요. 나중에 커서야 알 수 있겠지요.

아들도 이제는 결혼해서 자신의 가정을 꾸리고 있으니 나중에 부모에게 배운 대로 자식을 키울 겁니다. 이렇게 해서 가문이 전수되는 것입니다. 내 가정이 명문가문이 될 수도 멸문가문이 될 수도 있습니다. 내가 형편없는 가문을 물려받은 건 내 탓이 아니지만 자녀에게 형편없는 가문을 물려주는 건 내 잘못입니다. 부모들이 정신 바짝 차려야 할 이유입니다.

우리들 세대에서 자녀들 세대로 이어지고 가문이 전수됩니다. 그게 바로 가정경영자의 중요한 역할입니다. 내가 어떻게 하느냐에 따라 내 가정이 명문가문이 될 수도 멸문가문이 될 수도 있다는 생각에 정신이 번쩍 들지 않으세요?

한 사람의 가장이 가정을 어떻게 경영했는가에 따라 그 후손들의 운명이 극명하게 갈린 사례가 있어 소개하겠습니다.

조너선 에드워즈 vs 맥스 주크 가문

미국 뉴욕시 교육위원회에서 의미 있는 조사를 했는데, 한 부모의 영향에 따라 그 후손이 어떤 영향을 받는지를 5대에 걸쳐 추적한 조사였다.
위원회는 이 조사를 위해 18세기 두 사람의 표본 모델을 선정했는데 같은 시대, 같은 지역, 같은 가족 수, 비슷한 경제적 조건을 가진 두 가정을 정했다. 한 사람은 프린스턴 대학 총장으로 미국 부흥운동을 일으킨 조너선 에드워즈Jonathan Edwards였고, 또 한 사람은 뉴욕에서 술집을 경영하여 부자가 된 맥스 주크Max Juke였다.

위원회에서는 이 두 사람의 후손들을 5대에 이르도록 면밀하게 확인하고 그 개개인의 인적 사항을 컴퓨터에 입력하여 통계를 추출했는데, 놀라운 결과가 도출됐다.

먼저 조너선의 5대에 걸친 후손들 중 729명을 조사했는데 그 가운데 부통령 1명, 상원의원 3명, 대학 총장 13명, 교수 100명 이상, 의사가60명, 성직자와 목회자 100명, 장교 75명, 저술가 60명, 변호사와 판사 등 법조인 130명, 공무원 80명으로 대부분의 후손들이 미국 사회에 긍정적 영향력을 미친 것으로 평가됐다.

그 반면에 주크의 후손들은 상황이 전혀 달랐다. 그의 후손들 중 1026명을 조사했는데 그중 300명은 조산아로 사망, 67명은 성병으로 사망하였고, 정신병자나 알코올 중독자 100명 이상, 창녀 190명, 7명의 살인자를 포함한 150명이 범죄자였고, 310명이 극빈자, 제대로 된 제도교육을 받지 못한 사람이 460명이나 됐다. 이들 때문에 미국 정부가 지출한 국고금이 무려 125만 달러였다고 한다.

출처: http://www.mediaatvictory.com/notes/DominoEffect3_012212.pdf

정말 놀랍지 않으세요? 한 사람의 부모 또는 조상으로 인해 후손들과 가문이 이렇게 달라질 수 있다니. 당신이 지금 하는 말 한마디, 행동 하나하나가 자녀와 후손들에게 엄청난 영향력을 행사하고 있다는 겁니다.

우리가 에드워즈가처럼 명문가문을 이룰 것인지, 주크가처럼 멸문가문을 이룰 것인지는 내가 지금 어떻게 하느냐에 달려 있습니다. 그렇기 때문에 제가 당신을 가문의 시조라고 부르는 겁니다.

친절한 수경 씨의 가정경영

앞서 밝힌 것처럼 제 별명은 '친절한 수경 씨'입니다. 왜 다른 사람들한테는 친절하면서 자기한테만 짜증을 내느냐는 아내의 항의에, 아내한테 친절해야겠다고 작심하면서 저 스스로 붙인 별명입니다. 듣는 분들은 좋은 의미로 받아들이지만 사실은 부끄러운 별명이지요.

배우자는 스승이다

짧지 않은 인생을 살면서 참으로 많은 사람을 만났습니다. 그들이 의도했든 안 했든 저는 많은 분들에게서 크고 작은 배움을 얻었지요. 더러는 선한 영향력을, 더러는 악한 영향력을 미친 분들도 있습니다. 그가 누구든 저는 스승으로 삼았습니다. 악한 영향력이 꼭 나쁜 것만도 아니니까요. 진짜 못된 사람을 만나면 그처럼 살지 않겠다고 마음먹으면 선한 영향력이 됐습니다.

그중에 최고의 스승은 제 아내입니다. 저와 아내는 결혼 10년 동안 참 많이도 다퉜습니다. 주로 원인 제공은 제가 하고 아내는 그걸 못 참아 했지요. 아내는 저를 참 많이 이해해주기도 했지만 제가 가진 몇 가지 습관을 못마땅하게 여겼습니다. 반면에 저는 아내에게 무심한 편이었어요. 회사일로 바쁘기도 했지만 10년 동안 아내의 잔소리를 들으면서 무시했습니다.
'그래서 뭐 어쩌라고? 그래도 돈 잘 벌어주잖아. 그러면 됐지, 뭐가 더 필요해?'
이런 마음이었지요.

결혼 20년이 지나면서 아내의 잔소리가 그냥 들리지 않았습니다. 아내뿐만 아니라 아이들도 저로 인해 힘들어했기 때문입니다. '내가 가족을 누구보다 사랑하는데 왜 나 때문에 가족들이 힘들어할까? 진짜 내게 문제가 있는 것은 아닐까?' 하는 생각이 들었습니다. 그때부터 아내의 잔소리를 곱씹어보았죠. 아내가 제 습관 중에 가장 문제 삼는 게 쉽게 짜증내는 습관이었습니다. "당신 제발 나한테 짜증 좀 내지 마."라는 잔소리를 듣고 '감정수첩'을 쓰기 시작했습니다.

3개월 정도 수첩을 써보니 정말 제가 짜증이 많은 사람인 것을 알게 됐어요. 진짜 제가 문제투성이였음을 알게 된 거죠. 그 후 저는 제 습관들이 대부분 문제 있음을 인정하게 됐습니다. 현관에 들어섰을 때 신발장 앞에 여러 개의 신발이 어질러져 있으면 화를 내곤 했던 제가 먼저 신발을 가지런히 정리해놓았습니다. 화장실에 휴지가 떨어지면 "휴지가 떨어졌으면 갈아놔야지, 마지막에 누가 썼어?"라며 화내는 대신 제가 휴지를 갈아놨지요. 저는 치약을 가지런히 짜는 데 비해 아내는 가운데부터 푹푹 짭니다. 그게 참 싫어서 무던히도 다퉜어요. 이제는 저도 가운데부터 짭니다. 며칠 전 아내가 그걸 보더니 "어, 당신도 이젠 치약 이렇게 짜네." 하기에, "응, 나도 이젠 그렇게 짜." 했더니 아내가 피식 웃더라고요. 30년 같이 살면서 치약 때문에 싸울 만큼 저급해서야 안 되지 않을까요.

누구나 잔소리를 싫어합니다. 잔소리를 좋아할 사람은 없지요. 그러나 그 잔소리가 제게는 보약이라는 걸 뒤늦게 깨달았습니다. 아내만큼 저를 잘 아는 사람은 없습니다. 저보다도 저를 더 잘 알지요. 저는 주관적이지만 아내는 객관적이기 때문입니다. 아내야말로 제 인생의 스승이고 코치입니다. 그걸 깨달을 때 비로소 성장이 있었습니다.

이제는 많은 사람들이 제게 달라졌다고 말하네요. 과거에는 왠지 까칠해 보였는데 이제는 푸근해 보인다고……, 늘 조급해 보였는데 이제는 여유가 느껴진다고……. 모두 아내의 덕입니다. 아내의 보약 잔소리를 잘 달여 먹었기 때문이죠. 여보, 아니 스승님, 고맙습니다.

《명심보감》에 나오는 글입니다.

良藥苦口以於炳 忠言逆耳以於行좋은 약은 입에는 쓰나 병에는 잘 듣고, 충성된 말은 귀에 듣기는 싫으나 행하면 좋은 것이라.

와이프 데이

와이프 데이, 뭘까요? 제가 붙인 이름으로 4년 전부터 매월 두 차례씩 일찍 퇴근해 아내와 함께 데이트하는 날입니다. 이날을 지정하게 된 계기도 밝히기가 부끄럽네요.

기업을 경영하고 여기저기 가서 강의도 하고 가끔 방송에도 나가고 이런저런 조찬 모임과 석식 모임에 나가다 보니 직장생활을 할 때보다 더 바쁜 나날이 이어졌습니다. 그러던 어느 날 아내가 대화하자더니 "당신 가정행복코치 맞냐? 직장 다닐 때는 국내와 해외 출장으로 그렇게 날 외롭게 하더니, 이제는 또 회사 경영하고 강의하랴 방송하랴 아침저녁으로 각종 모임 나간다고 나를 이렇게 팽개쳐두니, 그러고서 무슨 가정행복코치냐? 사람이 언행일치가 안 되잖아? 가정경영 해야 한다며? 아들도 결혼하고 없는데 나를 경영해야 할 거 아니야!"며 들볶는 것이었습니다.

들는 순간 '아차' 싶었어요. 바빠서 그런 걸 어쩌냐고 항변했지만 아내 말이 틀린 말이 아니란 걸 저는 너무나 잘 알고 있었습니다. 그래서 고민 끝에 생각해낸 게 와이프 데이입니다. 그날은 오전 근무만 마치고 퇴근해서 아내와 함께 점심을 먹고 근교로 드라이브를 나가거나 영화나 공연을 보곤 합니다. 저녁엔 맛집이나 분위기 좋은 레스토랑을 찾아가기도 하고요. 아내는 이 시간을 너무나 기대하고 행복해합니다.

아내는 둘이 같이 노는데 왜 그게 '와이프 데이'냐, '부부 데이'라고 해야 한다며 투정 부리지만 이 이름만은 제가 양보 안 합니다. 그렇다고 반드시 그날을 지키는 것도 아니에요. 게다가 요즘은 이틀에 한 번꼴로 운동하다 보니 업무와 강의, 운동으로 거의 쉬지 못하는 날이 많아 와이프 데이도 몇 번 패스했습니다. 아내가 가만있을 리 없지요. 아니나 다를까, 며칠 전에는 "이번 주 목요일은 무조건 쉬세요. 가정경영, 말로만 하지 말고 제대로 해요~"라고 하네요. 그러면 저는 아내 말대로 무조건 쉽니다. 그래야 후환(?)이 없으니까요.

그래서 그날은 가까운 인천 관광을 하기로 하고 집을 나섰습니다.

1. 송월동 동화마을에서 사진 찍고

2. 차이나타운 어슬렁거리며 거닐고

3. 신포국제시장에서 유명한 만두 먹고

4. 월미공원 전망대에 올라 인천항 조망 후 달빛카페에서 수다 떨다가

5. 송도 센트럴파크 산책하며 사진도 찍고

6. 맛집에서 저녁 먹으며 데이트를 즐겼습니다.

보시다시피 와이프 데이라고 해서 대단한 이벤트가 아닙니다. 그냥 부부가 함께하는 거지요. 젊은 시절 연애할 때 이렇게 하지 않았나요. 나이 들어서도 이렇게 사는 겁니다. 당신의 연애세포를 다시 살아나게 하세요.

제가 시간이 남아서 이런 걸 하는 걸까요? 아닙니다. 저도 늘 시간에 쫓기고 시간 내기 쉽지 않지만 가정도 경영해야 하기에, 아내가 경영의 대상이기에 하는 겁니다. 친밀감은 양이 아니라 질이에요. 부부가 하루 종일 같이 있다 해도 늘 친밀한 것도 아니지 않나요. 짧은 시간이라도 부부가 친밀하게 보내려고 노력해야 합니다. 와이프 데이, 이제 평생 지켜야 할 제 일입니다.

우리 집 10대 뉴스

우리 집은 매년 연말이면 날짜를 미리 정해 온 가족이 저녁식사를 하고 각자 그해의 10대 뉴스를 발표합니다. 그중에서 우리 집 10대 뉴스를 선정, 발표하는데요. 이걸 한 지 벌써 20년이 넘었습니다. 20년치 기록을 보면 그야말로 우리 집 역사입니다. 아이들 중학교 때 이런 일이 있었구나, 고등학교 때는 또 이런 일이 있었구나 하며 추억을 공유합니다. 좋은 추억만 있는 것도 아니에요. 아프고 슬픈 추억도 있습니다. 그것조차 우리 가족의 역사가 아닌가요.

이제는 이걸 우리 가정에서만 하는 게 아니라 제가 주관하는 '행아모'에서 매년 초 회원들끼리 공유하고 있습니다. 주위 지인들도 따라 하는 분들이 많이 늘어났어요.

매년 말 언론이나 기업에서는 이런 일들을 하지 않나요? 회사에서는 하면서 왜 가정에서는 안 하세요?

가정경영 10개년 계획

저는 또 매년 말이면 '가정경영 10개년 계획'을 세웁니다. 이것도 시작한 지 30년 가까이 되었습니다. 처음에는 이름이 이렇게 거창하지 않았어요. 회사에서 사업계획을 세워서 일하듯이 저 자신도 그렇게 해야겠다 싶어서 엑셀 시트에 1년 단위로 10년 치 표를 만들어 우리 가족의 나이, 학교 진학 시기, 군복무 시기, 결혼 시기, 승진 희망 시기 등을 미리 기입합니다. 제 체중도 적어나가고, 해외여행은 언제 어디로 갈지, 새 주택은 언제 구입할지, 그리고 대소사에 필요한 목돈 마련은 어떻게 할지 등을 미리 적어놓습니다. 나머지는 이루어진 것들을 채워 넣지요. 제가 계획한 대로 반드시 다 이루어지지는 않지만 이렇게 가정경영을 하는 사람과 그렇지 않은 사람의 결과는 다르다고 봅니다. 제가 이렇게 해왔기에 아내와 함께 하는 해외여행을 20년째 한 번도 빠지지 않고 다녀올 수 있었습니다.

연도	내 나이	아내 나이	직장/사업	예/적금	자녀계획	주거/부동산	차량	교육 학습	여행	후원/봉사
)17	33	32	과장 승진	월 200만 저축	자녀 계획	전세 1억5천	소형 SUV	중국어	국내 여행	해외원조 단체 후원
)18	34	33	부서 매출 증대	2400만	첫째 출산			프레젠 테이션 스킬	국내 여행	후원
)19	35	34	부서 매출 증대						파타야	후원
)20	결혼 5주년		차장 승진	2400만	둘째 출산	리더십 과정			국내 여행	후원
)21	37	36	신사업 구상	1800만 (예금 목표 조정)		리더십 과정			국내 여행	후원
)22	38	37	신사업 실행	1800만		리더십 과정			일본	후원
)23	39	38	신사업 실행	1800만					국내 여행	후원
)24	40	39	부장 승진	1800만						후원
)25	결혼 10주년		창업 준비	1800만					유럽	가족과 방문봉사 시작
)26	42	41	창업	1800만		내집 마련			국내 여행	

이 책을 읽는 독자 분들을 위해 가정경영 10개년 계획 예시를 소개해드리도록 하겠습니다.

앞쪽의 표는 갓 결혼한 신혼의 남편 K씨가 세운 계획입니다. 표 위쪽의 항목은 각자 필요에 맞게 조정하시면 됩니다.

이런 게 가정경영이 아닐까 싶습니다. 아버지가 이렇게 자신의 삶을 계획하고 실천해나간다면 자녀들이 자신의 가정을 경영할 때 자연스레 배운 대로 하지 않을까요.

나는
가정행복코치다

가정은 어떤 가치보다 소중합니다. 내 가족, 내 가정만 소중한 것이 아니라 대한민국 가정의 행복지수가 높아지는 것, 대한민국이 건강해지는 것, 그것이 저의 소명입니다. 그래서 저는 가정행복코치가 되었고, 많은 사람들에게 가정 행복을 전하는 일을 하고 있습니다.

행복한 아버지 모임

저는 7년째 '행아모'를 이끌고 있습니다. 여기에 참여하는 분들은 30대에서 50대까지의 남편이자 아버지이며, 각자 자신이 몸담고 있는 조직에서도 발군의 실력을 발휘하고 있는 산업의 역군들이지요. 대부분 아버지들이 돈 버느라 가정을 팽개치고 있는 이때 그들은 가정과 일, 두 가지 사명을 훌륭하게 수행하고 있는 사람들입니다. 누구에게 보여주기 위해서가 아니라 가정은 어떤 가치보다도 소중하며, 자신이 그 가정의 경영자임을 일찍이 깨달았기에 그들은 수많은 아버지들과 다른 삶을 사는 것입니다.

저는 7년간 그들과 함께 공부하고 배운 것들을 실천하고 적용해오면서 그들의 변화를 가까이에서 지켜볼 수 있었습니다. 그들의 훌륭한 성과를 지켜보면서 저는 '행아모'가 우리만의 모임에 그치는 것이 아니라 더 나아가 대한민국 아버지 운동으로 확대 발전되어야 한다는 소명의식을 갖게 됐습니다. '아버지가 바로 서야 가정이 바로 서고, 가정이 바로 서야 사회의 온갖 병리현상이혼, 가족학대, 성범죄, 패륜적 범죄, 살인 등이 치유되며, 그래야 대한민국이 건강해진다'는 믿음에서입니다. 대한민국 모든 아버지들을 환영합니다.

대한민국 아버지들, 참 위대한 사람들입니다. 오늘날 40대 이상 아버지들은 가부장적, 권위주의적 아버지상像으로 인해 가정 내에서 적잖이 위기를 겪고 있습니다. 1970~1990년대 국가 발전과 더불어 대한민국 경제 발전의 견인차 역할을 톡톡히 해냈던 그들이지만 이제 용도 폐기된 기계처럼 천덕꾸러기 신세가 되었죠.

과연 우리 아버지들이 그렇게 비난받을 일만 했을까요? 70대 어르신들은 머나먼 곳 독일의 광부와 간호사로 베트남전의 용병으로, 60대의 아버지들은 열사의 땅 중동에서 건설 근로자로, 50대의 아버지들은 수출 역군으로 민주화의 기수로……, 그들의 땀과 피로 이 나라는 전 세계가 놀랄 만큼 위대한 국가로 거듭났습니다. 전쟁 후 잿더미가 됐던 이 나라가 불과 60년 만에 세계 10위권 국가가, OECD 회원국이, ASEM 정상회담 주최 국가가, UN 사무총장과 세계은행 총재를 배출하는 나라가 될 줄 누가 짐작이나 했을까요. 그 역사의 현장을 발로 뛰고 몸으로 부딪치며 오늘의 대한민국을 이뤄낸 역사의 주역이 아닌가요.

되고 싶은 것도 많고 하고 싶은 것들도 많았지만, 단 한 번도 본인을 위해 살지 못하고 오로지 내 마누라, 내 새끼 밥 안 굶기고 공부시켜서 반듯한 직장에 들어가게 해서, 자식들만은 나처럼 설움 겪게 하지 않겠다는 일념 하나만으로 내 한 몸 부서져라 일한 위대한 아버지들입니다. 대한민국 아버지들은 모두 〈국제시장〉에서의 '덕수'입니다.

위대한 아버지들이여, 위대한 대한민국에서 당신들의 공헌과 기여도는 누가 뭐래도 박수 받을 만합니다.

그런데 작금 우리 사회는 그들을 어떻게 대하고 있나요? 나약한 중노년으로 무능한 백수로, 한낱 우스갯소리의 소재로 치부하지 않는가요?

- 집에서 한 끼도 안 먹는 남편: 영식님
- 한 끼만 먹는 남편: 일식씨
- 두 끼 먹는 남편: 두식이
- 세 끼 먹는 남편: 삼식 쉐끼
- 세끼 먹고 간식 먹는 남편: 간나 쉐끼
- 세끼 먹고 간식 먹고 야식까지 먹는 남편: 종간나 쉐끼
- 세끼 먹고 간식 먹고 야식 먹고 마누라는 안 쳐다보는 남편: 쌍놈 쉐끼

웃자고 지어낸 얘기겠지만 씁쓸한 기분 지울 길 없습니다. 수십 년 가족들 위해 청춘을 다 바치고 은퇴한 뒤 집에서 밥 세 끼 먹는 건 당연한 거지 왜 그게 욕먹을 일일까요.

아내들이여, 자녀들이여! 당신 남편들, 아버지들, 할 만큼 했습니다. 모두 당신들을 위해서였어요. 그들이 지금 이렇게 된 것은 그들이 무능해서도 게을러서도 아닙니다. 그들도 더 일하고 더

벌고 싶었지만 세상이 그걸 용인치 않은 거예요. 이제 그만 쉬라고 한 겁니다. 그들의 잘못이라면 70년대, 80년대, 90년대 각 시대가 요구했던 자신들의 역할에 충실했을 뿐입니다. 이제 2000년대는 더 이상 그들에게 돈 버는 역할만이 아니라 가정경영자의 역할도 요구하고 있지만, 그 흐름을 아직 읽지 못했거나 너무 늦게 읽어서 아직 적응을 못하고 있을 뿐이고요.

이제 국가에서 사회에서 가정에서 그들에게 "그동안 수고 많으셨습니다. 가정으로 돌아온 당신을 환영합니다."라고 박수 치며 안아줘야 합니다. 뜨겁게 포옹해줘야 합니다. 그들에게 돌을 던질 게 아니라 그들이 그동안 직장과 사회생활에서 열정적으로 헌신했던 것처럼 가정에서도 헌신하도록 기회를 줘야 합니다. 사회가 그들에게 박수 치며 열심히 일 시켰던 것처럼 가정에서도 아버지들에게 박수 치며 이제 가정에서 수고해주시라고, 그동안 사회와 국가를 위해 바친 열정을 가족을 위해 사용해달라고 격려해야 합니다. 그럴 때 그들은 또 한번 목숨 바쳐 가족을 위해 봉사할 것입니다. 왜? 그들은 누구보다도 가족을 사랑하니까요.

20년 전 2박 3일간의 짧은 부부세미나가 제 인생을 바꿨듯이 7년 전 설립된 '행아모'가 아버지들을 바꿨듯이, 이 한 권의 책이 독자 여러분의 인생 여정에도 길잡이가 되기를 소망합니다. 행복은 의외의 모습으로 옵니다. 당신에게도 말이지요.

둘이하나데이

그런가 하면 저는 부부 두 사람2이 하나1 된다는 의미로 매월 21일을 '둘이하나데이'라 이름 짓고 오프라인에서 부부들을 초청해 강의하고 교육을 하고 있습니다. 5월 21일이 세계 부부의 날인 것은 이미 알고 있을 것입니다. 부부 사랑이 1년에 한 번 하는 이벤트가 아니라 매달 배우자연인를 섬기는 훈련을 함으로써 배우자를 향한 사랑 표현이 습관이 되고 근육이 되어 평소에 평생 부부 사랑을 실천하도록 하자는 취지에서 만든 것이지요.

작년 연말 참 특별한 상을 받았습니다.

유명한 기관도 기업도 단체도 아닌 한 개인으로부터 받은 상입니다. '행아모'와 '둘이하나데이' 회원인 김종구 씨가, 제가 자신의 삶에 지대한 영향을 미쳤다며 저를 올해 자신의 멘토상 수상자로 선정하고, 맛있는 음식 대접과 함께 상장을 수여하는 식을 가졌습니다. 제가 지금까지 30년간 활동하면서 받은 그 어떤 상장보다도 귀하고 가치 있는 상장이었습니다.

저를 만난 후 그는 아내에게는 돕는 배필로 두 딸에게는 자상한 아버지로 거듭났고, 매월 온 가족이 함께 가족신문을 만드는 편집장이 되었다고 합니다. 이제는 그 자신이 가는 데마다 가정 행복을 소리쳐 외치는 사람이 되었습니다.

제가 누군가의 멘토_{멘토가 되겠다고 한 적도 없는데}……가 되고 그의 인생 설계와 가정생활에 지대한 영향을 미쳤다는 평가를 듣고 상장까지 받으니 부끄럽지만 자랑스러웠습니다. 큰 조직에서 받는 형식적인 감사장보다 한 개인의 진정어린 감사장이 더 위대한 거 아닐까요? 기쁘기도 하지만 한편으로 제가 어떻게 살아야 하는지 더 옷깃을 여미게 되었습니다. 이런 걸 '선한 영향력'이라고 하는 거겠지요?

'행아모'와 '둘이하나데이'를 통해 이혼 위기의 부부가 회복이 되고 원수지간이던 부자 관계가 회복이 되어, 그들이 행복에 대한 소망을 갖는 것을 볼 때 저는 자랑스럽고 보람을 느낍니다.

제 활동을 통해 단 한 사람, 한 부부, 한 가정만 회복시킬 수 있다면 전 인생을 잘 산 거라고 자위합니다. 그것이 바로 저 자신을 기업인이기보다 가정행복코치라고 소개하는 이유입니다.

그래도
끝내고
싶으신가요

    가정은 어떤 곳이어야 할까요? 가정은 인간이 태어나 처음 맞닥뜨리는 공동체입니다. 가정은 사랑과 이해와 지지를 주고받는 공간이어야 합니다. 세상 모든 곳에서 실패했을지라도 가정에 돌아와서는 회복되고 치유되어야 합니다. 그렇지 않다면 그곳은 가정이 아닌 거죠.

    가정은 서로의 개인차를 인정하고, 상호 개방적으로 소통하며 공감해주고, 사랑 표현을 습관화하고, 가정의 규칙이 있더라도 지나치게 엄격하지 않으며 융통성이 있고, 부모로부터 책임감을 배우고, 실수하더라도 배움의 기회로 삼아 다시는 실수를 반복하지 않는 곳이어야 합니다.

오늘날 현대사회가 만든 제도들은 사람이 살아가기에 편리하도록 효율성, 안전성, 경제성의 원칙 아래 설계돼 있습니다. 그러나 그 제도에 맞춰 살아가기란 너무나 치열하고 경쟁적이지요. 그 결과 많은 사람들이 빈곤, 무지, 무능, 차별, 압력 등으로 부정적인 결과들을 경험합니다. 그래서 가정은 험난한 바깥세상에서 시달리고 지친 몸을 이끌고 돌아와 쉬면서 재충전하는 곳이어야 합니다. 다시 세상에 나가 싸울 수 있도록 돕는 곳이어야 합니다.

그런데 오늘날 가정의 모습은 어떤가요. 세상 밖에서는 신나고 즐겁지만이게 과연 즐거운지는 모르겠지만, 가정에 돌아와서 오히려 상처 받고 쓰러져 있지 않은가요. 부모이기 때문에 자녀에게 마음 놓고 상처를 주고, 배우자이기 때문에 막 대하지 않는가요. 가정은 가족이 사람답게 사는 집이어야 합니다. 세상 어디서도 경험할 수 없는 사랑과 행복감을 느껴야 합니다.

가정은 인간이 할 수 있는 최고의 사랑을 나누는 곳입니다. 그래서 자녀가 물에 빠졌을 때 수영도 못하는 엄마가 물에 뛰어드는 것입니다. 이것은 경제성, 효율성과는 거리가 먼 얘기죠.

남편들이여, 위대한 남편, 위대한 아버지가 됩시다. 쪼잔한 남편,

찌질한 아버지가 되지 맙시다. 아내와 싸워서 이기려고 하지 말고, 애들하고 싸워서 이기려고 하지 맙시다.

아내들이여, 남편을 위대한 가정경영자로 세우세요. 그게 위대한 아내입니다.

자녀들을 위대한 사람으로 키우세요. 그게 위대한 엄마입니다. 남편만 바라보지 말고, 자식의 삶을 살지 말고 자신의 삶을 사세요.

너무나 사랑해서 결혼했습니다. 열병 같은 사랑을 앓지 않았나요. 그 사랑 다 어디로 간 건가요. 연애세포를 되살립시다. 가슴 찌릿한 사랑을 합시다. 심쿵한 사랑을 다시 합시다. 할 수 있습니다.

결혼은 깨는 것이 아니라 지키는 것입니다. 배우자가 어떤 모습이든 어떤 기분이든, 심지어 나를 비난할지라도 배우자를 존중하고 사랑하는 것, 그게 바로 결혼의 목적입니다. 내 이상형을 사랑하는 게 아니라 배우자를 있는 그대로 사랑하는 것, 그게 혼인서약을 지키는 것입니다. 그럴 때 우리는 세상 그 어떤 쾌락보다 큰 기쁨과 행복감을 누릴 수 있습니다. 우리, 더 이상 찌질한 결혼생활 말고 그런 찌릿한 결혼생활 한번 해봅시다.

그렇게 하면 어떤 유익이 있을까요? 온 가족이 건강하고, 부부는 물론 자녀들의 행복지수도 높아지고, 남편이든 아내든 사회생활에서 놀라운 성과를 나타낼 것이고, 자녀들의 학업성취도도 높아져서 공부도 잘하게 될 것입니다. 당신이 인생에서 원하는 게 그거 아닌가요? 우리 가족 다 같이 잘 먹고 잘 살 수 있는 방법이 바로 가정을 바로 세우는 것입니다. 부부가 서로 사랑하면 잘 먹고 잘 살고 잘 죽고, 당대뿐만 아니라 후대에 이르기까지 명문가문이 될 수 있습니다. 100년 가정경영으로 1000년 명문가문으로 이어가는 것입니다.

그래도 끝내고 싶은가요?

'그래도 당신하곤 안 맞아. 이제 끝내.'

이런 생각이 드나요? 이혼하면 잘 살 수 있다고?

건물 폭파 철거 영상을 떠올려보세요. 요즘은 건물을 철거할 때 건물 곳곳에 폭약을 설치해 스위치만 누르면 수 초 안에 건물이 폭삭 주저앉습니다. 수십 년 버텨오던 건물이 흔적도 없이 사라집니다. 저는 그 영상을 보면 이혼하는 부부의 모습이 떠오릅니다. 결혼해서 수십 년을 같이 살아오면서 얼마나 많은 추억을 가졌을까요. 물론 아픈 추억도 있었겠지만 행복한 추억도 많았을 겁니다. 자녀들과 함께한 추억은 또 어떻습니까. 자녀들의 미래는 어떻게 될까요. 어쩔 수 없이 이혼해야 하는 경우를 말하는 게 아닙니다. 부부가 함께 노력하여 개선할 수 있는데도 쉽게 포기하는 경우를 말하는 겁니다. 이혼은 한 가정의 역사가 한순간에 사라짐을 의미합니다. 가문이 붕괴되는 순간이지요.

배워라, 실천하라, 달라진다.

행복은 행복하기로 마음먹은 만큼, 배운 만큼, 실천한 만큼, 딱 그만큼만 행복해질 수 있습니다. 저는 이걸 '행마배실'이라고 부르는데요. 배우면 모르던 걸 알게 되고 하나를 알면 둘을 알게 됩니다. 운전을 하려고 해도 배워야 하고 악기를 다루려고 해도 배워야 하거늘, 하물며 50년 이상 같이 생활해야 할 결혼에 대해서 배우지 않는다는 게 말이 될까요. 그런데 다들 말이 안 되는 행동을 하고 있습니다. 저도 그랬고요.

'행아모'와 '둘이하나데이'를 수년째 하면서 가장 수지맞는 사람이 누굴까요. 바로 접니다. 와서 배우는 사람들도 도움이 되겠지만 가장 수지맞는 사람은 바로 저예요. 왜 그러냐고요? 제가 가르치면서 가르치는 것과 다르게 살 수 없습니다. 그러면 저는 사기꾼이 되지요. 그래서 저희 부부는 부부싸움을 했다가도 얼른 제자리로 돌아옵니다. 저희도 열심히 싸우지만 금방 회복됩니다. 싸움의 이유를 알고 과정도 알고 결과도 알기 때문입니다. 배웠기에, 배운 걸 실천하기에 가능한 일이지요.

'행아모'와 '둘이하나데이' 스태프로 돕는 분들도 수지맞았습니다. 당신께도 권합니다. 주위에 너무나 좋은 프로그램들이 많이 있습니다. 거기 가서 배우세요. 실천하고 행복해지세요!

행복도 부익부 빈익빈입니다. 매월 21일 '둘이하나데이'를 진행하면서 느낀 점은, 그곳에 나오는 사람들을 보면 대부분 올 필요가 없는 사람들이 온다는 것입니다. 다시 말하면 정작 와야 할 사람들은 안 온다는 말이죠. 굳이 비율을 얘기하자면 이미 행복한 부부80%, 문제가 있지만 해결해보려고 하는 부부15%, 심각한 갈등 부부5% 순입니다. 그래서 행복한 부부는 더 행복해지고 불행한 부부는 더 불행해지는 것입니다.

니가 가라, 하와이

양치는 목동이 있습니다. 수십 마리 양들에게 꼴을 먹이고 우리까지 안전하게 도착시키는 것이 목동의 할 일입니다. 목적지로 가는 중에 냇물이 있습니다. 목동이 아무리 양들에게 물을 건너라고 소리를 지르고 위협을 해도 양들은 물을 건너지 않습니다. 목동이 앞

장서서 물을 건너자 양들이 하나씩 둘씩 따라서 물을 건넙니다. 목동은 자기가 가지 않는 길로 양들을 몰지 않습니다.

직장 다닐 때의 일입니다. 임원회의용 인쇄물을 이면지에 복사하지 않았다고 최고경영자에게 혼쭐이 났습니다. "소비가 미덕이냐?"는 비아냥까지 들었죠. 제가 잘못했기에 반성하는 마음을 갖고 있었습니다. 그런데 그 회의가 끝나고 최고경영자가 캐나다에 헬리콥터 스키를 타러 떠났다는 말을 들었습니다. 그것도 회삿돈으로.

이면지에 복사하라는 지침은 좋은 것이지만, 최고경영자라는 사람이 회삿돈으로 수천만 원을 들여 해외에 스키 타러 가면서 직원들에게 종이 값 아끼라고 하는 메시지가 과연 먹힐까요?

가정에서도 마찬가지입니다. 많은 부모들이 자녀들에게 올바른 행동을 가르치려고 이런저런 주문을 합니다. 자신은 책은커녕 신문도 안 읽으면서 자녀들에게 "책을 많이 읽어야 훌륭한 사람이 되는 거야."라고 하거나, 자신은 술 먹고 늦게 들어와 늦잠 자면서 자녀에게 늦은 시간까지 게임하다가 아침에 못 일어난다고 타박 주는 부모를 자녀는 절대로 따르지 않습니다.

뜬금없이 영화 〈친구〉의 장동건 대사가 왜 떠오를까요?

"니가 가라, 하와이!"

행복하기 위해 사는가, 살기 위해 행복해야 하는가

몇 해 전 연세대학교 심리학과 서은국 교수의 신간 《행복의 기원》 강연회에 다녀왔습니다. 강연의 요지는 이러했습니다. 전통적으로 행복은 철학적 관점으로 다루어져왔고 대부분 인간은 행복을 삶의 목적으로 삼지만, 저자는 행복은 과학적 관점으로의 전환이 필요하며 행복은 생존이라는 목적을 위한 수단에 불과하다는 것이었습니다. 아리스토텔레스는 "인간은 행복하기 위해서 산다."고 했지만 서 교수는 "인간은 살기 위해 행복감을 느끼도록 설계되었다."고 반론을 폈습니다.

그는 다윈의 진화론에 근거해 인간은 다른 동물들과 마찬가지로 생존과 번식을 위해서 살아가는 100% 동물이며, 그 과정에서 생존의 수단으로 행복이 필요하다는 주장이었습니다. 게다가 개인의 행복을 결정짓는 가장 큰 요인은 유전인자_{행복을 더 많이 느끼도록 태어났다는 뜻}라는 말에 많은 참석자들이 고개를 갸우뚱했습니다. 개인적으로도 동의가 안 됐지만, 많은 지식인들의 도전이 예상되는 대목이었습니다.

그의 말 중에 인상 깊었던 대목이 있었습니다.

"행복은 강도보다 빈도가 중요하다."

행복은 '한 방'으로 해결되는 것이 아니라 일상에서의 작은 기쁨을 여러 번 느끼는 것이 더 중요하다는 의미입니다. 이 대목은 저도 전적으로 동의합니다. 그는 맛있는 음식을 좋아하는 사람들과 자주 먹는 것이 곧 행복이라고 결론지었습니다. 거창한 시작에 비해 다소 싱거운 결말이긴 하지만 틀린 말은 아닌 것 같습니다.

자, 이제 저의 말로 바꿔보겠습니다.

"행복과 불행은 100:0이 아니라 51:49다. 행복한 추억이 조금이라도 더 많으면 그 사람은 행복한 사람이다. 따라서 평소 작은 행복의 추억들을 많이 갖도록 노력하면 행복한 사람이 된다. 로또 한 방으로 행복해지는 게 아니라 자녀들의 옹알이, 아내가 끓여주는 된장찌개, 여행지에서 만난 무지개 등이 행복의 근원이다. 이런 작은 행복들을 기억할 때 그 기억의 총합이 바로 행복지수다."

행복하기 위해 살면 어떻고, 살기 위해 행복해야 한다면 어떻습니까. 갖지 못한 것에 한限 품지 말고 지금 나와 함께 있는 사람, 내가 가진 것들을 쓰고 누리면서 행복한 추억을 많이 가지면 되는 것이지요. 아, 행복하다~

끝이 좋아야 다 좋다

인간은 누구나 행복을 꿈꿉니다. 돈을 버는 이유도 성공해야 할 이유도 모두 나와 가족의 행복을 위하는 마음에서 시작합니다. 그러나 어느새 가족은 뒷전이고 바깥 활동에만 전념하는 사람들이 많지요. 앞에서 말했던 것처럼 가라앉고 있는 배 위에서 갑판 의자를 가지런히 정리하고 있는 사람들입니다. 그 결과 오늘날 가정의 모습은 어떻습니까. 대한민국이 OECD 국가 중 이혼율 1위도 문제지만 근래 들어 황혼이혼율이 신혼이혼율을 앞질렀다는 게 더 큰 문제입니다. 젊을 때 돈만 버느라 부부관계, 자녀관계가 좋지 않은 걸 방치하다 보면 황혼이혼, 독거노인이 될 수 있습니다. 꼭 이혼이나 독거가 아니라도 같이 살아도 무늬만 가족, 있으나 마나 한 가족이 너무 많지요.

며칠 전 40년지기 친구들과 회식을 하는 자리에서 중소기업 경영자인 한 친구가 제게 한 말입니다.

"너를 보면 부럽기도 하고 화가 난다. 넌 열심히 직장생활한 후 기업경영을 하면서 가정행복코치로서 하고 싶은 일, 보람 있는 일도 하며 사는 것 같은데, 난 너처럼 가정경영 하고 싶어도 이젠 할 수가 없으니……."

그 친구 아내는 수년째 알츠하이머를 앓고 있습니다. 이제 겨우 50대 후반인 아내가 인지능력이 떨어져 남편이 무엇을 해도 알아보지 못함을 한탄하며 한 말이지요.

그 말을 듣고 마음이 짠해졌습니다. 누구보다 유능한 친구고, 아들로서 남편으로서 부모로서 기업경영자로서 다양한 역할을 너무도 잘 수행해내고 있고 경제적으로도 부족한 게 없지만, 아내가 병을 얻으니 그 모든 게 무의미하다는 심정을 읽었기 때문입니다. 아내가 왜 그런 병에 걸렸는지 모르지만 아내가 병에 걸리고 나니 회사도 성공도 돈도 다 무가치하더라는 친구의 한숨이 한겨울 찬바람처럼 휭~하니 제 가슴을 휘저어놓았습니다.

어떻게 사는 게 잘 사는 걸까요. 누구나 행복하기 위해 일도 하고 돈도 벌고 사회 활동을 합니다. 그 밑바닥에는 가족의 행복이 자리 잡고 있습니다.

어느 봄날 아침 출근길에 아내가 이런 말을 한 적이 있었습니다.

"여보, 어제 양재천을 걸었는데 벚꽃이 너무 예쁘더라. 오늘 좀 일찍 퇴근해서 나랑 양재천 걸으며 벚꽃 구경합시다."

바쁘게 집을 나서느라 미처 대답을 못하고 나온 게 생각이 나서 얼른 문자를 보냈습니다.

"이따 일찍 퇴근할게. 양재천 가자."

저는 고객들과 함께 식사를 하러 갔는데 분위기도 좋고 음식도 맛있으면 아내에게 문자를 보냅니다.

"자기야, 여기 분위기도 좋고 음식도 맛있다. 다음에 당신하고 같이 오고 싶다."

물론 아내는 두 팔로 머리 위 하트를 그린 모양의 이모티콘으로 화답합니다.

예쁜 것을 함께 보고 싶고 맛있는 걸 함께 먹고 싶은 사람, 이런 게 사랑 아닐까요? 사랑할 수 있을 때 사랑합시다.

노년이 불행하다는 건 생일날 잘 먹으려다 영양실조 걸리는 것과 같습니다. 평소 건강 관리하듯 부부도 자녀도 경영해야 합니다. 있을 때 잘합시다.

세상에서 가장 어려운 일 세 가지가 있다고 합니다.

1. 하늘에서 별 따기

2. 스님 머리에 핀 꼽기

3. 65세 지나 마누라한테 존경받기

1번과 2번은 불가능할 거 같고, 3번이나 기대해볼까요? 여보, 잘 부탁해요~

황혼이혼율이 신혼이혼율을 넘어섰다는 참 반갑지 않은 통계를 보면서, 오죽하면 결혼 20년이 넘어서 이혼을 결심하겠냐마는 정신병적이거나 폭력, 중독 등 살기 위해서 어쩔 수 없는 경우를 제외하고는 이혼은 해결책이 아닙니다. 아무리 불행한 부부도 얼마든지 행복한 삶으로 변화가 가능합니다. 황혼이혼이 아니라 황혼신혼이란 용어가 생겨났으면 좋겠습니다. 이 책을 읽는 독자들부터 황혼신혼이 됩시다.

다시 읽는 혼인서약서

혹시 혼인서약서의 내용을 기억하시나요? 종교에 따라 다르겠지만 기본적인 내용을 옮겨 보겠습니다.

신랑 ○○○과 신부 ○○○은 가난할 때나 부유할 때나, 건강할 때나 병약할 때나 남편아내**으로서의 도리를 다하겠습니까?**

모두 40글자 내외입니다. 내용도 짧지요.
살면서 이 내용을 가슴에 새기고 사는 부부가 몇이나 될까요?

주례자가 "건강할 때나 병약할 때나 부유할 때나 가난할 때나, 부부로서의 도리를 다하겠습니까?" 하고 물었을 때 하나같이 "예."라고 대답합니다. '가난할 때나……'라는 구절처럼 가난할 때에도 도리를 다하겠다고 약속했습니다. 부유할 때만 지키겠다고 약속한 사람은 없습니다. 건강할 때만 지키겠다고 대답한 분 있나요? 아닐 겁니다. 그러면 그 약속을 지켜야죠. 서약했다는 말은 지키겠다는 약속이니까요. 인연을 맺어주신 조물주, 양가 부모님, 하객들 앞에서 한 약속입니다. 그러면 지켜야지요. 한 글자 한 글자 씹어 먹듯이 지켜야 합니다.

왜 남편이 돈 잘 벌 때만 아내 노릇 잘하고, 아내가 건강할 때만 남편 노릇 잘하나요? 남편 벌이가 시원찮아도 무시하면 안 됩니다. 아내가 병에 걸려 오래 누워 있어도 귀찮아하면 안 됩니다. 그게 부부이고 혼인서약입니다.

3년 전 '행아모' 회원 중 한 분의 부인이 난치병에 걸렸다는 소식을 들었습니다. 남편으로부터 직접 설명을 들었으나 잘 이해가 가지 않는 특이한 질병이었습니다. 100만(?) 명 중 한 명이 걸릴 정도라고 하더군요.

그는 정말 열심히 사는 사람입니다. 홀어머니와 세 자녀, 3대가 함께 한집에 삽니다. 그의 역할은 정말로 다양하지요. 아들이자 남편이

자 아버지입니다. 대형 보험회사 간부로서, 판소리 동아리 운영자로서, 아빠놀이카페 운영자로서 어느 것 하나 소홀히 하지 않습니다. 정말 열심히 살아온 그로서는 아내가 병에 걸린 것이 충격이었습니다. 받아들이기 어려운 청천벽력이었을 겁니다. 그러나 어쩌겠습니까. 그는 담담하게 그 사실을 받아들이기로 했습니다. 그는 아내의 간병을 위해 자신의 삶을 재정리하기로 했습니다. 자신의 많은 역할들을 네 가지아들, 아빠, 경제적 공급자, 아내 간병자로 재정비했지요.

우리는 살면서 원하든 원치 않든 크고 작은 위기에 맞닥뜨립니다. 그 위기를 극복하기 위해 평소 수많은 교육 훈련을 받아야 합니다. 그가 그랬습니다. 그가 평소 그런 위기 대비 훈련을 받지 않았더라면, '행복한 아버지 모임'에 나오지 않았더라면 그는 세상을 원망하고 좌절했을지도 모릅니다.

그는 이미 많은 준비가 되어 있었습니다. 자녀들과의 친밀한 관계며 요리 솜씨에 살림 솜씨며. 엄마가 치료 때문에 잠시 자리를 비워도 자녀들은 불편해하지 않습니다. 그는 엄마의 빈자리를 충실하게 잘 메웠습니다. 이 책을 다 쓸 무렵 그를 다시 만났습니다. 3년이 지난 지금 아내는 완치되었다고 합니다. 천만다행입니다. 눈물이 핑 돌았습니다.

그런가 하면 내 지인 중 한 명은 아내가 암에 걸려 수년간 투병생활을 하는 데 전혀 도움이 못 되더라고요. "아내가 아픈 건 아픈 거고 나는 살아야 하잖아."라며 제 할 거 다 하고 다녔습니다. 그의 말이 틀린 건 아니지만 아내가 얼마나 외로웠을까요. 아내는 먼저 세상을 떠났고 아마도 회한의 눈물을 흘리면서 눈을 감았을지 모릅니다, 아버지의 그런 행태로 장성한 자녀들은 마음에 큰 상처를 입었다는 소식을 들었습니다.

공전의 히트를 치고 종영한 tvN 〈도깨비〉 명대사가 생각납니다.

"날이 좋아서, 날이 좋지 않아서, 날이 적당해서, 당신과 함께한 모든 날이 고마워서."

우리 이런 부부가 됩시다!

<u>에 필 로 그</u>

제게는 여러 가지 직함이 있습니다. 기업인, 강사, 작가 등등. 그 중에 저는 가정행복코치로 불리는 걸 제일 좋아합니다. 경제적 성과도 사회적 성공도 물론 중요하지만, 그것보다 한 가정 한 가정을 살리는 일이 더 중요하기 때문입니다. 저는 대한민국 1호 가정행복코치입니다.

어떤 직업이 좋은 직업일까요? 흔히들 판사, 검사, 의사들을 지칭하지요. 하지만 이들은 모두 문제가 있을 때 해결하는 직업, 즉 해결사이지만 가정행복코치는 다릅니다. 물론 해결도 하지만 사전에 예방하는 직업, 즉 예방사입니다. 인간이 만든 사회구조 중 가장 원초적 공동체인 가정의 행복을 전하는 직업이라 남달리 자긍심이 높습니다.

이 직업을 통해 제가 얻은 게 뭘까요? 유명세도 타고 돈도 벌지만

298

제게는 그것보다 더 소중한 게 있습니다. 제가 7년째 진행하는 '행아모'와 3년째 진행하는 '둘이하나데이'를 통해 많은 아버지들이 '진정한 아버지Real Father'로 거듭나고, 많은 부부들이 연애세포가 되살아나고 사랑을 회복하는 것을 보는 것입니다. 좌절과 절망뿐이었던 이들이 행복에 대한 소망을 갖는 걸 보는 게 좋습니다. 과정에 처음 들어올 때의 무기력한 눈빛특히 아내 손에 이끌려 마지못해 참석한 남자들이 그렇습니다과 과정을 마치고 나갈 때의 반짝이는 눈빛을 잊을 수 없습니다. 그 기쁨은 절대 돈으로 환산할 수 없지요. 그것이 바로 저를 기업인이기보다 가정행복코치라고 소개하는 이유입니다.

사실 이건 국가가 해야 할 일입니다. 부부를 친밀하게, 가정을 행복하게 하는 것은 결국 대한민국이 건강해지는 지름길이거든요. 오늘날 가정의 붕괴로 인한 사회적 비용과 폐해, 각종 범죄가 얼마나 많은가요. 물론 국가가 지원하는 건강가정지원센터라는 곳도 있습니다. 또 대형 교회나 기관, 단체가 운영하는 아버지학교 같은 곳도 많지요. 그곳에서는 여러 사람을 불러 필요 과목을 가르칩니다. 그러나 저처럼 개인이 결혼생활 전반에 관한 전반적 교육과정을 제공하는 곳은 제가 알기론 없습니다.

단지 제 자랑을 하려는 게 아니라 소명의식이 없이는 불가능한 일이라는 점을 말씀드리고 싶어서입니다. 돈을 벌기 위해 하는 일도 아닙니다. 기관이나 단체의 지원을 받는 것도 아니고요. 강의장 대관료나

음료비를 지출하고 나면 오히려 적자 날 때가 더 많습니다. 그래도 저는 이 일을 계속할 것입니다. 왜냐고요? 그게 제 사명이기 때문입니다.

'행아모' 회원들 중엔 모임에 참여한 지 오래된 분들이 많습니다. 7년째 나오는 분들이 대부분입니다. 이분들이 뭣 때문에 이렇게 오랜 세월을 함께하고 있을까요. 그들의 가정이 회복되기 때문입니다.

작년 '행아모' 6주년 기념 강연회 때 강연자로 나섰던 한 아버지의 강연 일부를 소개합니다. 그의 동의를 얻어 무기명으로 이야기하겠습니다.

그는 여섯 살 때 결핵성 뇌막염이라는 병으로 40도가 넘나드는 고열에 시달리며 6개월이라는 시간을 병원에서 보내고 기적적으로 살아나게 되었습니다. 오랜 시간 고열로 인한 후유증이었는지 그는 오랫동안 집중해서 책을 본다거나 복잡한 계산문제를 푸는 것이 힘들었고, 당연히 성적도 바닥에서 맴돌게 되었습니다. 그와 달리 공부 잘하는 우등생이었던 그의 형제들은 자연스럽게 늘 그의 비교 대상이 되었습니다.

그러다 보니 그는 늘 공부에 대한 열등감에 빠져서 살게 됐습니다. 그 시절에 그가 자주 들었던 말 중에 지금까지도 기억에 남는 한마디가 있다고 합니다. 그의 형이 한 말입니다.

"아버지가 뼈 빠지게 고생하셔서 버신 돈으로 공부시키시잖아. 공부도 못하는 너 같은 식충이는 여섯 살 때 그냥 죽어버리는 게 나았을 텐데 왜 살아서 집안 망신을 시키니!"

그 말을 들은 지 30년이 훨씬 지났는데 그는 생생히 기억하고 있었습니다. 신기하게도 그 말을 듣고 나서부터 그 말은 그대로 그의 인생, 삶이 되어버렸다고 합니다.

식충이……

쓰레기……

그냥 죽어버리지……

그전에는 친구들과 잘하던 놀이나 게임도 그 말을 듣고 난 다음부터는 '나 같은 게 잘할 수 있을까? 나 같은 건 잘 못할 거야. 그러면 또 이 친구들도 나를 비웃겠지? 그래, 그냥 피해버리자.'라는 생각이 그를 지배하기 시작했습니다.

시간이 흘렀고 그는 형이 했던 말의 충직한 노예가 되어서 자신의 소중한 것들을 파괴시키게 되었습니다. 그의 아내, 그의 아들의 영혼을. 지금 생각해도 정말 치가 떨리게 무서웠던 것은, 그가 자기 아들을 심하게 혼내고 있던 순간 바들바들 떨고 있는 아들의 눈동자에 비쳤던 자신의 모습이었습니다. 그때 그 아들의 눈동자 속에는 말 한마디로 자신의 영혼을 파괴시켰던 형의 모습이 고스란히 들어 있었다고 하네요.

그날 그는 자신이 소중한 사람들의 영혼 파괴자라는 것을 인식하고 난 후 심리상담센터를 찾았습니다. 그곳에서 그는 죽어 있는 자신의 영혼을 일으켜 세우는 말 한마디를 듣게 됩니다.

"괜찮아요."

"여섯 살 때 아팠던 것은 OOO 씨의 잘못이 아니에요."

이 말은 마치 죽어 있는 나뭇가지에서 새싹이 돋아나게 하고 꽃을 피우고 열매를 맺게 하는 정말 기적적인 힘을 발휘했습니다. 그리고 그는 '행아모'를 찾게 됩니다. 이제 그는 자신의 아내와 아이들의 눈높이에 맞추어 아내의 친구들, 아이들의 친구들과도 친구가 되어 가족 한 사람 한 사람을 이해하려고 노력하고 있습니다. 그 결과 지금은 그의 집에서 왕으로 대접받으며 살고 있습니다.

또한 그의 영혼을 파괴시켰던 형의 자식들, 즉 조카들을 가슴으로 품어주다 보니 어느 순간 조카들은 자신들의 아빠보다 작은아빠인 그를 더 좋아하게 되었습니다. 아버지와 형은 여전히 그를 무시하고 있지만, 그는 이것보다 더 멋진 복수는 없을 거라 생각합니다.

저는 매월 21일, 커플스쿨 '둘이하나데이'를 진행하고 있습니다. 5월 21일은 '부부의 날'로 법정기념일입니다. 매일, 평생 얼굴을 맞대고 사는 부부가 1년에 한 번 이벤트로 사랑을 해서야 되겠는가라는 생각에서 제가 이름을 짓고 특허청에 상표등록도 했습니다. 한 달에 한 번 오프라인에서 부부들을 초청해 결혼생활에 꼭 필요한 노하우를 전하고 부부간에 실천하게 함으로써 부부행복지수를 높이자는 취지인데요. 혹자들은 말합니다. 어차피 부부란 하나가 될 수 없는데 왜 하나 되라고 강요하냐고. 부부일심동체란 옛말이 잘못된 말이라고.

제가 말하는 하나 됨은 같이 생각하고 같이 행동하라는 말이 아닙니다. 각자 독립적인 남자와 여자가 만나 부부가 됨으로써 같이 인생 설계를 하고 공동 목표를 공유하며, 그를 이루기 위한 각자의 역할을 분담하고 실천함으로써 혼자 살 때보다 훨씬 큰 시너지를 내라는 말입니다. '따로 또 함께'라는 단어에 주목해주기 바랍니다.

그러나 오늘날 많은 부부들이 '따로'에 너무 치중하는 것 같습니다. 과거 결혼생활에는 한 사람 위주로 생활했습니다. 대부분 남편 중심이었죠. 이것도 좋지 않지만, 요즘은 각자인 부부가 너무 많습니다.

50대 중반의 여성이 진행하는 어느 라디오 방송에 게스트로 출연한 적이 있었습니다. 강연을 하고 강연 말미에 청중들과 대화를 나누는 시간을 가졌는데, 그녀가 제게 도발적인 질문을 던지더군요.

"선생님, 강의 내용은 부부가 친밀하라고 하셨는데, 우리 같은 나이에 친밀한 부부가 어딨어요? 한강 둔치에 나가보면 우리 또래 부부가 손잡고 다니는 걸 가끔 보는데 그거 다 쇼죠? 남들한테 보여주려고 하는 거죠? 이 나이에 무슨 정이 있어서 그러고 다녀요? 재수 없어요, 정말!"

충격적이었습니다. 잠시 말미를 둔 다음 그녀에게 물었습니다.

"두 분 사이가 안 좋으세요?"

"안 좋다마다요. 그 인간 꼴도 보기 싫어서 저 곧 이혼할지도 몰라요"

"아, 그래요? 뭐가 그렇게 못마땅하세요?"

"사사건건 하는 짓마다 보기 싫어요."

"연애 결혼하셨어요? 중매 하셨어요?"

"그야 연애했죠."

"연애할 때나 신혼 때는 어떠셨어요?"

"그때야 죽고 못 살았죠."

"근데 지금은 왜 그렇게 되셨어요?"

"저도 몰라요. 그렇지만 다 그 인간 때문이에요."

이런 대화를 나눴고, 저는 그녀를 '둘이하나데'이에 초대했습니다. 우선 그녀에게 남편의 장점을 하루에 한 가지씩 찾아보라는 숙제를 줬습니다. 그녀는 "에이, 그런다고 뭐가 달라지겠어요?"라고 반신반의하면서도 일단 해보겠다고 하더군요.

한 달이 지났을 무렵 그녀로부터 연락이 왔습니다. 남편의 장점을 찾아보니 처음엔 잘 못 찾겠더니만, 하루 이틀 찾으려고 노력하다 보니 한 달이 됐을 때는 무려 50개나 장점을 찾았다는 것입니다. 그녀가 제게 보낸 카톡 내용을 소개하겠습니다.

"겨울 왕국인 우리 집에 요즘 봄날이 왔다 아닙니꺼. 점심 대접하고 싶네요."

얼마 뒤 그녀는 남편을 동반해서 '둘이하나데이'에 참석했습니다. 본인이 먼저 참석해보고 변화를 보이니 내친 김에 남편도 데리고 온 것입니다. 누가 봐도 괜찮은 부부였습니다. 이후 부부는 급속도로 가까워졌고, 요즘은 매일 아침 부부가 커플 체조를 한다며 시연을 해보였습니다. 완전 닭살 체조였지요. 그녀가 말했습니다.

"알고 보니 남편은 신혼 때나 지금이나 한결같았어요. 그동안 내 눈이 잘못돼서 그 사람을 비난했더라고요."

배우자의 장점을 발견해보라고 하는 건 나빠진 부부 사이를 회복하는 방법으로 제가 자주 써먹는 기법입니다. 연애 때나 신혼 때 적어도 불꽃같은 사랑을 나눠본 사람이라면 그 사랑을 다시 회복할 수 있습니다. 꺼진 불도 다시 불을 지피면 됩니다.

또 다른 방법으로 매일 배우자에게 감사한 일 하나씩을 찾아서 적는 것도 있습니다. 100개의 감사 제목을 찾을 때까지 써보세요. 스스로 놀라게 될 것입니다. 배우자가 변한 게 아니라 자신이 변했다는 것을 알게 될 겁니다.

위 두 사례뿐만이 아닙니다. 수백 개의 사연 모두를 소개하려면 이 책 한 권으로는 부족합니다. 아무리 막가는 부부도 회복될 수 있습니다. 적절한 코칭과 본인의 학습 의지만 있다면요.

복권에 당첨되려면 어떻게 해야 할까요? 저는 복권을 사지 않지만 복권에 당첨되려면 복권을 먼저 사야 합니다. 복권을 사지도 않고 복권에 당첨되기를 기다리는 바보는 없을 것입니다. 복권을 산 사람들 모두가 당첨되는 것은 아니지만, 복권에 당첨되는 사람들은 언제나 복권을 산 사람 중에 나옵니다. 마찬가지예요. 행복하고 싶은가요? 먼저 행복하려는 노력을 하세요. 그게 시작입니다.

우리는 결혼식에서 이렇게 서약했습니다.

"건강할 때나 병약할 때나, 부유할 때나 가난할 때나 서로 사랑하며 돕는 배필이 될 것을……."

부부를 '배필'이라 합니다. 나눌 배配, 짝 필匹, 무슨 뜻일까요. 부부란 기쁨도 슬픔도 영광도 수치도 함께 나누는 사이라는 의미입니다. 그렇습니다. 결혼한다는 것은 상대가 좋을 때만, 상대가 잘할 때만 내가 잘하겠다는 것이 아니라 배우자가 어려움을 겪을 때, 바로 그 때 내가 남편(아내) 도리를 잘하겠다는 서약인 것입니다. '돕는 배필'이란 배우자가 병약할 때, 실의에 빠져 있을 때, 돈을 잘 못 벌어올 때 바로 그때 배우자를 위로하고 격려하고 용기를 북돋아주는 사람입니다. 그러기 위해 우리는 결혼한 것입니다.

저도 그렇게 결혼식장에서 서약했건만 정작 그 의미를 몰랐습니다. 그 서약이 결혼식장에서만 필요한 것이 아니라 결혼생활에서 절실히 필요하다는 것을 한참이나 지나서야 알았죠. 저는 아내를 사랑한다고 생각했지만 그건 아내를 사랑한 게 아니라 아내가 내게 맞춰줄 때, 그래서 내 마음에 들 때만 사랑한 것이었습니다.
'사랑 장'이라 불리는 〈고린도전서13:4-5〉를 소개하겠습니다.

사랑은 참고 기다립니다. 사랑은 친절합니다. 사랑은 시기하지 않고 뽐내지 않으며 교만하지 않습니다. 사랑은 무례하지 않고 자기 이익을 추구하지 않으며 성을 내지 않고 앙심을 품지 않습니다.

돌이켜보건대 저는 참지 않았고 기다리지 않았습니다. 친절하지도 않았습니다. 저는 시기했고 뽐냈으며 교만 덩어리였습니다. 무례하였으며 언제나 제 이익을 추구했고 자주 성냈고 앙심을 품은 적도 많았습니다. 그러니 어찌 아내를 사랑했다고 할 수 있을까요.

이제는 달라져야죠. 그 노력을 매일 하고 있습니다. 자신과 너무나 다른 남편을 만나 30년을 한결같이 사랑해주고 저를 사람다운 사람으로 만들어준 아내를, 남은 30년 사랑하며 살 겁니다. 반드시 그럴 겁니다.

성공적인 결혼생활을 하려면 여러 번 사랑에 빠지는 것이 필요하다.
항상 똑같은 사람과 여러 번.......

미뇽 맥롤린

알아두면 잘난 척하기

딱 좋은 시리즈!

인간과 사회를 바라보는 심박한 시선

알아두면 잘난 척하기 딱 좋은 **문화교양사전**

정보와 지식은 모자라면 불편하고 답답하지만 너무 넘쳐도 탈이다. 필요한 것을 골라내기도 힘들고, 넘치는 정보와 지식이 모두 유용한 것도 아니다. 어찌 보면 전혀 쓸모없는 허접스런 것들도 있고 정확성과 사실성이 모호한 것도 많다. 이 책은 독자들의 그러한 아쉬움을 조금이나마 해소시켜주고자 기획하였다.

최근 사회적으로 이슈가 되고 있는 갖가지 담론들과, 알아두면 유용하게 활용할 수 있는 현실적이고 실용적인 지식들을 중점적으로 담았다. 특히 누구나 알고 있을 교과서적 지식이나 일반상식 수준을 넘어서 꼭 알아둬야 할 만한 전문지식들을 구체적이고 자세하고 알기 쉽게 풀이했다.

김대웅 엮음 | 인문 · 교양 | 448쪽 | 22,800원

신화와 성서 속으로 떠나는 영어 오디세이

알아두면 잘난 척하기 딱 좋은

신화와 성서에서 유래한 영어표현사전

그리스·로마 신화와 성서는 국민 베스트셀러라 할 정도로 모르는 사람이 없지만 일상생활에서 흔히 쓰이고 있는 말들이 신화나 성서에서 유래한 사실을 아는 사람은 많지 않다. '알아두면 잘난 척하기 딱 좋은 시리즈' 6번째 책인 '신화와 성서에서 유래한 영어표현사전」은 신화와 성서에서 유래한 영단어의 어원이 어떻게 변화되어 지금 우리 실생활에 어떻게 쓰이는지 알려준다.

읽다 보면 그리스·로마 신화와 성서의 알파와 오메가를 꿰뚫게 됨은 물론, 이들 신들의 세상에서 쓰인 언어가 인간의 세상에서 펄떡펄떡 살아 숨쉬고 있다는 사실에 신비감마저 든다.

김대웅 지음 | 인문 · 교양 | 320쪽 | 18,800원

우리의 생활문자인 한자어의 뜻을 바로 새기다

알아두면 잘난 척하기 딱 좋은 **우리 한자어사전**

《알아두면 잘난 척하기 딱 좋은 우리 한자어사전》은 한자어를 쉽게 이해하고 바르게 쓸 수 있도록 길잡이 구실을 하고자 기획한 책으로, 국립국어원이 조사한 자주 쓰는 우리말 6000개 어휘 중에서 고유명사와 순우리말을 뺀 한자어를 거의 담았다.

한자 자체는 단순한 뜻을 담고 있지만, 한자 두 개 세 개가 어울려 새로운 한자어가 되면 거기에는 인간의 삶과 역사와 철학과 사상이 담긴다. 이 책은 우리 조상들이 쓰던 한자어의 뜻을 제대로 새겨 더 또렷하게 드러냈으며, 한자가 생긴 원리부터 제시함 으로써 누구나 쉽게 익히고 널리 활용할 수 있도록 했다.

이재운 외 엮음 | 인문·교양 | 728쪽 | 35,000원

옛사람들의 생활사를 모두 담았다

알아두면 잘난 척하기 딱 좋은 **우리 역사문화사전**

'역사란 현재를 비추는 거울이자 앞으로 되풀이될 시간의 기록'이라고 할 수 있다. 그런 면에서 이 책 《알아두면 잘난 척하기 딱 좋은 우리 역사문화사전》은 그에 부합하는 책이다.

역사는 과거에 살던 수많은 사람의 삶이 모여서 이루어진 것이고, 현대의 삶 또한 관점과 시각이 다를 뿐 또 다른 역사가 된다. 이 책은 시간에 구애받지 않고 흥미와 재미를 불러일으킬 수 있는 주제로 일관하면서, 차근차근 옛사람들의 삶의 현장을 조명하고 있다. 그 발자취를 따라가면서 역사의 표면과 이면을 들여다보는 재미가 쏠쏠하다.

민병덕 지음 | 인문·교양 | 516쪽 | 28,000원

다시 태어나도 내 곁의 그 사람과 결혼을!